LES
LUSIADES,

ou

LES PORTUGAIS.

LES
LUSIADES,

OU

LES PORTUGAIS,

POËME DE CAMOENS, EN DIX CHANTS.

TRADUCTION NOUVELLE,

AVEC DES NOTES,

PAR J. Bᵗᵉ Jʰ MILLIÉ.

> La découverte de Mozambique, de Mélinde et de Calicut, a été chantée par le Camoens, dont le poëme fait sentir quelque chose des charmes de l'Odyssée et de la magnificence de l'Énéide. MONTESQUIEU.

TOME SECOND.

PARIS,

FIRMIN DIDOT PÈRE ET FILS, LIBRAIRES,

RUE JACOB, Nᵒ 24.

DE L'IMPRIMERIE DE FIRMIN DIDOT.

~~~~~~~~~

MDCCCXXV.

LES LUSIADES.

CHANT SEPTIÈME.

LES LUSIADES.

CHANT SEPTIÈME.

L ES guerriers apercevaient enfin ces rivages
qui furent autrefois la conquête de Bacchus, de
Sémiramis et d'Alexandre : cette terre opulente
qu'embrassent de leurs eaux l'Indus au cours
impétueux, et le Gange dont la source embellissait le séjour du premier homme. Courage,
nation valeureuse! tu vas cueillir les palmes de
la gloire. Voilà les bords heureux si long-temps
désirés : voilà le terme de ta course.

Enfants de Lusus, vous n'occupez qu'un point
sur le globe [1]; faible portion du troupeau rassemblé par le divin pasteur, c'est vous qui vous
chargez de ramener au bercail les nations égarées; et rien ne peut vous arrêter, ni la crainte
du péril, ni les conseils d'une ambition profane,
ni l'exemple de la rebellion contre cette mère
commune dont l'origine est dans les cieux.

Vous suppléez au nombre par le courage, à

là puissance par l'héroïsme; vous bravez mille morts pour étendre l'empire de la foi. Ainsi, le ciel a voulu que, dans l'intérêt d'une si belle cause, le plus petit des peuples se montrât le plus grand: tant le ciel réserve de gloire à la vertu soumise et courageuse!

Voyez les Germains si fiers de leurs vastes domaines [2]. Ils déploient, contre le successeur de Pierre, l'étendard de la révolte. A la voix d'un nouveau chef, s'élève une secte nouvelle. L'orgueil enfante l'erreur, et l'erreur enfante la guerre : les bras qui devaient terrasser l'Ottoman sont armés contre une autorité divine.

Voyez le tyran d'Albion [3] : il se dit roi de la cité sainte [4]; mais vit-on jamais un titre plus faux? Lâchement renfermé dans son île, enveloppé des frimas du nord, il ne s'occupe qu'à défigurer la religion de ses pères. Du sein des voluptés, il opprime, il égorge le chrétien fidèle, et laisse en paix l'usurpateur de Sion.

Mais comment oserait-il la redemander à l'impie, lui qui foule aux pieds les droits de la Jérusalem céleste! Et toi, monarque des Gaules [5], roi très-chrétien, ce nom sacré n'est-il pour toi qu'un vain nom? Ne l'as-tu pris que pour le profaner? Protecteur-né des nations chrétiennes, tu les combats, quand tu devrais les défendre.

Au lieu d'agrandir de leur dépouille tes domaines déja si vastes, que ne vas-tu, dans ton ardeur belliqueuse, conquérir les bords du Cinyphe et du Nil [6] ? C'est là que sont les ennemis du Christ et les tiens. C'est là que doit briller ta formidable épée. Heureux successeur de Charles VIII et de Louis XII, abandonne la guerre injuste qu'ils t'ont léguée : ton héritage n'en sera que plus beau.

Que dirai-je de ces peuples qui, sans respect pour la gloire de leurs ancêtres [7], laissent s'éteindre dans la mollesse les souvenirs d'une antique valeur? La politique de leurs tyrans achève d'user en querelles intestines ces ames jadis si fortes. C'est à toi que je parle, Italie! Les vices t'inondent et tes fils dégénérés se déchirent sur ton sein.

Chrétiens infortunés! seriez-vous donc sortis de cette fatale semence que Cadmus [8], vainqueur du dragon, répandit autrefois sur la terre? N'êtes-vous nés que pour vous entredétruire? Et cependant la tombe sainte est au pouvoir des infidèles; ils ont envahi la terre sacrée, et marchent, pleins d'arrogance, à de nouvelles conquêtes.

Ils marchent, toujours unis, toujours dociles à la loi de Mahomet qui les pousse incessamment contre les disciples du Christ. Et la discorde règne encore parmi vous! Peuples sans prévoyance, monarques sans vertu, frémissez du danger qui vous presse : vous avez à vous défendre à-la-fois des Musulmans et de vos propres fureurs.

Si l'ambition, si la cupidité vous tourmente, ne savez-vous pas que l'Hermus et le Pactole roulent de l'or dans leurs flots? L'Afrique le recèle en ses veines. La Lydie, la Syrie le mêlent à leurs précieux tissus. Que l'amour de l'or vous entraîne, puisque le tombeau d'un Dieu ne dit rien à vos cœurs.

Ces foudres d'airain qu'inventa le démon de la guerre [9], tournez-les contre les remparts de Byzance. Rejetez dans les antres des monts Caspiens, dans les-froides cavernes de la Scythie, le vainqueur farouche qui, des rives du Bosphore, menace la civilisation et les arts de l'Europe [10].

N'entendez-vous point les Grecs qui vous appellent [11]? Les peuples de la Thrace, de la Colchide et de l'Arménie vous annoncent, à grands cris, qu'un ravisseur sacrilége [12] infecte leurs enfants des poisons de Mahomet. Vengez l'humanité qu'on outrage; allez punir des barbares et renoncez à la gloire odieuse de subjuguer vos frères [13].

Mais tandis qu'un délire sanglant vous égare, la faible Lusitanie dévoue ses pieux guerriers à la cause du ciel. Déja ils occupent les ports de la rive africaine. L'Asie les reconnaît pour ses

maîtres. Le nouveau monde les voit qui sillonnent ses plaines. Que la terre s'agrandisse encore;
ils sauront en atteindre les bornes. J'en atteste
Gama et ses intrépides compagnons.

La tempête avait fui. Les enfants d'Éole, adou-
cis par Vénus, les dirigeaient paisiblement vers
cette immense région où, pour prix de tant
d'efforts, vont s'établir un nouveau culte et de
nouvelles mœurs, sous un sceptre nouveau.

Les Portugais longeaient la côte, lorsqu'ils
aperçurent des barques de pêcheurs qui, sortis,
la matin, de Calicut, leur en indiquèrent le chemin. De toutes les cités dont s'enorgueillit le
Malabar, Calicut est la plus opulente et la plus
belle : elle doit sa richesse au commerce, et son
lustre à la résidence du monarque.

Au-delà de l'Indus et en-deça du Gange [14]
s'étend une région célèbre, baignée par la mer
au midi et bornée au septentrion par les montagnes Émodiennes [15]. Des sceptres divers l'ont
soumise à différents cultes. Une partie des habitants suit la loi de Mahomet; les autres adorent les idoles, ouvrage de leurs mains, ou les
animaux domestiques, compagnons de leurs travaux.

Les deux fleuves qui l'arrosent ont pris naissance dans cette longue chaîne de montagnes qui,
sous des noms différents, traverse l'Asie entière.

C'est de là qu'ils viennent embellir et féconder les délicieuses contrées qu'ils embrassent. Ils en forment, dans leur cours, une magnifique Cher-sonèse, et vont se jeter, à une grande distance l'un de l'autre, dans l'océan des Indes.

Ici, la terre qu'ils abandonnent s'avance dans la mer en pyramide renversée et s'arrête en face de Ceylan. Que de peuples, que de royaumes nous présentent ces beaux climats! Quelle variété de noms, de mœurs et de langages! Non loin des lieux où le Gange commence à dérouler ses larges flots, la nature a placé, dit-on, une nation fortu-née qui ne se nourrit que du parfum des fleurs [16].

Plus bas, on aperçoit les Delhyens et les Pa-tanes qui s'étendent sur un immense territoire; les peuples du Décan, les Orias qui se purifient dans les eaux du Gange; la terre de Bengale, la plus fertile de l'univers; la belliqueuse Cam-baye, encore fière du souvenir de Porus, et le royaume de Narsingue plus riche en or et en pierreries qu'en vaillants guerriers.

Là, s'élèvent les montagnes des *Gates* que l'on découvre de la haute mer, et qui défendent le Malabar de l'agression du Canara. Au pied de ces montagnes se prolonge un rivage étroit où la mer voit expirer ses flots. Il est couvert de cités florissantes, au milieu desquelles apparaît Calicut, la ville du Samorin.

La flotte avait à peine touché le rivage, qu'un envoyé de Gama court annoncer au monarque l'arrivée des navigateurs de l'occident. Monté sur une barque légère, il entre dans les eaux du fleuve. Son aspect imprévu, son teint, son air, ses vêtements étrangers, font voler à sa rencontre un peuple immense.

Au milieu de cette foule empressée arrive un Musulman [17]. Il est né sur la côte barbare où régna jadis Antée. Voisin de la Lusitanie, le sort des armes l'a fait, jeune encore, tomber entre les mains des Portugais. La fortune l'a depuis transplanté dans ces climats lointains.

Il aborde, d'un air riant, le messager de Gama; et le saluant en espagnol : « Guerrier, lui dit-il, « quel motif t'a conduit dans cet autre univers, « si loin du Portugal, ta patrie? — Le zèle de la « foi, répond le messager. Nous venons, à travers « des mers inconnues, apporter ici la connais- « sance du vrai Dieu et faire triompher son nom « parmi les peuples de l'Inde. »

Mozaïde (c'était le nom du Maure) restait muet de surprise et d'admiration à l'idée d'un pareil voyage, au récit des combats, des tem- pêtes, de tous les accidents d'une navigation si périlleuse et si longue. « Enfin, lui dit le Portu- « gais, nous avons vaincu la mer, les vents et « les barbares, et je viens informer de notre ar-

« rivée le souverain de Calicut. — Ta mission est
« remplie, lui répond l'Africain. Le palais du mo-
« narque touche aux murs de la cité[18]; la Renom-
« mée lui porte en ce moment ton message.

« Viens, avec confiance, te reposer sous mon
« humble toit. Un repas frugal y réparera tes
« forces, et nous irons ensuite visiter de com-
« pagnie tes généreux compatriotes. Est-il pour
« d'anciens voisins un plaisir plus doux que de
« se retrouver ainsi sur une terre étrangère ? »

Déja la demeure de Mozaïde est ouverte au
guerrier. Le Portugais s'assied à la table du
Maure : on les croirait de vieux amis. Le repas
fini, ils se dirigent ensemble vers les navires.
Leur aspect n'était pas nouveau pour Mozaïde.
Il s'élance avec son compagnon sur le vaisseau
de Gama.

A son langage, à son accent espagnol, le héros,
transporté, le serre dans ses bras, le fait asseoir
près de lui, et, maîtrisant son émotion, l'interroge
lentement sur le commerce et les productions
de cette partie du monde, sur les lois du pays
et sur les mœurs des habitants. Les Portugais
environnent Mozaïde ; et, le corps penché, l'o-
reille attentive, recueillent avidement ses réponses. Tels autrefois, à la cime du Rhodope,
les arbres émus s'inclinaient vers l'amant d'Eurydice, quand il touchait sa lyre d'or.

« Guerriers magnanimes, disait l'Africain, ô
« vous dont le berceau touche de si près au
« berceau de mes pères! Quel heureux génie
« vous inspira ce voyage héroïque? Non, ce n'est
« pas sans l'ordre secret du destin que vous avez
« quitté les campagnes du Tage et les bords loin-
« tains du Minho, pour franchir les mers im-
« menses qui vous séparaient de nos climats.

« C'est le ciel qui vous conduit. Le ciel, sans
« doute, a sur vous de grands desseins ; car lui
« seul a pu vous défendre contre vos ennemis,
« contre les dangers de la mer et la fureur des
« vents. Vous voici dans l'Inde, terre féconde en
« doux parfums, en brûlants aromates. L'or et
« le diamant croissent dans son sein ; sa surface,
« embellie par la culture, est couverte d'une po-
« pulation riche et nombreuse.

« Le rivage où vous venez d'aborder s'appelle
« le Malabar ; le port que vous voyez est le ren-
« dez-vous de ses flottes guerrières et commer-
« çantes. Son culte est celui des idoles ; son
« gouvernement, la monarchie. Il ne formait
« autrefois qu'un seul et vaste empire; aujour-
« d'hui divisé, il est soumis à vingt sceptres divers.
« Ce grand changement fut l'ouvrage de Sarama-
« Périmal.

« La contrée entière obéissait à ses lois, lorsque
« du golfe arabique des étrangers apportèrent ici

« l'Alcoran, cette loi vénérable dans laquelle je
« suis né. Périmal fut si touché de leurs élo-
« quentes leçons, qu'il résolut de renoncer au
« trône et de se consacrer avec eux au dieu de
« Mahomet.

    « Plusieurs vaisseaux furent chargés des trésors
« qu'il destinait au tombeau du prophète ; et
« comme il n'avait point d'héritiers naturels, il
« partagea son empire entre les plus fidèles ser-
« viteurs du trône ; pauvres, il les combla de
« richesses ; humbles sujets, il les éleva au rang
« des rois.

    « Chaul et son port, Cochin et ses plaines
« parfumées, Cananor et ses longs rivages, Pi-
« menta qui doit son nom à son piquant arô-
« mate, Cranganor et Coulan devinrent ainsi la
« récompense du mérite et le prix de la fidélité.
« Calicut, déja célèbre par son opulence et par
« l'étendue de son commerce, Calicut seule n'a-
« vait pas encore le nouveau maître qu'elle at-
« tendait.

    « Incertain dans son dernier choix, Périmal
« méditait profondément, lorsqu'un jeune Mala-
« bare qu'il chérissait comme un fils, parut tout
« à coup à ses yeux. Frappé d'une inspiration
« soudaine : Tu régneras sur Calicut, lui dit-il ;
« les couronnes que je viens de distribuer obéi-
« ront à la tienne.

« Et l'auguste vieillard ne songea plus qu'à
« ensevelir ses jours dans l'asile de paix qu'il
« avait choisi. Le jeune monarque se montra le
« digne successeur des *Samorins*. Ce titre suprême
« lui soumit tous les autres princes : sa postérité
« le porte encore, et commande glorieusement
« sur ce rivage.

 « L'antique religion des Malabares n'est qu'un
« tissu de fables grossières dont se repaît l'ima-
« gination du peuple et des grands. Nus jusqu'à
« la ceinture, ils n'ont pour vêtements qu'une
« étoffe légère repliée autour du corps. On les
« divise en deux castes : celle des *Naïres* ou des
« nobles ; celle des *Poléas* ou du peuple. La re-
« ligion leur défend de se mêler.

 « L'artisan ne peut choisir une épouse que
« dans sa tribu. Le fils qui naîtra de cette union
« restera toute sa vie attaché à l'industrie de son
« père. Un Naïre se croirait souillé par la ren-
« contre d'un Poléa, et si le hasard les rap-
« proche, il se lave, il se purifie ; semblable, en
« son orgueilleuse superstition, à l'habitant de
« Jérusalem qui reculait d'horreur à l'aspect du
« Samaritain.

 « Pauvre Poléa ! sans armes, sans droits, sans
« patrie, on te refuse jusqu'à l'honneur de verser
« ton sang pour le prince. Les Naïres sont les
« seuls guerriers du pays, les seuls défenseurs

« du trône. A leur droite est suspendu le cime-
« terre; à leur gauche, le bouclier.

  « Le soin des autels appartient aux Brames :
« nom antique et révéré dans l'Inde. Ils suivent
« les préceptes de ce Grec fameux [19] qui, le
« premier donna aux dépositaires de la science,
« le nom d'*amis de la sagesse*. Jamais la chair
« des animaux n'approcha de leurs lèvres. La
« volupté les trouve moins sévères; ils condam-
« nent l'intempérance, mais ils pardonnent à
« l'amour.

  « L'hymen, chez les Indiens, a aussi son in-
« dulgence : jamais les rivalités n'ensanglantèrent
« ses nœuds. Heureuses lois! heureux pays où
« l'on ignore les tourments de la jalousie! Tel
« est, en abrégé, le tableau du Malabar : un
« beau ciel, un peuple doux, des coutumes bi-
« zarres, des terres fertiles et des ports où se ras-
« semblent toutes les richesses des autres climats
« depuis les mers de la Chine jusqu'aux rivages
« de l'Égypte. »

  Ainsi parlait le Maure; et déjà la Renommée
avait publié dans Calicut l'arrivée des enfants
de Lusus. Une ambassade solennelle allait, au
nom du prince, les recevoir sur la plage. Au
milieu des rues populeuses, s'agite une foule d'habitants de tout âge et de tout sexe qui suivent ou
précèdent les envoyés du Samorin.

Gama, de son côté, se dispose à quitter la flotte. Il part. Une nef élégante amène avec lui l'élite de ses guerriers. Tous sont décorés de riches vêtements. Les vives couleurs, les formes variées du costume européen charment les yeux des Malabares. La rame, à coups mesurés, frappe les flots amers et sillonne bientôt les eaux pures du fleuve.

Le Catual (c'est le nom que donnent ces peuples au chef des ministres du Samorin), le catual était sur le rivage, entouré d'une troupe de Naïres. Cependant le héros s'élance de son esquif, et passe des bras du Catual dans un riche palanquin porté par des esclaves, suivant l'usage de l'Orient.

Une autre litière a reçu le ministre indien. Il accompagne Gama et s'avance avec lui vers le palais du monarque. Les Portugais les suivent, marchant en ordre de bataille. Le peuple se presse autour d'eux, impatient de les interroger ; mais, comme autrefois sous les murs de Babel, les questions et les réponses se perdent confusément dans les airs.

Le Catual et Gama s'entretenaient en chemin du spectacle animé que présentait Calicut. Mozaïde était leur interprète. Ils traversent ainsi la grande cité et parviennent à l'entrée d'un temple dont le faîte se cachait dans les nues. Les Indiens et les Portugais, franchissent ensemble le parvis sacré.

Là, sous des formes diverses inventées par l'esprit de ténèbres [20], le bois et la pierre reproduisent aux yeux les divinités de l'Inde : figures bizarres, telles que l'on nous peint le monstre fabuleux que combattit Bellérophon. Les regards du chrétien, accoutumés à ne voir la divinité que sous les traits les plus nobles de l'homme, sont frappés de surprise à la vue de ces hideux simulacres.

L'un est armé des cornes du Jupiter de la Libye. L'autre, sur un corps unique, élève un double front : on dirait l'antique Janus. Celui-ci semble avoir emprunté les cent bras de Briarée. Celui-là représente l'idole impure que les peuples du Nil adoraient sous le nom d'Anubis.

Le Malabare adresse son hommage à ses dieux; et bientôt le cortége se remet en marche vers la demeure du Samorin. La foule grossissait à chaque pas. Les vieillards et les enfants, les filles et leurs mères, remplissaient les fenêtres et les terrasses, se montrant l'un à l'autre le chef des étrangers.

On arrive aux jardins magnifiques qui entourent le palais du monarque. L'air qu'on y respire est rempli du parfum des fleurs. Ce palais n'est point orné, comme nos châteaux européens, de bastions crénelés et de tourelles menaçantes; il s'élève au milieu de bosquets délicieux, et réunit pour ses nobles hôtes le luxe éclatant des villes et l'heureuse simplicité des champs.

Les portiques sont revêtus d'ornements où brille dans tout son éclat l'art merveilleux perfectionné par Dédale[21]. Les antiquités de l'Inde y sont représentées avec tant de force et de vérité[22], que le spectateur, entraîné par une subite illusion, croit assister lui-même aux grands événements qui jadis ont illustré la terre de l'Aurore.

Une grande armée va foulant les rives de l'Hydaspe. Son chef est un héros brillant de jeunesse; il est armé du thyrse au vert feuillage. Sur les bords du fleuve s'élève l'enceinte de Nysa, ouvrage du jeune vainqueur. Il vit, il respire! En le voyant, Sémélé dirait : voilà mon fils[23].

Plus loin, le lit d'un fleuve est tari par une multitude innombrable d'Assyriens que la soif dévore. Une reine les commande[24]. Elle est célèbre par sa beauté, plus célèbre encore par ses coupables amours. A ses côtés marche un coursier fougueux. D'un œil ardent, elle l'admire et le dévore. Ninyas est inquiet, l'Amour s'indigne et la Nature frémit.

Sur les rives du Gange on voit flotter les drapeaux de la troisième monarchie[25]. Ils sont gui-

dés par un jeune prince couronné des palmes
de la victoire. L'orgueil est sur son front. Il s'é-
lance, il triomphe. Non, ce n'est plus le fils de
Philippe, c'est le fils de Jupiter [26].

Tandis que les guerriers parcouraient des yeux
ces merveilles, le Catual disait à Gama : « Le jour
« n'est pas loin où d'autres victoires effaceront
« celles que tu vois [27]. Ici même un peuple loin-
« tain viendra graver des exploits nouveaux; la
« science de nos mages les a lus au livre des
« destins.

« Tout doit céder à l'ascendant de cette nation
« belliqueuse : que peuvent les efforts de l'homme
« contre les arrêts du ciel? Ainsi l'annoncent les
« oracles; mais ils ajoutent que les vainqueurs
« se montreront si grands dans la guerre et dans
« la paix, que les vaincus pourront, à la face
« du monde entier, s'enorgueillir de leur dé-
« faite. »

Mais déja la salle du trône s'ouvre devant eux.
Sous un dais magnifique, sur un divan dont l'é
légance égalait la richesse, reposait le Samorin.
Dans son air, dans ses regards, respirait la majesté de l'empire. L'or brillait à sa ceinture; le
diamant étincelait sur sa tête. Près de lui, dans
une attitude respectueuse, se tenait un vieillard qui, par intervalles, lui présentait le bétel
au brûlant parfum.

Un brame, au front vénérable, au maintien grave, s'avance, à pas lents, vers Gama et, le conduit au pied du trône. Averti par un geste du Samorin, le héros s'assied ; ses compagnons restent debout. Leurs traits, leurs armes, leurs vêtements inconnus à l'Asie, fixaient les regards du monarque, lorsque Gama, d'un air noble et modeste qui lui concilie à l'instant la bienveillance de la cour, prit la parole en ces termes :

« Des bords lointains où le soleil, dans sa ré-
« volution rapide et continue, semble éteindre
« pour une moitié du monde le flambeau qu'il
« porte à l'hémisphère opposé, un grand roi,
« frappé de ta renommée, m'envoie, à travers
« l'immensité des flots, te demander, en son nom,
« ton alliance et ton amitié.

« Son royaume est l'entrepôt des richesses du
« monde, de toutes les productions que le com-
« merce transporte des rives du Tage aux cam-
« pagnes du Nil, et de la froide Zélande aux
« climats brûlants où le soleil donne à l'Éthio-
« pien des jours d'une égale durée.

« Si, par un traité solennel, tu permets entre
« nous ces pacifiques échanges qui rapprochent
« les empires et les fécondent l'un par l'autre,
« si tu nous ouvres tes ports [28], ce traité, ces
« rapports nouveaux, deviendront, n'en doute
« pas, une source de revenus pour ta couronne,

« de richesses pour tes sujets et de gloire pour
« mon souverain.

« L'alliance une fois jurée, tes ennemis sont
« les siens; tes guerres sont les siennes; ses armes,
« ses soldats, ses vaisseaux sont à toi; tous vos
« intérêts sont communs : les deux peuples ne
« forment plus qu'une famille. Telles sont les
« offres qu'il t'adresse par ma bouche. Lui dirai-
« je que tu les acceptes? »

Le Samorin lui répond : « Un illustre ambas-
« sadeur qui, du fond de l'Occident, vient m'of-
« frir l'amitié d'un grand prince, honore mon
« sceptre et flatte ma puissance. Mais je dois
« avant tout prendre l'avis de mon Conseil; j'ai
« besoin de connaître mieux la contrée dont tu
« sors, la nation qui l'habite et le souverain qui
« la gouverne. Tu pourras, en attendant, te re-
« poser de ton voyage. Ma réponse sera prompte
« et conforme, je l'espère, au desir de ton
« roi. »

Déja la nuit ramenait la fin des travaux des
mortels. Tandis que Morphée, les mains chargées
de pavots, allait toucher leurs paupières fatiguées,
Gama fût conduit, avec ses guerriers, au palais
du ministre. Un repas somptueux, une fête brillante terminèrent pour eux cette journée.

Cependant le Catual, fidèle aux ordres de son
maître, songeait à recueillir de nouvelles lu-

mières sur la patrie des guerriers, sur leurs
mœurs et sur leur croyance. A peine ses yeux
sont-ils frappés des premières clartés du jour,
qu'il appelle Mozaïde : « Quels sont ces étran-
« gers? Tu dois les connaître; j'apprends que
« leur patrie est voisine de la tienne.

« Parle-moi sans feinte et sans détour. Le prince,
« incertain du parti qu'il doit prendre, hésite
« et délibère. C'est à toi de le fixer. — Que te
« dirai-je, lui répond Mozaïde, qui ne te soit déja
« connu? Je sais qu'ils sont nés dans l'Hespérie,
« non loin de mon pays et des mers où se plonge
« le soleil.

« Leur culte est pacifique et pur; ils suivent
« la loi d'un prophète qu'un souffle céleste en-
« gendra dans le sein d'une vierge. Leurs mœurs
« sont guerrières. Les désastres de la Mauritanie,
« les pertes sanglantes qu'ils ont fait subir à mes
« ancêtres, n'attestent que trop leur valeur.

« Le Tage et la Guadiana, dont nous cultivions
« les fertiles vallées, coulent aujourd'hui sous
« leurs lois. La mer n'est plus entre eux et nous
« qu'une impuissante barrière; et, maîtres des
« remparts qui défendaient nos rivages, ils en-
« tretiennent la terreur jusque dans nos pro-
« pres foyers.

« Leur audace, encouragée par nos défaites,
« a triomphé de toutes les nations belliqueuses

« qui, du Tage aux Pyrénées, couvrent le sein
« de l'Hespérie. Jamais ils ne croisent la lance
« qu'ils ne sortent vainqueurs du combat. Braves
« comme Annibal, on ne les verrait point, comme
« lui, s'arrêter sous les murs de Rome 29; l'épée
« de Marcellus se briserait sur leurs épées.

« Et si ta prudente curiosité n'est pas entière-
« ment satisfaite, interroge-les toi-même : aussi
« fiers que vaillants, ils abhorrent le mensonge.
« Va voir leurs vaisseaux, leurs foudres d'airain.
« Tu trouveras chez eux la politesse unie au
« courage, et les arts de la paix mêlés à l'ap-
« pareil de la guerre. »

Excité par ce discours, le ministre du Samorin se dispose à visiter la flotte portugaise. Dès
la seconde aurore, il part avec Mozaïde. Mille
Naïres forment son cortége; leurs nefs pavoisées
couvrent la mer, et les conduisent rapidement
au navire où s'étaient réunis les trois chefs de la
flotte.

La pourpre et la soie se déroulent en riches
tapis sous les pas du Catual. Au-dessus du tillac,
elles se déploient en larges bannières. Sur ces
nobles étendards sont retracées les actions qui
jadis ont signalé le bras des héros. On y voit
des batailles rangées, des combats, des défis
sanglants.

L'œil attaché à ces brillants tableaux, le Malabare en demandait l'explication, lorsque Gama l'invite à prendre place à un superbe banquet. La table est chargée de viandes exquises ; le vin coule, à flots écumeux, dans des coupes de cristal. Un enfant d'Épicure en ferait ses plus chères délices : le disciple de Brama les regarde avec indifférence.

Les trompettes et les clairons qui réveillent, au sein de la paix, le souvenir des combats, élevaient jusqu'au ciel leurs sons belliqueux ; l'airain mugissant retentissait jusqu'au fond des mers ; mais rien n'a pu distraire le Catual de ses premières pensées. Son regard se reportait sans cesse aux faits éclatants que la peinture, poésie muette, avait su rassembler dans un espace si étroit.

Il se lève : Gama, son frère et Coelho se lèvent avec lui. L'Indien jette les yeux sur le portrait d'un vieillard à cheveux blancs et d'un aspect vénérable. Le nom de ce héros vivra autant que le monde. Il porte l'habit guerrier de la Grèce ; un sceptre est dans sa main.

Ce sceptre entouré de feuillage..... Mais que fais-je, insensé [30]? Muses du Tage, nymphes du Mondégo, oserai-je tenter sans vous une entreprise si difficile et si longue? Accourez à mon aide. Ma faible nef est lancée sur une mer immense, orageuse. Les vents ennemis l'environnent : sauvez-la de leur fureur.

Vous le savez; mes patriotiques accents n'ont pu conjurer les orages. Traîné par le sort d'exil en exil, de malheurs en malheurs, toujours sur les flots ou sur les champs de bataille, je lutte, je combats, et j'écris encore, semblable à cette fille d'Éole [31] qui, mourante et désespérée, d'une main tenait le style et de l'autre le glaive.

Tantôt pressé de l'affreuse indigence, sans autre asile que la triste demeure ouverte par la pitié publique aux misères de l'humanité, si je retrouve l'espérance, c'est pour la reperdre aussitôt : l'abîme qui s'était fermé, se rouvre, plus profond, sous mes pas. Tantôt, comme Ézéchias [32], étendu sur un lit de douleur, j'attends la fin de ma déplorable existence; et comme lui, je n'échappe à la mort que par un prodige.

Pour comble d'infortune, mon malheur est l'ouvrage des ingrats que je chantais, le prix des vers consacrés à leur gloire. Au lieu du repos que j'attendais, au lieu des lauriers qui devaient ceindre ma tête, je n'ai recueilli que des tourments et les superbes dédains de mes persécuteurs.

Voilà donc les cœurs généreux qu'enfante la Lusitanie! Voilà la récompense des chants qui les ont illustrés!-Historiens savants, poètes inspirés, ô vous que tourmente le besoin de transmettre à la postérité la gloire de vos contemporains, sacrifiez à ce noble emploi et vos nuits et vos jours : voilà le prix qu'ils vous réservent.

Soyez donc mon seul trésor, nymphes du Tage, soyez mon seul appui. Ne m'abandonnez pas au moment où je vais chanter tant d'actions mémorables. Vous ne me verrez point prostituer vos dons à d'indignes mortels. Je l'ai juré, et si je violais mon serment, puissent-ils m'accabler à-la-fois de leur ingratitude et de leur mépris!

Jamais, oh! non, jamais, vous ne m'entendrez célébrer [33] celui qui, sans crainte et sans remords, sacrifie à de vils intérêts et le prince et l'état; ni l'ambitieux qui n'aspire aux grandeurs que pour en faire l'instrument de ses vices;

Ni ce dangereux protée qui, fier de la faveur du maître, insulte tour-à-tour et sourit à ses victimes; ni ce conseiller perfide qui, sous le manteau de la vertu, séduit l'inexpérience du prince, et livre à ses goûts dissipateurs la dépouille du peuple;

Ni ce magistrat sévère à qui Thémis a remis sa balance, et qui refuse d'y peser les droits du pauvre; ni ce ministre au cœur de bronze qui, toujours armé de taxes nouvelles, boit la sueur des malheureux et dévore les fruits d'un labeur qu'il ne connut jamais.

Honneur seulement aux héros qui, pour leur Dieu, pour leur roi, prodiguent noblement leur vie. Ils meurent, mais cette vie qu'ils viennent de perdre, la Renommée s'en empare et la prolonge d'âge en âge jusqu'à la dernière postérité. Filles d'Apollon, soutenez mon courage; et ma lyre, un moment suspendue, me rendra bientôt ses accords.

FIN DU CHANT SEPTIÈME.

NOTES

●●●●●●●●●●

1. **Enfants de Lusus, vous n'occupez qu'un point sur le globe, etc.**

C'est une chose, en effet, bien remarquable, qu'un peuple à peine aperçu au milieu des grandes nations chrétiennes, ait exécuté, à lui seul, une pareille entreprise. Le monde, considéré sous le rapport religieux, se partageait alors, comme l'observe très-bien M. de Souza, entre deux vastes dominations : l'empire d'Occident, et l'empire d'Orient; l'un chrétien, mais divisé; l'autre mahométan, mais toujours uni, toujours armé contre le premier. Le passage du cap de Bonne-Espérance fut un coup terrible porté à la puissance musulmane; et le choix que le ciel voulut faire de la plus faible nation de l'Occident pour ébranler, en Orient, la religion et l'empire de Mahomet, ne pouvait être aux yeux du poète portugais une circonstance indifférente. Il s'en empare avec adresse et la développe avec une grande supériorité de raison et de talent. Le tableau politique de l'Europe au commencement du seizième siècle est un des morceaux les plus brillants des Lusiades. C'est une digression, il est vrai; mais elle a pour objet de faire ressortir les hautes qualités de la nation portugaise. Elle n'est point étrangère au sujet, et donne beaucoup de relief à l'action principale du poëme.

2. Voyez les Germains, si fiers de leurs vastes domaines, etc.

Les querelles du luthéranisme agitaient alors toute l'Allemagne.

3. Voyez le tyran d'Albion.

Henri VIII. Il écrivit d'abord contre Luther, reçut du pape le titre de défenseur de la foi, se sépara ensuite violemment de la communion romaine, fit une église à sa mode et s'en déclara le chef suprême. On connaît ses persécutions contre les protestants et les catholiques, sa cruauté envers ses femmes : c'est le Néron des temps modernes.

4. Il se dit roi de la cité sainte.

Les rois d'Angleterre joignaient à leur titre celui de rois de Jérusalem.

5. Et toi, monarque des Gaules, etc.

Cette apostrophe est dirigée contre François Ier. L'auteur lui reproche, avec plus de sévérité que de justice, la conquête du Milanais. Charles-Quint, dont les armées ravagèrent l'Italie et mirent Rome au pillage, méritait plus que son rival la censure de Camoens; mais Charles-Quint avait fait la guerre aux Mahométans, et François Ier était devenu leur allié. On avait vu les galères du roi, sous le comte d'Enghien, se joindre aux vaisseaux de Soliman, commandés par l'amiral Chérédin, et les deux flottes réunies mettre le siége devant la ville de Nice. On avait vu des mosquées à Toulon, où Chérédin s'était retiré à l'approche du célèbre André Doria. Il n'en fallait pas tant pour exciter la pieuse indignation du poëte portugais.

6. Que ne vas-tu, dans ton ardeur belliqueuse,
   conquérir les bords du Cinyphe et du Nil?

Le *Cinyphe* est une rivière d'Afrique qui prend sa source dans le Biledulgérid, traverse le royaume de Tripoli, et se décharge dans la Méditerranée, à l'orient de *Lebda* anciennement *Leptis*. Cette rivière est désignée dans le Dictionnaire géographique de Baudrand, sous le nom de *Macres*.

7. Que dirai-je de ces peuples qui, sans respect
   pour la gloire de leurs ancêtres, etc.

L'Arioste est plus sévère encore que Camoens envers l'Italie, telle que les dissensions civiles et la corruption des mœurs l'avaient faite à cette époque.

> O d' ogni vizio fetida sentina !
> Dormi Italia imbriac, e non ti pesa
> Che ora di questa gente, ora di quella
> Che già serva ti fù, sei fatta ancella.

> Italie, en vertus, en héros si féconde,
> Autrefois la maîtresse et l'exemple du monde !
> Vile esclave aujourd'hui, tu rampes sous la loi
> Des mêmes nations qui rampaient devant toi.

8. Seriez-vous donc sortis de cette fatale semence
   que Cadmus, etc.

Cadmus avait tué, dans la Béotie, près de la fontaine de Dircé, un énorme dragon. Par l'ordre de Pallas, il sema les dents du monstre, et il en naquit des hommes tout armés

qui s'entretuèrent sur-le-champ. Ovide a décrit, avec autant
d'élégance que de précision, cette étrange métamorphose :

Paret ; et, ut presso sulcum patefecit aratro,
Spargit humi jussos, mortalia semina, dentes.
Indè, fide majus, glebæ cœpère moveri,
Primaque de sulcis acies apparuit hastæ.
Tegmina mox capitum picto nutantia cono;
Mox humeri pectusque, onerataque brachia telis
Exsistunt, crescitque seges clypeata virorum.
Sic, ubi tolluntur festis aulæa theatris,
Surgere signa solent, primumque ostendere vultum;
Cætera paulatim ; placidoque educta tenore
Tota patent, imoque pedes in margine ponunt.
Territus hoste novo Cadmus capere arma parabat.
« Ne cape, de populo quem terra creaverat, unus
« Exclamat ; nec te civilibus insere bellis. »
Atque ita, terrigenis rigido de fratribus unum
Cominùs ense ferit : jaculo cadit eminùs ipse.
Hic quoque qui leto dederat, non longiùs illo
Vivit, et expirat modò quas acceperat auras.
Exemploque pari furit omnis turba : suoque
Marte cadunt subiti per mutua vulnera fratres;
Jamque brevis spatium vitæ sortita juventus
Sanguineam trepido plangebant pectore matrem.
            (Metam. lib. III.)

Le héros obéit : il prend les dents horribles,
Jette dans un sillon ces semences terribles;
Et tout à coup (à peine il en croit ses regards)
Il voit croître d'abord des pointes de longs dards,
Puis des casques d'airain à l'aigrette mouvante,
Des épaules que ceint une armure pesante,
Des bras armés de traits, chargés de boucliers,
Enfin une moisson d'innombrables guerriers.
Ainsi, lorsqu'au théâtre un tapis se déroule,

Des figures qu'il peint aux regards de la foule,
Le visage, les bras, et le buste et les pieds,
S'élèvent par degrés* tour-à-tour déployés.
Contre tant d'ennemis nés soudain de la terre,
Cadmus, le fer en main, se prépare à la guerre.
« Cesse, lui dit l'un d'eux, c'est assez de nos coups :
« La discorde, sans toi, te vengera de nous. »
Il dit : déja sa main dans le sang est trempée ;
Dans le flanc du plus proche il plonge son épée.
D'un trait lancé de loin, lui-même il perd le jour ;
Et celui qui le perce est atteint à son tour.
Une égale fureur à l'envi les anime ;
Le meurtrier de l'un, de l'autre est la victime ;
Ils ont tous leurs vengeurs comme leurs assassins.
L'instant qui les vit naître a fini leurs destins :
Tous, sanglants, renversés, percés des coups d'un frère,
Expirent palpitants sur le sein de leur mère.

(St-Ange.)

9. Ces foudres d'airain qu'inventa le démon de la guerre, etc.

On rapporte à l'année 1375 l'invention de l'artillerie. Pétrarque, dans un de ses dialogues latins, déplore amèrement cette découverte. *Non erat satis de cœlo tonantis ira dei immortalis, nisi homuncio (o credulitas juncta superbiæ !), de terrá etiam tonuisset.* « N'était-ce point assez que du haut du « ciel, la colère de Dieu tonnât sur la tête des mortels ? Fal- « lait-il donc que, superbes imitateurs de Dieu, les faibles « mortels eussent aussi leur tonnerre ! »

---

* Sur la scène antique, la toile des décorations se déroulait en s'élevant.

3.

10. Le vainqueur farouche qui, des rives du Bosphore, menace la civilisation et les arts de l'Europe.

Mahomet II s'était emparé de Constantinople en 1453. Sélim Ier ajouta de nouvelles conquêtes à celles de Mahomet. *Soliman*, fils de *Sélim*, continua l'ouvrage de son père et s'avança jusqu'aux portes de Vienne.

11. N'entendez-vous point les Grecs qui vous appellent?

Le monde chrétien n'entendit point alors la voix des Grecs. Après deux siècles d'attente, ils ont pris le parti de se secourir eux-mêmes. Toutes les ames religieuses, tous les cœurs généreux forment des vœux pour le triomphe de la Croix sur le Croissant, et de la civilisation sur la barbarie.

12. Les peuples de la Thrace, de la Colchide et de l'Arménie vous annoncent, à grands cris, qu'un ravisseur sacrilége, etc.

Les Turcs ont formé le corps des Janissaires, d'enfants chrétiens qui leur étaient donnés en tribut par les Grecs, ou qu'ils enlevaient dans un âge encore tendre. Ils voulaient que cette milice n'ayant aucun lien de parenté, ni de patrie, ne connût plus que Mahomet et le sultan.

13. Allez punir des barbares et renoncez à la gloire odieuse de subjuguer vos frères.

On dirait que Camoens, en écrivant ce morceau, avait

présente à l'esprit cette belle apostrophe que l'auteur de la Pharsale adresse aux Romains :

Quis furor, o cives ! quæ tanta licentia ferri
Gentibus invisis Latium præbere cruorem ?
Qumque superba foret Babylon spolianda tropæis
Ausoniis, umbrâque erraret Crassus inultâ,
Bella geri placuit nullos habitura triumphos !

(Pharsal., lib. 1.)

Rome, dont la grandeur épouvantoit la terre,
Quel sinistre démon t'inspire cette guerre ?
Quelle aveugle fureur arme tes légions
Et va montrer ta honte à tant de régions ?
Lorsque d'un beau courroux tes troupes échauffées
Devroient dans Babylone arborer des trophées,
Regagner les drapeaux que le Parthe a gagnés,
Et venger de Crassus les mânes indignés :
On voit tes conquérants chercher une victoire
Fatale à ta grandeur et *funeste* à ta gloire.

(BRÉBEUF.)

Funeste à ta gloire n'ajoute rien à *fatale à ta grandeur* et ne forme qu'une vaine battologie qui est loin de rendre ce vers si beau d'expression et de sentiment :

Bella geri placuit nullos habitura triumphos ;

Mais, à cette faute près, les vers de Brébeuf que nous venons de citer sont tout-à-fait dans la manière de Corneille.

14. Au-delà de l'Indus, et en deçà du Gange, etc.

Dans le plan général des *Lusiades*, le septième chant ne pouvait avoir le mouvement des six premiers. Il est presque entièrement consacré au tableau géographique de l'Inde, à l'histoire des gouvernements que les Portugais y trouvèrent établis, et à la description des mœurs des habitants. Tous ces détails qui, à une époque encore rapprochée de la découverte, devaient intéresser vivement le Portugal et toutes les nations commerçantes de l'Europe, n'ont plus aujourd'hui le même attrait pour nous. Cependant ils sont présentés avec tant d'élégance et de précision, ils se mêlent, d'une manière si heureuse, aux antiques souvenirs de l'Inde, l'historien se confond tellement avec le poète, que l'intérêt se soutient jusqu'à l'entrevue de Gama avec le Catual et le Samorin, sans que le lecteur s'aperçoive que l'action du poëme a été un moment suspendue.

15. Les montagnes Émodiennes.

C'est une branche du Caucase ou mont Imaüs.

16. Non loin des lieux où le Gange commence à dérouler ses larges flots, la nature a placé, dit-on, une nation fortunée qui ne se nourrit que du parfum des fleurs.

« C'est une fable, dit M. de La Harpe, que Pline paraît « avoir adoptée sur la foi des naturalistes grecs, et dont nos « voyageurs modernes ont démontré la fausseté. » Il serait possible que ce ne fût qu'une hyperbole inventée pour exprimer la grande quantité de miel que procurait à ces peuples, sous un ciel pur et sur une terre toujours couverte de fleurs, l'éducation des abeilles.

17. Au milieu de cette foule empressée, arrive un musulman.

Le fait est conforme à l'histoire. Ce Maure rendit en effet de grands services aux Portugais; et lorsqu'ils se brouillèrent avec le Samorin, il devint suspect à ce prince qui le crut d'intelligence avec eux. Il se réfugià sur la flotte et se fit chrétien. (M. de LA HARPE.)

18. Le palais du monarque touche aux murs de la cité.

Au moment de l'arrivée des Portugais, le Samorin habitait Pandarane, petite ville située à deux milles de Calicut.

19. Ils suivent les préceptes de ce Grec fameux, etc.

Pythagore. Il voyagea dans les Indes et en rapporta ses principaux dogmes, tels que la métempsycose, l'abstinence des viandes, la contemplation, etc. Les Bracmanes ne furent point ses disciples, comme l'auteur semblerait l'avoir pensé : c'est Pythagore qui se fit le disciple des Bracmanes. Mais il coordonna les doctrines qu'il leur avait empruntées, et les réduisit en préceptes. C'est dans ce sens qu'il faut entendre l'expression de Camoens, *Ils suivent les préceptes de ce Grec fameux qui le premier donna aux dépositaires de la science le nom d'amis de la sagesse.*

Rappelons à nos jeunes lecteurs que le mot de *philosophie* est formé de deux mots grecs, *philéô, j'aime,* et *sophia, sagesse;* et ajoutons que, par une extension abusive ou par ironie, on appelle quelquefois *philosophes,* certains écrivains du dernier siècle, qui, s'égarant dans de vaines théories, ont attaqué les principes sur lesquels reposent toutes les sociétés humaines bien organisées. Tout ce qui tend à rendre l'homme meilleur, à élever son âme, à donner à ses idées plus de rectitude et d'étendue, est de la philosophie. Tout ce qui tend à produire un effet contraire, appartient à des

doctrines antisociales qu'il faut rejeter avec mépris, de quelque nom qu'on les décore.

20. Là, sous des formes diverses inventées par l'esprit de ténèbres, etc.

La description que Camoëns nous donne ici de l'intérieur
d'une pagode, ou temple indien, est conforme au récit des
voyageurs.

Osorius rapporte, au sujet de cette pagode, un trait qui
caractérise l'esprit du temps. Au fond du temple, et dans
l'endroit le plus obscur, se trouvait une espèce de *sacellum*
dont l'entrée n'était permise qu'aux prêtres des idoles, et qui
renfermait une image que l'obscurité du lieu empêchait de
distinguer. Des prêtres en sortirent tout à coup, et, la main
tournée vers l'image, prononcèrent un ou plusieurs mots
où les Portugais crurent reconnaître le nom de *Marie*. Le
Catual et les Indiens qui l'accompagnaient se prosternèrent
sur-le-champ. Les Portugais, s'imaginant qu'ils invoquaient
la mère de Dieu, se prosternèrent comme eux et récitèrent
l'*ave Maria*.

21. Les portiques du palais sont revêtus d'orne-ments où brille dans tout son éclat l'art mer-veilleux perfectionné par Dédale.

Ce Dédale, grand ciseleur et grand mécanicien, était d'A-
thènes. Il est plus connu par la construction du Labyrinthe
de Crète et par son voyage aérien, que par son talent pour
la ciselure.

22. Les antiquités de l'Inde y sont représentées avec tant de force et de vérité, etc.

Cette description des portiques est imitée du premier livre de l'Énéide.

> Videt Iliacas ex ordine pugnas,
> Bellaque jam famâ totum vulgata per orbem.

> Il voit représentés tous ces fameux revers,
> Ces combats dont le bruit a rempli l'univers.
> (DELILLE.)

Elle n'a pas certainement le même charme que les tableaux de Virgile, ces tableaux si attachants où Énée lui-même reconnaît son image mêlée à celle des héros :

> Se quoque principibus permixtum agnovit Achivis.

Mais les tableaux de Camoens ont un autre genre d'intérêt. Ils représentent les premiers conquérants des Indes; et cette vue était bien propre à exalter l'âme des Portugais devenus les rivaux de Bacchus et d'Alexandre.

23. En le voyant, Sémélé dirait : Voilà mon fils.

Manière vive et ingénieuse de désigner Bacchus, sans le nommer.

24. Une reine les commande.

Sémiramis. « Ses qualités héroïques l'élevèrent au-dessus « des plus grands hommes ; ses vices la rabaissèrent au-des- « sous des femmes les plus dégradées. »
> (DUPERRON DE CASTÉRA.)

25. Sur les rives du Gange on voit flotter les drapeaux de la troisième monarchie.

Ce sont les drapeaux d'Alexandre. Sleidan, auteur alle-mand qui, du temps de Camoens, a écrit la vie de Charles-Quint, sous le titre de *Commentaires sur l'état de la reli-gion et de la république*, a fait un livre intitulé : *Des Quatre Monarchies*, la i^{re}, *des Babyloniens*, la 2e, *des Perses*, la 3e, *des Macédoniens*, et la 4e, *des Romains*.

26. L'orgueil est sur son front. Il s'élance, il triomphe. Non, ce n'est plus le fils de Philippe, c'est le fils de Jupiter.

Il était difficile de faire en moins de paroles, et avec plus d'énergie, le portrait du vainqueur de Darius. On sait qu'Alexandre, afin d'imprimer plus de respect aux nations vaincues, voulut passer pour fils de Jupiter. C'est à cette occasion que sa mère Olympias dit ce bon mot que toute la Grèce répéta, et que l'histoire nous a conservé : *Vous verrez qu'il finira par me brouiller avec Junon.*

27. Tandis que les guerriers parcouraient des yeux ces merveilles, le Catual disait à Gama : « Le jour n'est pas loin où d'autres victoires « effaceront celles que tu vois. »

D'après les écrivains portugais, c'était un bruit depuis long-temps répandu dans les Indes, que ce pays deviendrait un jour la conquête d'un peuple de l'Occident. Cette pré-diction, rappelée ici par le Catual, est d'un effet véritable-ment dramatique. En la rapportant à Gama, il est loin de soupçonner qu'elle commence à s'accomplir, et que les futurs conquérants sont déja devant lui.

28. Si tu nous ouvres tes ports, etc.

Le principal revenu du Samorin consistait dans le produit de ses douanes. Gama cherche donc à le gagner par l'intérêt du commerce ; et par-là, d'ailleurs, le poète prépare adroitement l'opposition des Maures qui étaient alors, comme nous l'avons déja fait remarquer, en possession de tout le commerce de l'Orient.

29. Braves comme Annibal, on ne les verrait pas s'arrêter comme lui sous les murs de Rome.

On reproche à Camoens d'avoir donné à Mozaïde beaucoup trop d'érudition. Mais ce Maure avait habité le Portugal, il parlait la langue espagnole; il avait pu acquérir, soit en Portugal, soit en Espagne, les connaissances qu'il étale dans son discours. Nous ne dirons point, comme Duperron de Castéra, qu'avant d'arriver au Malabar, *il avait peut-être servi de précepteur au roi de Mélinde;* mais nous ne voyons rien de ridicule à supposer, comme Duperron, que Mozaïde était un disciple de ces mêmes Arabes qui, dans les universités de la péninsule, avaient étudié la littérature des anciens. Il suffit que le fait soit possible, pour que l'auteur ait eu le droit de placer dans la bouche de ce personnage tout ce qu'il a cru convenable au développement de son sujet. Le personnage de Mozaïde n'est pas plus extraordinaire que celui de Vafrin dans la *Jérusalem délivrée,* de cet écuyer de Tancrède, qui parlait toutes les langues de l'Afrique et de l'Asie.

Stupiron quei che favellar l'udiro,
Ed in diverse lingue esser sì presto,

Ch' Egizio in Menfi, o pur Fenice in Tiro
L'avria creduto e quel popolo e questo.
(Canto XVIII.)

« Il étonne les oreilles par des accents étrangers; on l'eût
« cru Égyptien à Memphis, et Phénicien à Tyr. »
(Traduction de Lebrun.)

3o. Mais que fais-je insensé?

Le Catual s'est rendu au vaisseau de Gama, où sont réunis les trois chefs de la flotte. De riches tentures, des bannières de soie sont déployées sur le tillac. Sur ces bannières,
sont peints les exploits des anciens Portugais : le frère de
Gama va donner au Catual l'explication de ces peintures ; il
commence.... Mais tout à coup le poète interrompt le récit.
Il invoque le secours des Muses, des Muses son seul appui.
Cette idée réveille en lui le souvenir de ses malheurs, de
l'injustice et de l'ingratitude de ses concitoyens, et la lyre
héroïque ne rend plus que les sons plaintifs de l'élégie.

31. Je lutte, je combats, et j'écris encore, sem-blable à cette fille d'Éole, etc.

Canacée, fille d'Éole, avait brûlé d'un feu coupable pour
Macharée, son propre frère. Éole, ayant découvert son
crime, lui fit remettre un poignard, avec ordre de se punir
elle-même. Ovide la représente écrivant à Macharée, et tenant de la main gauche le poignard dont elle va se frapper.

Dextra tenet calamum, strictum tenet altera ferrum.
(Ovid.)

Le *calamus* ou *stylus* des anciens était une espèce de
poinçon avec lequel ils écrivaient sur des tiges de papyrus,
séparées en lames très-minces, ou sur des tablettes enduites
de cire.

32. Tantôt, comme Ézéchias, etc.

A ce passage, on se rappelle involontairement l'ode si mélancolique et si touchante de J. B. Rousseau :

> J'ai vu mes tristes journées
> Décliner vers leur penchant ;
> Au midi de mes années
> Je touchais à mon couchant, etc.

33. Jamais, oh! non jamais vous ne m'entendrez célébrer, etc.

Nous avons dit au commencement de la vie de Camoens que l'amour avait été la cause première de ses disgrâces ; mais leur prolongation, si inconcevable, devait avoir d'autres causes. En lisant ce morceau du septième chant, en le rapprochant de la fin du huitième, *O Plutus, dieu de l'or* ; de la peinture allégorique de la cour de Sébastien au neuvième chant, *Un jeune épi commençait à fleurir*, et surtout de l'éloquent épilogue du dixième, on a la clef de toutes les infortunes de Camoens.

Il célébra, avec enthousiasme, la gloire et les vertus des vieux Portugais ; mais il gourmanda, avec rudesse, les vices de ses contemporains. Il ne réussit ni à la cour, ni chez les grands, et ce n'était pas encore la société moyenne qui faisait les réputations. Sa résignation fut complète. Il ne demanda rien ni aux riches ni aux puissants : pauvre et délaissé, il vécut de l'aumone du pauvre, et mourut de misère, en rêvant à son immortalité. Cette situation touchante a inspiré à M. Raynouard, de l'Académie Française, une ode où l'auteur a su réunir au mouvement qui caractérise ce genre de composition, la force des pensées, la simplicité du style et la hardiesse des images. Nous la citerons en entier.

Habitants des rives du Tage,
Dirigez mes pas incertains :
J'apporte mon pieux hommage
Au chantre heureux des Lusitains ;
Montrez-moi l'auguste retraite
Où repose ce grand poète
Comblé d'honneurs et de bienfaits...
Que vois-je ? votre indifférence
Dans le besoin, dans la souffrance
Laisse l'Homère portugais !

Barbares ! l'affreuse indigence,
Les noirs chagrins et la douleur,
Auraient épuisé sa constance,
S'il ne dominait le malheur.
Dans ce délaissement funeste,
Un ami toutefois lui reste,
Mais ce n'est pas un Lusitain ;
Chaque soir, sa main charitable
Quête le pain que, sur leur table,
Ils partagent le lendemain.

Antonio ! ton digne maître
T'aurait célébré dans ses chants ;
Les miens t'assureront peut-être
Des souvenirs non moins touchants.
Apprends, serviteur magnanime,
Qu'un dévoûment aussi sublime
D'âge en âge sera cité.
Oui, de mes chants écho fidèle,
L'avenir dira que ton zèle
Ennoblit la mendicité.

Cependant ce zèle pudique,
Durant la nuit, à demi-voix,
Demande à la pitié publique

D'acquitter la dette des rois.
Pourquoi te cacher? Bélisaire,
Étalant sa noble misère,
Ne croyait pas s'humilier,
Lorsque ce casque où la Victoire
Ceignit les palmes de la Gloire,
Était réduit à mendier.

Ose te montrer dans Lisbonne,
Mendie à la clarté du jour,
Impose une pieuse aumône
Et sur le peuple et sur la cour.
Qu'avec toi l'illustre poëme,
Plus hardi que l'auteur lui-même,
Implore ses concitoyens :
Et les cœurs les plus insensibles
Frémiront à ces mots terribles :
Faites l'aumône à Camoens.

Mais non ; digne rival d'Homère,
De son indigence héritier,
Il sait souffrir, il sait se taire,
Il veut le malheur tout entier.
Leur pitié serait un outrage :
Que la gloire le dédommage
Et de sa vie et de sa mort !
Fort de courage et d'espérance,
Il se résigne à la souffrance,
Sans orgueil comme sans effort.

Écoutons ; il parle, il s'écrie :
« Lusitains ingrats ou jaloux !
« Lorsque j'illustrais ma patrie,
« Je n'ai rien espéré de vous.
« Je souffre, mais j'ai l'assurance
« Qu'un jour de votre indifférence

« Vos enfants sauront s'indigner.
« Je souffre, mais avec courage :
« Ma gloire est de braver l'outrage ;
« Ma vertu, de le pardonner.

« Et n'ai-je pas offert moi-même
« Dans les succès de mes héros
« Le consolant et digne emblème
« Du génie et de ses travaux ?
« Pour conquérir aux eaux du Tage
« Les tributs d'un lointain rivage,
« Suffisait-il de la valeur ?
« Non, non, il leur fallait encore
« Cette constance qui s'honore
« De lutter contre le malheur.

« Le géant du cap des Tempêtes
« Soudain se dressant devant eux,
« Déploie au-dessus de leurs têtes
« Son corps immense, monstrueux :
« D'une main, il touche aux nuages
« D'où la foudre et tous les orages
« Seront à l'instant détachés ;
« De l'autre, il refoule les ondes,
« Ouvrant les cavités profondes
« Où les abimes sont cachés.

« Fuyez, leur dit-il avec rage,
« O téméraires étrangers !
« C'est moi qui fermai ce passage ;
« Ici j'amasse les dangers. »
« Mais eux, au haut du promontoire,
« Ont bientôt reconnu la Gloire
« Qui les promet à l'univers :
« Soudain ces guerriers magnanimes,
« Bravant la foudre et les abimes,
« Ravissent le sceptre des mers.

« Qui n'applaudit en cette image
« L'homme dont l'intrépidité
« Force le pénible passage
« Qui mène à la postérité?
« Si jusqu'aux palmes immortelles
« Il tente des routes nouvelles,
« Son siècle voudra l'en punir ;
« Mais quand l'ignorance et l'envie
« Persécutent sa noble vie,
« Il se jette dans l'avenir.

« Et n'attendez pas qu'il se plaigne
« Ni des hommes ni du destin ;
« Qu'on l'oublie ou qu'on le dédaigne,
« Son espoir n'est pas incertain.
« Souvent l'envie inexorable
« S'applaudit d'un essai coupable ;
« Elle croit l'avoir insulté :
« Et lui, sans regret ni murmure,
« Expiant la gloire future,
« Rêve son immortalité.

« Et que nous font les vains hommages
« D'un peuple follement épris,
« Qui tour à tour à nos images
« Porte le culte ou le mépris ?
« Écoutons l'instinct magnanime
« Qui nous prédit la longue estime
« Des temps et des lieux ignorés :
« Que le vulgaire nous condamne,
« Autour de nous tout est profane,
« Nous n'en sommes que plus sacrés. »

Il a dit. Mon respect contemple
Ce vainqueur de l'adversité
A l'univers donnant l'exemple

2

4

De souffrir avec dignité,
Imitez cet exemple auguste,
Talents, qu'outrage un sort injuste,
Ou l'ignorance des mortels ;
Soutenez cette noble lutte :
Si, vivants, on vous persécute,
Morts, on vous dresse des autels.

FIN DES NOTES DU CHANT SEPTIÈME.

LES LUSIADES.

CHANT HUITIÈME.

LES LUSIADES.

CHANT HUITIÈME.

Le ministre du Samorin contemplait en silence la figure vénérable dont les traits l'avaient frappé d'abord. Une longue barbe blanche descendait sur la poitrine du vieillard. « Quel est ce vieux « guerrier? dit le Catual au frère de Gama : que « signifie ce rameau qu'il tient à la main? » Mozaïde lui transmet dans sa langue la réponse du Portugais.

« Tu vois les héros de ma patrie. Cette fierté, « cette grandeur que tu remarques dans leurs « traits, éclatent plus vivement dans leurs actions. « Il y a long-temps qu'ils ont passé sur la terre, « mais leur gloire y brille encore. Ce vieillard « est Lusus[1]. La Lusitanie lui doit son nom.

« Fils du Thébain qui étendit si loin ses con- « quêtes, il le suivit jusqu'au sein de l'Hespérie, « jusqu'aux plaines charmantes qu'arrosent le « Douro et la Guadiana. C'est là que les anciens

« avaient placé leur Élysée. Lusus voulut y re-
« poser sa vieillesse, et cette terre, honorée de
« son nom, le fut aussi de son tombeau. Le ra-
« meau qu'il tient à la main, nous apprend qu'il
« était le fils et le compagnon du Dieu du thyrse. »

« Cet autre héros, qui foule la rive du Tage,
« a long-temps sillonné les mers. Il élève des
« murs d'une éternelle durée, et consacre un
« temple à Minerve. C'est Ulysse [2]. Il rend hom-
« mage à la déesse qui lui fit don de l'éloquence.
« L'effroi de l'Asie, le destructeur d'Ilion, de-
« vient en Europe le fondateur de Lisbonne.

« — « Quel est ce guerrier dont l'aspect m'épou-
« vante? Il couvre de morts les champs de ba-
« taille, renverse des cohortes entières, et foule
« aux pieds des drapeaux où des aigles sont peintes.
« — C'est Viriate [3]. Ce héros fut berger. Plus
« habile à manier la lance que la houlette, il
« battit des préteurs et des consuls, et fit trem-
« bler les maîtres du monde.

« Rome qu'il avait humiliée, Rome, autrefois
« si généreuse envers Pyrrhus, fit périr par un
« lâche assassinat le héros qu'elle n'avait pu
« vaincre. Triste exemple d'une nation civilisée,
« sacrifiant le droit des gens à son orgueil et
« l'honneur à ses intérêts!

« Vois cet étranger qui, réfugié parmi nous,
« guide nos étendards contre son injuste patrie.

« C'est à nous qu'il devra sa renommée. Depuis
« long-temps les guerriers de la Lusitanie avaient
« fait leurs preuves de courage. Avec eux, il
« triomphe des aigles romaines.

  « Vois par quel heureux artifice il s'empare de
« l'esprit des peuples ! Une biche apprivoisée
« s'approche de son oreille, et lui promet la vic-
« toire. Sertorius entend seul la voix de l'oracle,
« et tout marche à la voix de Sertorius [4].

  « Cette autre bannière offre à tes yeux le père
« de nos souverains. Nos historiens lui donnent
« pour berceau la Hongrie, et les étrangers la
« Lorraine. Après avoir vaincu les Maures, les
« peuples de la Galice et les guerriers de Léon,
« le comte Henri [5] va sur le tombeau du Christ
« sanctifier la tige de nos rois.

  « Quel est, disait le Malabare étonné, ce foudre
« de guerre qui, avec une armée si peu nom-
« breuse, enfonce et détruit tant de bataillons ?
« Que de combats livrés ! que de villes emportées
« d'assaut ! La terre, autour de lui, est couverte
« de couronnes brisées et d'étendards renversés.

  —« C'est le fils de Henri, Alphonse Ier [6], qui
« enlève aux Maures le Portugal. La Renommée
« oubliera pour lui tous les héros de l'antiquité :
« elle en jure par le Styx. C'est lui que le ciel
« a choisi pour dompter les infidèles. D'un bras
« terrible, il les saisit, les renverse, et sur les

« débris de leur puissance, fonde à jamais la
« grandeur de sa race.

« Mets César ou Alexandre à la place d'Al-
« phonse; donne-leur une poignée de soldats à
« commander, et tout le peuple Maure à com-
« battre; et tu douteras qu'Alexandre ou César
« fussent sortis de la lutte aussi glorieusement
« que mon héros. Voilà quels sont nos rois; con-
« nais maintenant leurs sujets.

« Observe ce vieillard qui lance un regard
« courroucé sur le jeune souverain qui fut son
« élève. Indigné de le voir vaincu : Rallie tes
« guerriers, lui dit-il, et retourne au combat.
« Le prince obéit; le vieux guerrier l'accompagne
« et lui rend la victoire. Ce grand homme est
« Égas-Moniz 7. L'honneur et la fidélité n'ont
« point de plus parfait modèle.

« Le voici qui, la corde au cou et vêtu d'une
« humble tunique, se jette avec sa femme et ses
« enfants aux pieds du roi de Castille. Son jeune
« maître qu'il a sauvé par le traité de Guima-
« raens, refuse d'en remplir les conditions. Égas
« en était le garant : pour dégager sa parole, il
« se dévoue à la mort, et se condamne noble-
« ment pour absoudre son roi.

« Fut-il moins grand que ce consul romain
« qui, surpris aux Fourches Caudines et contraint
« de passer sous le joug, se livra, pour sauver

« l'honneur de son pays, entre les mains des
« Samnites ? J'admire la constance et la fermeté
« du Romain ; mais il ne donnait que sa vie, mais
« il portait la peine de sa funeste imprévoyance.
« Égas-Moniz n'a point de faute à expier, et il
« offre en sacrifice avec lui ses propres enfants
« et leur mère !

« Regarde cette forteresse qu'assiège un roi
« Maure. Il est près d'en franchir les murs ; mais
« un guerrier sort d'une embuscade, tombe comme
« la foudre sur l'infidèle, le charge de fers, et
« délivre la forteresse. Exploit digne de Mars !
« Le même guerrier va se retrouver sur mer
« aux prises avec les Musulmans. Le fer et la
« flamme à la main, il enlève, brûle ou coule à
« fond leurs vaisseaux.

« C'est dom Fuas[8], le Lutatius portugais. Les
« feux dont il embrase l'escadre maure, éclairent
« les sommets du mont Abyla. Mais il tombe
« sur ses trophées, heureux de mourir en com-
« battant les ennemis de son Dieu. Le ciel lui
« réserve une palme que la main des infidèles
« ne pourra plus lui ravir.

« Ne vois-tu pas dans le lointain des hommes
« armés qui descendent en amis sur nos bords?
« leurs vêtements, leurs vaisseaux n'ont point la
« forme des nôtres. Ce sont des Germains :
« ils viennent aider notre premier monarque à

« la conquête de Lisbonne. Vois briller et mou-
« rir à leur tête le chevalier Enric[9]. Un palmier
« naîtra miraculeusement sur sa tombe.

« Ce prêtre-soldat dont la foudroyante épée
« menace Arronchez, c'est le fier Théotonio[10].
« Il vengera sur cette ville la perte de Leyria,
« envahie par les soldats de Mahomet. Plus loin,
« les Portugais assiègent Santarem. Remarque
« celui qui monte à l'assaut le premier, et qui
« déploie sur les remparts la bannière aux cinq
« écussons.

« Cours avec lui dans les plaines de l'Anda-
« lousie. Les regards de son roi doublent son
« ardeur : il enfonce, il rompt les phalanges mu-
« sulmanes, abat l'étendard de Séville, et fait mor-
« dre la poussière à l'infidèle qui le portait. C'est
« le digne fils d'Égas, c'est Mem-Moniz[11], repro-
« duisant à nos yeux les prodiges de cette va-
« leur qui dort dans la tombe avec les ossements
« de son père. Il figure à bon droit sur nos dra-
« peaux, le guerrier qui allait renversant les dra-
« peaux des ennemis, et conservant toujours le
« sien.

« Vois-tu ce Portugais qui, du haut d'une tour,
« descend appuyé sur sa lance, emportant les
« têtes des deux sentinelles d'Évora ? La cité sur-
« prise va céder à tant d'audace. Elle prendra
« pour armes l'image du vainqueur tenant dans
« sa main les têtes froides des Ismaëlites. Prouesse

« incomparable ! elle assure à Giraldo [12] le sur-
« nom de Chevalier sans peur.

« Un Castillan s'est jeté dans les rangs des in-
« fidèles. Disgracié de son prince, et poursuivi
« par l'antique haine des Laras, il fait cause com-
« mune avec les ennemis du nom chrétien, et
« leur soumet Abrantès. Mais son triomphe sera
« court. Un Portugais, presque seul, vole à sa
« rencontre, le terrasse et le force à recevoir
« des fers. Martin-Lopès [13] est le nom du vain-
« queur.

« Mais j'aperçois un prélat belliqueux, dépo-
« sant la crosse d'or pour la lance de fer. Intré-
« pide, inébranlable, il accepte la bataille que
« lui présente l'Ismaélite. Vois briller dans les
« airs ce signe lumineux qui ranime soudain le
« courage de ses soldats intimidés ; vois la dé-
« faite et la mort des rois de Séville et de Cor-
« doue.

« Deux autres rois tombent avec eux, victi-
« mes frappées par la main du Tout-Puissant,
« plutôt que par un bras mortel. L'orgueilleuse
« cité d'Alcacer est le prix de la victoire. Le cou-
« rage de ses guerriers, ni ses remparts de fer ne
« sauraient la défendre ; elle ouvre ses portes à
« Dom Mathieu [14], pasteur des peuples et ven-
« geur de son troupeau.

« Voici le conquérant des Algarves. La Cas-

« tille le compte parmi ses généraux, mais le
« Portugal l'a vu naître. Tout fléchit sous ses
« armes ; tout cède à sa fortune : il escalade en
« plein jour les forteresses, les remparts. Ici, il
« venge sur Tavira la mort de quelques-uns des
« siens que l'ardeur de la chasse avait entraînés
« loin du camp. Là, par une ruse de guerre,
« il s'empare de Sylves dont la conquête avait
« coûté si cher aux infidèles. O Correa [15]! tes
« exploits font le désespoir de tes rivaux.

« Donnons un coup-d'œil à ces trois cheva-
« liers errants. Ils ont parcouru l'Espagne et la
« France, cherchant les combats singuliers, les
« joûtes, les tournois, jeux favoris de Mars et
« de Bellone. Une fête guerrière les appelle à
« Tolède. Ils y volent et remportent le prix de
« la valeur. Les Castillans vaincus osent les dé-
« fier encore. Le premier qu'ils attaquent, Ri-
« beiro [16] les étend morts à ses pieds. Son bras
« est invincible, et son nom, immortel.

« Mais un héros bien plus grand va fixer nos
« regards. La patrie périssait : il la soutient au
« bord de l'abîme. Le vois-tu qui rougit de
« colère, accusant la nation elle-même devant
« la nation rassemblée, s'indignant des lâches
« frayeurs, des honteux délais, et ranimant dans
« tous les cœurs l'amour du prince et la haine
« de l'étranger ?

« Sans autre secours que ses hardis conseils

« et la faveur des cieux, les Portugais soutien-
« nent leur indépendance et leurs droits ; et, dans
« les champs d'Aljubarota, anéantissent la grande
« armée des Castillans. Le voila qui passe le Tage :
« il va cueillir de nouveaux lauriers entre le
« Guadalquivir et la Guadiana.

« La scène change. Les Lusitaniens tremblent
« à leur tour : le héros n'est plus à leur tête. So-
« litaire et tranquille, il ne vit plus que pour
« son Dieu. Ses anciens compagnons d'armes
« volent à sa retraite. Il priait. Tout est perdu,
« lui crient-ils, tout cède au torrent de l'ennemi ;
« viens ranimer nos courages, viens nous rendre
« la victoire.

« Le ciel vous la rendra, leur répond le guer-
« rier ; et d'un air calme, il continue sa prière.
« Tel autrefois Numa Pompilius, au récit des ra-
« vages exercés par l'ennemi dans la campagne
« de Rome, répondit sans s'émouvoir : Qu'on me
« laisse d'abord achever mon sacrifice.

« Quel nom donner au guerrier qui puisa tant
« de force dans sa foi ? L'appellerai-je le Scipion
« Portugais ? Le nom de Nuno-Alvarès [17] est plus
« illustre encore. Heureuse patrie qui possèdes un
« tel fils ou plutôt un si glorieux père ! Tant que le
« soleil embrassera dans sa course et les champs
« de Cérès et les plaines de Neptune, la Lusi-
« tanie regrettera son libérateur.

« L'exemple d'Alvarès enfanta des héros dans

« tous les rangs. Vois ce hardi capitaine harceler
« les ennemis, et de leurs dépouilles guerrières
« enrichir ses compagnons. C'est Rodrigue de
« Landroal [18]. Ici, il arrache à deux chefs cas-
« tillans les troupeaux que nous avait enlevés
« leur audace. Là, plus terrible, il baigne sa lance
« dans le sang espagnol et brise les fers d'un
« ami.

    « Ailleurs, Fernand d'Elvas [19] vient de punir
« un Portugais perfide. Vengeur de la foi violée,
« il porte le fer et le feu dans les campagnes de
« Xérès et les inonde du sang de leurs maîtres.
« Admire à l'entrée du Tage ce généreux Pe-
« reira [20] qui, seul, fait tête à une escadre for-
« midable, et sauve, en périssant, les navires
« qu'il commande.

    « Mais regarde ce prodige [21]. Dix-sept Portu-
« gais, groupés sur un tertre, opposent une in-
« vincible résistance à quatre cents Castillans.
« L'ennemi, d'un cercle étroit, les environne et
« les presse. Las de se défendre, ils attaquent
« à leur tour; et, le fer à la main, s'ouvrent un
« libre passage. Ce fait d'armes serait grand dans
« tous les âges.

    « Jadis trois cents guerriers de la Lusitanie
« osèrent se mesurer avec mille Romains, et la
« victoire se déclara pour les soldats de Viriate.
« Héritiers de leur gloire, nous le sommes aussi

« de leur valeur. Jamais, tous nos fastes l'attestent,
« jamais le Portugais ne compta ses ennemis.

  « Voici les nobles fils du roi Jean, Dom Pèdre
« et Dom Henri [22]. Le premier s'immortalise aux
« champs de la Germanie. Le second, plus cé-
« lèbre encore, ordonne et dirige nos glorieuses
« navigations. Ceuta que les infidèles regardaient
« comme imprenable, Ceuta le voit entrer vic-
« torieux dans ses murs.

  « C'est là que l'illustre Ménésès [23] soutient deux
« siéges contre tous les efforts de l'Asie. Regarde
« son fils [24] : à la fierté qui brille sur son front,
« à la vigueur de son bras, on le prendrait pour
« le dieu des batailles. Il repousse loin d'Alcacer
« d'innombrables bataillons; et de son corps
« couvert de blessures, fait un rempart à son
« roi.

  « Une foule d'autres héros [25] mériteraient d'a-
« voir ici leurs images. Mais où sont les récom-
« penses, la gloire, la faveur qui alimentent les
« arts? Les pinceaux et les couleurs manquent à
« nos peintres. C'est la faute de ces fils dégé-
« nérés, qui, plongés dans la mollesse, ont ou-
« blié les exploits de leurs pères.

  « Les grands hommes dont ils descendent ne
« s'étaient ennoblis que par la vertu [26]. Ils aspi-
« raient à fonder sur elle l'honneur de leur race.
« Aveugles qu'ils étaient! Leur gloire, si péni-

« blement acquise, a livré leurs enfants à des loi-
« sirs corrupteurs; et plus l'éclat de leurs actions
« se répand dans l'univers, plus l'ombre s'étend
« sur leur obscure postérité.

« Des hommes vulgaires les ont remplacés sur
« la scène du monde. Sans vertus, sans aïeux,
« ils sont pourtant chargés de pouvoir et d'opu-
« lence. C'est la faute des rois qui prodiguent à
« la faveur ce qu'ils refusent au mérite. Ces en-
« fants de la fortune ne nous demandent pas les
« images de leurs pères; la vérité de nos pinceaux
« révolterait leur orgueil.

« Sans doute, il est encore parmi nous de di-
« gnes rejetons des héros, d'illustres chevaliers
« qui n'ont point démenti leur origine. S'ils n'a-
« joutent point à la gloire de leurs aïeux, ils sa-
« vent du moins en soutenir l'éclat. Mais chaque
« jour en voit décroître le nombre, et le génie
« de nos peintres n'aura bientôt plus d'aliment. »

Ainsi, tour-à-tour, admirateur passionné ou
censeur inexorable, Paul de Gama expliquait
au Catual les faits glorieux qu'une main savante
avait tracés sur nos bannières. Le Malabare en-
chanté se faisait répéter et redemandait encore
le récit des batailles dont l'image était sous ses
yeux.

Mais déja le flambeau du monde descendait
sous l'horizon. Au derniers rayons du jour, le

Catual s'éloigne de la flotte. Ses mille Naïres le suivent sur les eaux et vont demander à la nuit le silence et la tranquillité qui réparent les fatigues du jour.

Cependant, rassemblés par ordre du Samorin, les aruspices [26], les devins, les prêtres des idoles, se livraient aux prestiges d'un art trompeur, et dans leurs sacrifices ténébreux, interrogeaient la magie sur les suites incertaines de l'arrivée des étrangers, sur les événements heureux ou malheureux qui devaient naître de ce premier événement.

L'enfer leur dit vrai cette fois. Il leur montre les guerriers de l'Hespérie enchaînant les nations du Gange, et fondant un éternel empire sur les débris des trônes de l'Inde. Les devins épouvantés vont porter au Samorin la terrible réponse trouvée dans les entrailles des victimes.

A l'effroi des idolâtres se joindra bientôt la fureur des musulmans [27]. Bacchus toujours constant dans sa haine, prend la figure du prophète que révèrent les enfants d'Ismaël [28], et visite en songe un ministre de l'Alcoran. Le prêtre dort, mais le fanatisme veille dans son cœur.

« Tremblez, enfants de Mahomet, un grand « malheur vous menace. Craignez tout de ces « étrangers que l'Océan vient de vomir sur vos « bords. » Il dit ; le musulman se réveille en sur-

2   5

saut; mais se croyant abusé par un songe ordinaire, il se rassure et se rejette, plus calme,
dans les bras du sommeil.

Le Dieu lui apparaît encore : « Ne reconnais-
« tu pas le grand législateur qui donna jadis à
« tes pères cette loi sacrée qui vous a sauvés tous
« de l'opprobre du baptême? Je veille pour toi,
« barbare, et tu dors [29] ! Apprends que ces vils
« chrétiens n'aspirent qu'à vous replonger dans
« les ténèbres dont j'ai tiré le genre humain.
« Ils sont encore peu nombreux et sans force.
« Armez-vous pour les détruire. Quand les pre-
« miers rayons du soleil éclairent l'horizon, on en
« supporte aisément l'éclat; mais lorsqu'au mi-
« lieu de sa course, il étincelle de tous ses feux,
« malheur à l'œil téméraire qui tenterait de le
« braver. Et malheur à vous, enfants de Maho-
« met, si vous laissez votre ennemi grandir et se
« fortifier sur ses rives. »

A ces mots, il disparaît. L'Ismaélite a frissonné
d'horreur. Il s'élance de sa couche, et d'un cri
terrible, éveille ses serviteurs. Impatient et farouche, il attend, à la lueur d'un flambeau, le
retour de l'aurore. A peine a-t-elle paru, qu'il
convoque les chefs de la loi. Un moment les
rassemble, un moment les instruit de l'horrible
songe.

Ils délibèrent en tumulte. Le fer, le poison,

la violence et la perfidie, mille projets homicides sourient tour à tour à leur fureur. Mais un dernier avis les entraîne. « Abordons en secret les « conseillers du prince, achetons leur secours ; « et par leurs mains, immolons les ennemis du « Prophète. »

L'assemblée se sépare, et bientôt l'or et la calomnie coulent par mille canaux chez les ministres du Samorin. Ces nobles navigateurs qu'ils venaient de recevoir en triomphe, ces ambassadeurs de l'Occident, accueillis avec tant de magnificence, sont devenus tout à coup à leurs yeux un fléau destructeur, un ramas de brigands, sans roi, sans culte et sans patrie, de vils pirates qu'il faut se hâter de punir.

O vous que la Providence a chargés du soin de gouverner les peuples, armez-vous de prudence et de sévérité dans le choix des hommes que vous appelez à vos conseils. C'est par eux que la vérité doit parvenir jusqu'à vous. Que des mœurs pures, qu'une vie sans tache vous répondent de leur fidélité.

Mais gardez-vous d'un autre écueil. L'humble vertu des anachorètes ne doit pas être la vertu de vos ministres. De grandes vues, un grand caractère, doivent s'unir en eux à la probité scrupuleuse. Et si le génie lui-même, éclairé par l'expérience, s'est égaré quelquefois dans

5.

la conduite des affaires, les confierez-vous à ce
mortel pieux qui, tranquille à l'ombre du sanctuaire, ne médita jamais que sur les intérêts du
ciel?

L'or des Musulmans venait d'interdire à Gama
l'accès du trône. La réponse qu'il attendait,
cette réponse si solennellement promise, se dif-
férait de jour en jour; et c'est à l'obtenir qu'il
bornait tous ses vœux. Favorable ou contraire,
elle attesterait du moins à la Lusitanie l'existence d'un nouveau monde.

Il savait bien qu'une fois assuré du chemin
de l'Orient, Emmanuel, le grand Emmanuel, en-
verrait des vaisseaux et des armées qui soumet-
traient à la domination portugaise et la terre
de l'Inde et les flots qui baignent ses rivages.
L'honneur de la découverte suffisait à Gama.

Le silence du monarque indien, le langage
de ses ministres, tant de délais sans motif et sans
terme, éveillent les soupçons du héros. Il reconnaît l'œuvre du Maure, et se dispose à la
dévoiler au Samorin. Celui-ci, troublé par ses
augures, trompé par les musulmans et par les
hommes de son conseil, flottait dans une mer
d'incertitudes.

La peur est entrée dans son âme; mais l'avarice
y règne encore; et, plus forte que les oracles, le
rassure et l'encourage. Il songe aux immenses

profits que lui garantirait pour de longues années une alliance avec le roi de la Lusitanie.

Mais ces hommes de l'Occident sont-ils en effet les envoyés d'un grand roi? Et s'ils n'étaient, comme l'affirme son conseil, que des aventuriers sans mission!... Pour éclaircir enfin tous ses doutes, il appelle Gama : « Viens, lui dit-il, parle-« moi sans détour[30]. Avoue ta faute; le pardon sera « le prix de ton aveu.

« J'ai la preuve que ton ambassade n'est qu'une « feinte. Tu n'as ni roi, ni patrie. Ta vie est « errante et vagabonde. Quel serait, dans vos « lointains climats, le monarque assez insensé « pour exposer ses flottes à des courses si lon-« gues et si périlleuses?

« Et si ton prince est, comme tu l'annonces, « le souverain d'un grand empire, quels présents « m'apportes-tu de sa part? Où sont les dons ma-« gnifiques qui signalent et consolident les al-« liances des rois? Quelle garantie puis-je trou-« ver dans les paroles d'un obscur navigateur?

« Fuyez-vous une ingrate patrie, comme au-« trefois d'illustres exilés? Parlez. Mon empire « vous est ouvert; la patrie des âmes fortes est « partout. Ne fussiez-vous que des forbans, par-« lez encore et ne craignez point d'injustes ri-« gueurs; l'homme n'est que trop souvent aux « prises avec l'impérieuse nécessité. »

Ce discours venait de révéler à Gama les calomnies ténébreuses que la haine des musulmans avaient semées dans l'esprit du Samorin.
Indigné, mais calme et tranquille, il prend aussitôt la parole. Vénus avait mis la fierté sur son
front et la persuasion sur ses lèvres.

« Si l'ennemi du genre humain n'eût, dès les
« premiers jours du monde, versé sur les en-
« fants d'Adam la coupe du mensonge et de l'ini-
« quité, si des hommes perfides, éternel fléau
« des chrétiens, ne nous eussent peints à tes yeux
« sous de fausses couleurs, jamais tu n'aurais
« conçu contre nous de pareils soupçons.

« Tes paroles m'affligent, sans me suprendre.
« En aspirant à ta confiance, je n'ai pas dû
« m'attendre à la conquérir sans efforts: c'est le
« sort des mortels d'être condamnés à une dou-
« loureuse alternative de craintes et d'espérances.
« Mais oublie des conseils dictés par la haine, et
« daigne m'écouter un moment.

« Un vil pirate, un malheureux banni, serait-il
« venu de si loin demander à ces rives un asile
« ignoré? Aurait-il bravé, pour y parvenir, les
« tempêtes, les glaces du pôle, et les feux de
« l'équateur? Quel serait son but, son espoir?

« Tu veux que des présents magnifiques at-
« testent la vérité de ma mission. Mais le seul but
« de mon voyage était la découverte des climats

« où fleurit ton empire. Ah! si la fortune achève
« son ouvrage, si toujours favorable à mes vœux,
« elle me rend à ma patrie, tu me verras bien-
« tôt revenir avec des présents dignes de toi,
« dignes du souverain qui commande aux rives
« du Tage.

  « Ta sagesse s'étonne que du fond de l'Hes-
« périe un roi puissant, m'ait envoyé vers toi.
« L'entreprise est, en effet, surprenante ; mais des
« projets vulgaires ne tentèrent jamais nos rois.
« Il faut connaître les Portugais, le génie des
« princes qui les gouvernent, pour croire aux
« efforts dont leur courage est capable.

  « Depuis long-temps nous avions vaincu les
« terreurs qui enchaînaient les grandes naviga-
« tions. Déja les mers orageuses qui baignent la
« côte africaine avaient vu flotter nos drapeaux,
« quand, sur les marches du trône, apparut un
« nouveau Génie dont le regard prophétique se
« porta jusqu'aux dernières limites de l'Océan.

  « Ce Génie fut Henri : Henri, le noble fils de
« ce roi fortuné qui le premier franchit les ondes
« pour chasser de leurs propres foyers les der-
« niers Maures d'Abyla. De flottants édifices s'élé-
« vèrent à la voix du héros, et s'avancèrent glo-
« rieusement vers les régions que dominent les
« constellations d'Argo, de l'Hydre, du Lièvre et
« de l'Autel.

« Ces premiers succès enflammèrent notre au-
« dace. Des chemins nouveaux s'ouvrirent pour
« nos navigateurs, et se prolongèrent au-delà des
« brûlants tropiques, jusqu'à ces contrées dont
« les noirs habitants n'ont jamais vu les sept as-
« tres du nord.

« Leur courage nous a frayé la route. Vain-
« queur comme eux de la fortune et des flots,
« nous venons à travers les tempêtes marquer
« ici le terme de nos travaux, et te demander
« un simple témoignage de notre arrivée dans
« tes ports.

« Telle est la vérité, grand roi [31]. Supposerais-
« tu que, dans l'espoir incertain d'une aussi faible
« faveur, j'essayasse de t'éblouir par de longs et
« fastueux mensonges? Le fruit que je pourrais
« tirer de mon imposture, en balancerait-il le
« péril? N'irais-je pas plutôt me réfugier sur les
« ondes, et misérable pirate, leur confier mes
« trésors et ma destinée?

« Si j'ai dit vrai, si j'ai porté la conviction dans
« ton âme, daigne hâter ta réponse, ne retarde
« pas plus long-temps mon départ. Et s'il te reste
« encore quelques doutes sur la sincérité de mes
« paroles, interroge ta sagesse ; elle achèvera de
« dissiper le nuage qui te cachait la vérité. »

A mesure que le héros parlait, la confiance
renaissait dans le cœur du monarque. Frappé du

discours de Gama, de l'air de candeur et de dignité qui respirait sur son front, il commence à croire que ses ministres ont été trompés ; lui-même se trompe : ses ministres sont corrompus.

D'autres pensées encore le sollicitent en faveur de Gama. L'Occident tributaire de l'Asie, les ports du Malabar remplis des flottes européennes, les trésors de la Lusitanie versés dans ses états, cette brillante perspective efface à ses yeux les dangers dont le menaçaient ses oracles et les Maures.

« Retourne à tes vaisseaux, dit-il à Gama, et « que, dès aujourd'hui, l'Asie et l'Europe soient « unies par les nœuds du commerce. Habitants « des bords du Tage, apportez aux peuples de « l'Inde les productions de l'Occident, et repor- « tez à vos climats les aromates, les parfums « dont mon empire abonde. »

Il dit. Empressé d'obéir, le guerrier vole au palais du Catual, et demande un esquif qui le conduise à la flotte. Le Catual hésite et temporise ; il ne peut se résoudre à laisser échapper sa victime. Pressé de nouveau, il marche avec Gama vers le port, l'égare vingt fois dans sa route et l'entraîne hors des murs, loin du palais où réside le Samorin.

Le rivage est désert. Un ordre secret du Catual en a détaché toutes les barques. « Tu le vois, « dit-il à Gama, la mer est aujourd'hui fermée

« pour toi. Mais attends la nouvelle aurore, et
« je prendrai soin d'assurer ton départ. » Aux
derniers mots du perfide, à son affreux sourire,
le héros frémit et reconnaît le complice des
Maures. Il ne l'avait pas encore soupçonné.

De tous les ministres qui présidaient aux destinées de l'empire, le Catual était le plus puissant; les cités s'ouvraient ou se fermaient à sa
voix. Vendu comme le reste de la cour aux enfants de Mahomet, vil confident de leurs complots, il en était devenu le chef et l'instrument.

Gama renouvelle en vain sa prière. Il invoque
le nom du Samorin, du noble héritier de Périmal. « Quels sont tes motifs pour suspendre
« mon départ et retarder ainsi nos échanges?
« Depuis quand le serviteur du prince a-t-il le
« droit de désobéir à son maître? »

Sourd à sa voix, le Catual roulait dans sa
pensée mille projets sinistres. Plongera-t-il le
poignard dans un sang qu'il abhorre, ou, la
flamme à la main, ravira-t-il à nos vaisseaux em-
brasés tout espoir de retour?

Qu'aucun d'eux ne revoie l'Hespérie, avaient
dit les Musulmans; que le roi des Lusitaniens
ignore à jamais les chemins qui conduisent à la
terre orientale. Surveillez surtout, surveillez l'audacieux Gama. Qu'à son aspect, les barques,

les canots, s'éloignent du rivage, qu'il reste enchaîné sur ces bords.

Gama continue de se plaindre. Il s'irrite, il éclate en reproches. « Appelle tes vaisseaux, lui « répond le Catual; leur voisinage rendra nos « communications plus faciles. Et pourquoi crain- « drais-tu de les confier à nos rivages? Tant « de défiance n'appartient qu'à des pirates; des « cœurs amis montreraient plus de franchise et « d'abandon. »

Mais le héros a pénétré le dessein du Barbare. Si l'ordre est donné, si la flotte obéit, elle est à l'instant surprise, assaillie et livrée aux flammes. Mille pensées se pressent dans son esprit. Inquiet, mais toujours ferme, il envisage les dangers et délibère sur les ressources.

Comme on voit, aux rayons du soleil, l'acier poli ou le cristal d'un miroir[32] promener sur les toits, sur les murs, l'éclat vacillant de sa lumière empruntée et suivre tous les mouvements d'une main folâtre et légère :

Telle s'agite incertaine la pensée de Gama. Elle vole du rivage à la flotte, et de la flotte au rivage. Il se rappelle en frémissant que peut-être, en ce moment même, le fidèle Coelho l'attend sur la plage avec ses chaloupes. Il le fait secrètement avertir de s'éloigner et de se tenir en garde contre les piéges des Musulmans.

Admirable prévoyance ! c'est toi qui caracté-
rises le grand capitaine. Plus rapide que l'éclair,
sa pensée vigilante est partout. Il devine et prévient les périls, pénètre et déjoue les desseins
de l'ennemi ; sa prudence n'est jamais en défaut.
Voilà l'homme de guerre : je ne le reconnais qu'à
ces traits.

La Catual s'efforçait d'intimider Gama. « Obéis,
« s'écriait-il, fais avancer tes vaisseaux dans le
« port ; ta liberté, ta vie est à ce prix. » Une noble colère était la seule réponse du héros à des
discours qu'il bravait. Les menaces, les insultes,
la mort même, il souffrira tout plutôt que de
mettre en péril les vaisseaux de son roi.

La nouvelle aurore le retrouve dans les mêmes inquiétudes. Il veut retourner au palais du
Samorin ; une garde nombreuse l'en empêche.
Le Catual, étonné de tant de résistance, commence à craindre que sa lâche perfidie ne par-
vienne aux oreilles du monarque, et ne reçoive
le châtiment qu'elle mérite. Il change tout à
coup de résolution.

« Que tes vaisseaux restent donc loin de nous,
« dit-il à son prisonnier ; mais qu'ils nous livrent
« les marchandises dont on peut faire ici ou
« l'échange ou la vente. Qui ne veut pas le com-
« merce, veut la guerre. » L'intention de l'avare
Catual ne pouvait être douteuse ; mais Gama ne

met point en balance ses richesses et sa liberté.

Il cède, et cependant toujours fidèle à sa prudence accoutumée, il refuse d'employer au transport les chaloupes portugaises. Des barques indiennes sont dirigées vers la flotte, et reçoivent les tissus précieux, les divers objets d'industrie destinés, s'il le faut, à payer la délivrance de Gama.

Alvare et Diégo, chargés d'en surveiller la vente, les accompagnent à Calicut et les déposent aux pieds du Catual. Le traître sourit à sa proie. Le sentiment du devoir, l'ordre du prince, les instances du noble captif, n'avaient rien obtenu. L'intérêt parle, et Gama se voit libre.

Impatient de quitter sans retour un rivage qui ne lui promet que des fers, il jette sur cette terre infidèle un regard de mépris et d'indignation, regagne promptement ses vaisseaux, et s'y repose enfin de ses longues anxiétés.

Tranquille désormais, il abandonne au temps le soin de lui apprendre le sort de ses deux envoyés, et des richesses confiées à leur surveillance. Que pouvait-il attendre d'un monarque sans force et sans résolution, d'un ministre avide et corrompu? O Plutus, dieu de l'or [33]! idole de sang et de boue! Le riche, comme le pauvre, rampe au pied de tes autels.

C'est pour s'emparer des richesses de Polydore, que le roi des Thraces devint un lâche meurtrier. Une tour impénétrable s'ouvrit à la pluie d'or qui descendait sur la fille d'Acrisius. L'éclat d'un métal corrupteur égara cette infortunée Tarpeïa qui livra le Capitole aux Sabins et mourut étouffée sous le poids de leurs boucliers.

L'or envahit les forteresses; il fait les faux amis et les traîtres, conseille des bassesses aux plus nobles cœurs; et de lâches défections aux vaillants capitaines. Il ravit aux vierges timides les pudiques alarmes de l'honneur. Il tente quelquefois les enfants de Minerve, il déprave leur conscience et flétrit leur génie.

L'or interprète et dénature les oracles de Thémis. Il fait et défait des lois. Par lui le parjure entre dans les familles, et la tyrannie dans le cœur des rois. Souvent même on l'a vu se glisser jusqu'au sanctuaire, éblouir le pieux cénobite et profaner la pureté des autels.

FIN DU CHANT HUITIÈME.

NOTES

DU CHANT HUITIÈME.

1. Lusus.

On a dit que les peintures tracées sur les bannières des Portugais n'étaient qu'une répétition des récits faits par Gama au roi de Mélinde ; mais il faut observer que le même motif qui avait dicté la narration de Gama, savoir, la nécessité de donner aux peuples nouvellement découverts une haute opinion de la nation portugaise, subsistait encore à Calicut. Et c'est ici que le poète, obligé de reproduire les mêmes idées, fait preuve d'une grande fécondité d'imagination dans la variété des expressions et des tableaux. Dans les récits faits au roi de Mélinde, les événements se lient par une chaîne historique, et sont présentés avec tous les développements que le plan de l'ouvrage permettait. Ici, au contraire, ce sont des tableaux isolés, dans lesquels le lecteur aime à retrouver le portrait des personnages qu'il connaît déja. On a lieu de s'étonner que cette intention du poète ait échappé à un littérateur aussi distingué que M. de La Harpe. S'il l'eût aperçue, il n'eût point dit, à l'occasion de ces peintures, que le poète portugais, *imitateur maladroit d'Homère et de Virgile, ignorait les secrets de son art.* Dans cette circonstance, comme dans toutes celles où M. de La Harpe quitte le rôle de traducteur, pour prendre celui de

détracteur de son modèle, nous prions nos lecteurs de prononcer eux-mêmes, et d'après leurs propres impressions,
entre la critique et l'ouvrage.

2. Ulysse.

Quelques historiens portugais, comme nous l'avons dit à
la note 24ᵉ du troisième chant, lui attribuent la fondation de
Lisbonne. Cette ville n'est pas la seule de l'ancienne Hespérie
qui se soit crue d'origine grecque. La ville de Tuy, autrefois
Tyde, prétendait, sur le témoignage de Justin, avoir été
bâtie par Diomède, fils de Tydée. Ces opinions sont aussi
incertaines que les étymologies sur lesquelles elles se fondent; mais les poètes tirent parti de tout ce qui peut servir
d'embellissement à leurs ouvrages; et, poétiquement parlant,
Camoens devait croire que Lisbonne, devenue si célèbre par
la navigation, avait été fondée par l'un des plus grands navigateurs de l'antiquité.

3. Viriate.

Jeune encore et simple berger, il faisait partie de cette
troupe de Lusitaniens que Sulpitius Galba, depuis empereur,
fit égorger impitoyablement. Échappé presque seul au massacre général, Viriate appelle aux armes ses compatriotes,
les conduit au lieu du massacre, et jure avec eux sur les cadavres de leurs frères, une haine éternelle aux Romains.
Bientôt après, il leur fait renouveler ce serment au pied des
autels du dieu Mars, et commence une des plus terribles
guerres que Rome ait jamais soutenues. La lutte dura quatorze ans, et ne finit que par le meurtre de Viriate qu'as-
sassinèrent, pendant la nuit, trois scélérats subornés par
Quintus Servilius Cépion. *Cette mort*, dit Florus, *mit le*

sceau à la gloire de Viriate, puisqu'il sembla que Cépion *avait jugé ne pouvoir le vaincre autrement. Hanc hosti glo-* *riam dedit, ut videretur aliter vinci non potuisse.*

4. Sertorius.

Sertorius avait suivi le parti de Marius contre Sylla. Marius ayant été vaincu, Sertorius se retira d'abord en Afrique, d'où les Lusitaniens l'appelèrent dans leur pays. Il s'y maintint long-temps, malgré les armées que Rome envoyait contre lui, battit Metellus et Pompée, et finit, comme Viriate, par être assassiné.

Il avait fait de grandes choses dans la paix comme dans la guerre. La Lusitanie avait reçu de lui des institutions modelées sur celles de la république romaine. Elle avait son sénat, ses consuls, ses édiles, ses tribuns. Sertorius pouvait dire, comme dans la tragédie qui porte son nom :

Rome n'est plus dans Rome; elle est toute où je suis.

Son ouvrage périt avec lui. Il n'est resté de Sertorius que de grands souvenirs et quelques monumens dout le plus remarquable est l'aqueduc d'Évora.

La biche apprivoisée qu'il consultait dans ses expéditions, peut figurer à côté du pigeon qui parlait à l'oreille de Mahomet. L'homme qui avait pris soin d'ouvrir toutes les sources de l'enseignement dans la Lusitanie et même dans une partie de l'Espagne; qui dans Osca, maintenant Huesca, avait établi une grande école où la jeunesse espagnole venait se former et s'instruire; l'homme enfin qui créait, en quelque sorte, la civilisation dans le pays qui lui avait servi d'asile, ne pouvait descendre au misérable artifice dont les historiens se plaisent à lui faire honneur. De pareils contes sont indignes de l'histoire.

5. Le comte Henri.

C'est le premier souverain du Portugal. Il ne porta que le titre de comte. (Voir la note 1re du troisième chant, tome Ier, page 176.)

6. Alphonse Ier.

Fils du comte Henri. Il fut proclamé roi par son armée sur le champ de bataille d'Ourique. (Même note, page 180.)

7. Egas-Moniz.

Il avait été gouverneur de ce même Alphonse qu'il sauva depuis par le traité de Guimaraens. (Même note, page 179.)

8. Dom Fuas.

Gamî, roi de Mérida, avait résolu de faire le siège d'un château où commandait dom Fuas Roupinho. Celui-ci, informé de la marche du roi maure, sortit de la forteresse avec une troupe d'élite, et se mit en embuscade. Les ennemis se présentèrent en effet; et, au moment où ils escaladaient la place, dom Fuas fondit sur eux, les tailla en pièces, et fit le roi prisonnier.

Dans la même année (1182), dom Fuas commandant les galères portugaises, détruisit la flotte des Maures, à la hauteur du cap d'Espinchel. Un an après, il remporta une seconde victoire navale, près de Ceuta. Ces deux actions donnèrent beaucoup d'éclat à la marine lusitanienne, et méritèrent à dom Fuas le surnom du *Lutatius portugais*.

9. Le chevalier Enric.

C'était un Allemand; mais comme il mourut en combattant pour les portugais, Camoens n'hésite pas à le compter parmi les héros de la Lusitanie.

10. Theotonio.

Il était prêtre et prieur des chanoines réguliers de Coïmbre. Il se mit à la tête d'un corps de partisans, et fit sur les Maures la conquête d'Arronchez. *In periculo, omnis homo miles,* a dit Tertullien. Cette maxime n'a reçu nulle part une application plus fréquente qu'en Espagne et en Portugal; et chez nous-mêmes, où l'esprit général du clergé est le plus conforme au véritable esprit de la religion, des cardinaux ont commandé des armées. Chez les anciens, les ministres des Dieux ne craignaient pas de se montrer dans les combats. Virgile, en faisant l'énumération des guerriers toscans qui venaient de s'embarquer à la suite d'Enée, nomme un prêtre d'Apollon :

> Tertius, ille hominum divûmque interpres Asylas,
> Cui pecudum fibræ, cœli cui sidera parent,
> Et linguæ volucrum, et præsagi fulminis ignes;
> Mille rapit densos acie atque horrentibus hastis.
>
> (Æneid., lib. X.)

> Asylas, après eux, s'avance le troisième;
> L'interprète Asylas dont le talent suprême
> Sait lire l'avenir dans le flanc des taureaux,
> Dans les feux de l'éclair; qui de tous les oiseaux
> Connaît les vols divers et les divers langages,
> Et du ciel aux humains révèle les présages :
> Par lui mille guerriers, armés de javelots,
> D'une moisson de fer ont hérissé les flots.
>
> (Delille.)

6.

11. C'est le digne fils d'Egas, c'est Mem-Moniz, etc.

Fortes creantur fortibus et bonis :
Est in juvencis, est in equis patrum
Virtus ; nec imbellem feroces
Progenerant aquilæ columbam.
(Hor. od. IV, lib. IV.)

Un glorieux enfant sort d'un glorieux père ;
Jamais du fier taureau le sang ne dégénère ;
L'audace du coursier se transmet à ses fils,
Et l'aigle impérieux qui dans l'air plane en maître,
Ne donna jamais l'être
Aux timides oiseaux qui sont chers à Cypris.
(Traduction de M. Daru.)

12. Giraldo.

Giraldo, surnommé le Chevalier sans peur, *Sem-pavor*, avait encouru la disgrace d'Alphonse Ier. Obligé de quitter la cour, il se retira parmi les Maures, et se mit au service d'Ismar, le même qui avait perdu la bataille d'Ourique. Il fut suivi par quelques mécontents à la tête desquels il ravagea les terres des chrétiens. Il ne tarda pas à reconnaître sa faute, et résolut de la réparer par quelque action d'éclat. Évora, l'ancienne place d'armes de Sertorius, était au pouvoir des infidèles. Giraldo conçut le projet de la conquérir pour Alphonse. La place était forte, et protégée en dehors par une tour antique où deux sentinelles veillaient jour et nuit, avec ordre d'allumer des feux au premier danger qu'elles apercevraient. Giraldo profitant de l'obscurité d'une nuit profonde, marche vers la tour, et à l'aide de grosses pointes de fer qu'il enfonce dans la muraille, il parvient à gagner une ouverture qui lui fournit un passage. Les deux sen-

tinelles étaient endormies; il les tue, donne le signal ordinaire
de l'approche des ennemis et retourne auprès de ses compagnons qu'il partage en deux troupes. La première reste
en embuscade; la seconde le suit. Cependant la garnison,
trompée par les feux qu'il venait d'allumer, sort de la ville
et se porte vers la tour. Giraldo, toujours favorisé par les
ténèbres, fait un circuit, se rapproche des remparts, sur-
prend les gardes avancées, pénètre dans Évora et fait main
basse sur tout ce qu'il rencontre. Aux cris des habitants, la
garnison revient sur ses pas, poursuivie à son tour par les
soldats de l'embuscade; pressée de tous côtés, égarée dans
l'ombre et saisie d'épouvante, elle abandonne ses armes, et
la ville entière se soumet à l'intrépide Giraldo. Il obtint
d'Alphonse, avec son pardon, le commandement de la place
qu'il avait conquise avec tant d'audace et de bonheur.

13. Martin Lopès.

Dom Ferdinand de Castro, de l'une des plus illustres familles d'Espagne, avait reçu des comtes de Lara un outrage
dont le roi de Castille, Alphonse IX, l'empêcha de tirer
vengeance. Il passa dans le parti des Maures, fit indiffé-
remment la guerre aux Espagnols et aux Portugais, pilla Tho-
mar et s'empara d'Abrantès. Martin Lopès marcha contre
lui et le chargea avec tant de vigueur, qu'il le renversa du
premier choc et le força de se rendre.

14. Dom Mathieu.

Évêque de Lisbonne. Il faisait le siège d'Alcacer, lorsque
l'armée des Maures vint lui présenter la bataille. Il osa l'accepter, malgré le petit nombre de soldats qu'il commandait,
et remporta une victoire complète. Les anciennes chroniques

portugaises rapportent le prodige dont parle Camoens. Les prodiges les moins attestés ont toujours quelque chose qui flatte l'imagination; quand la poésie en manque, elle en crée; et voilà probablement la véritable origine du merveilleux dans l'épopée.

15. Correa.

Dom Payo Perès de Correa, un des plus vaillants hommes de son siècle. Une trève qu'il avait accordée aux Maures n'était pas encore expirée, lorsque six ou sept Portugais qui chassaient dans la campagne, furent attaqués à l'improviste par une partie de la garnison de Tavira. Ils se défendirent vaillamment et moururent tous les armes à la main. Correa arriva trop tard pour les sauver; mais il poursuivit leurs assassins, les atteignit sous les murs de Tavira, et entra pèle-mêle avec eux dans la ville qui, après un combat sanglant, resta au pouvoir des Portugais.

16. Ribeiro.

Qu'importe au ministre du Samorin, dit M. de La Harpe, *que Ribeiro ait remporté le prix des joûtes de Castille?* Il importait peu, en effet, au Catual de connaître le fait d'armes rapporté par Camoens, mais il importait beaucoup à Gama, comme nous l'avons déja dit, de faire prendre aux Indiens une grande idée de la nation portugaise en général, et de chaque portugais en particulier. Gama n'avait avec lui que cent cinquante hommes en partant de Lisbonne. Il en avait perdu quelques-uns par le scorbut sur la côte d'Afrique. Il fallait qu'il les multipliât aux yeux du Catual par la haute opinion qu'il donnait de leur valeur.

17. Nuno-Alvarès.

L'ami, le confident de son roi, le soutien de l'indépendance nationale (voir la note 1re du quatrième chant, tome premier, pages 253 et 254). Dans l'expédition de Tanger, entreprise sous le règne d'Édouard, l'image de Nuno-Alvarès figurait avec celle de Jean Ier, sur les enseignes portugaises. Et c'est peut-être à cette circonstance que Camoens a dû l'idée de cette galerie de portraits héroïques qu'il fait parcourir au Catual.

18. Rodrigue de Landroal.

Un Portugais nommé Vasco Porcallo avait livré aux Castillans la forteresse de Villa-Viçosa ; et non content de cette trahison, il leur avait livré en même temps un portugais fidèle, appelé Cuytado. Ce Cuytado était l'ami, le compagnon d'armes de Rodrigue de Landroal. Comme on l'emmenait à Olivença, Landroal fondit sur l'escorte espagnole, et délivra son ami.

19. Fernand d'Elvas.

Marino, chevalier portugais, tenait pour le roi de Castille, le château de Montemayor. Il feignit de vouloir rentrer dans le parti de son prince légitime, et convint d'une entrevue avec Fernand d'Elvas ; mais à peine Fernand fut-il arrivé au rendez-vous, que Marino le fit arrêter. Fernand se racheta. Quelques jours après, dans une course militaire, ayant rencontré son ennemi, il le fit prisonnier à son tour ; et Marino paya de sa vie sa déloyauté.

20. Pereira.

Le roi de Castille assiégeait Lisbonne, par terre et par mer. Jean Ier, qui n'était alors que protecteur du royaume, défendait la place. Il donna l'ordre à la flotte portugaise, rassemblée au Porto, de venir au secours de Lisbonne. Il s'agissait de forcer la barre et d'entrer dans les eaux du Tage, malgré la flotte castillanne qui croisait devant le port. Le combat fut long et sanglant. Ruy Pereira s'apercevant que la flotte castillanne, beaucoup plus nombreuse que la flotte portugaise, manœuvrait pour l'envelopper, fit des prodiges de valeur pour rompre le mouvement de l'ennemi. Il réussit; les Portugais se firent jour à travers les Espagnols; mais Ruy Pereira périt victime de son dévoûment.

M. de La Harpe, après avoir raconté cet évènement d'une manière très-inexacte, reproche, avec raison, à Camoens de n'avoir pas fait, en cet endroit, un tableau digne du sujet. L'action de Ruy Pereira méritait plus de détails que celles de Landroal et de Fernand d'Elvas.

21. Mais regarde ce prodige : dix-sept portugais, etc.

Les Castillans assiégeaient la ville d'Almada, située en face de Lisbonne, sur la rive gauche du Tage. La garnison manquait d'eau. Dix-sept soldats descendirent de la citadelle, pour aller en chercher au pied de la montagne, et furent découverts par les Espagnols qui fondirent sur eux au nombre de quatre cents. Les Portugais se défendirent vaillamment et furent assez heureux pour rentrer dans le fort.

C'est ainsi que Duperron de Castéra et M. de La Harpe racontent l'aventure. Mais ils ne disent point sur quelle autorité ils fondent leur récit. Voici ce que nous trouvons dans l'histoire de Portugal par M. de La Clède :

« L'armée de Jean Ier était campée sous Villalobo. Dix-huit
« Portugais, battant l'estrade, rencontrèrent un corps enne-
« mi composé de quatre cents chevaux et de quelque infan-
« terie. Les Portugais gagnèrent une hauteur, dans le des-
« sein de périr plutôt que de se rendre. Il était cependant
« nécessaire de faire avertir le roi du danger qui les me-
« naçait; mais aucun d'eux ne voulait se charger de la com-
« mission, dans la crainte d'être soupçonné de vouloir se
« dérober au péril présent. Après quelque contestation, dom
« Diègue Perès d'Avellar demanda lequel était le plus hono-
« rable, ou d'aller chercher du secours, en perçant au tra-
« vers des ennemis, ou de combattre contre eux de pied
« ferme. Tous ses camarades répondirent que c'était le pre-
« mier parti. Je serai donc aujourd'hui, leur dit-il, le plus
« vaillant d'entre nous. En même temps, il s'élance sur son
« cheval et le pousse du côté des ennemis, qui, étourdis de
« son audace, lui ouvrent un libre passage. Tandis qu'il vole
« pour appeler du secours, les Castillans, revenus de leur
« surprise, chargent les dix-sept autres Portugais. Ceux-ci
« se défendent et attaquent tour-à-tour avec la plus grande
« intrépidité. Plusieurs Espagnols étaient déja tombés sous
« leurs coups, quand le secours arriva. A cette vue les Cas-
« tillans se retirèrent en disant : l'action de ces Portugais
« rend croyables toutes les merveilles qu'on nous raconte des
« douze pairs de France. »   (Livre X.)

22. Voici les nobles fils de Jean Ier, dom Pèdre et dom Henri.

Dom Pèdre avait parcouru presque toutes les contrées de l'Europe, et s'était signalé en Allemagne, contre les Turcs,

sous les drapeaux de l'empereur Sigismond. Dom Henri,
aussi brave que dom Pèdre, mais doué d'un génie encore
plus étendu, s'était adonné particulièrement aux sciences
mathématiques appliquées à la navigation. (Voir la note 1re
du quatrième chant, tome 1er, page 256.)

23. Menesès.

Dom Pèdre, comte de Menesès, et depuis marquis de
Villaréal, contribua puissamment à la prise de Ceuta. Il en
fut le premier gouverneur. Le roi Jean Ier faisait tant de
cas de sa vertu et de son courage, qu'il le dispensa du serment de fidélité.

24. Son fils.

Dom Duarte de Viana était fils naturel du comte de
Menesès. Il accompagna le roi Alphonse V dans sa seconde expédition d'Afrique. Alphonse était à Ceuta, lorsqu'il fut averti par quelques Maures qu'il pouvait faire une
prise considérable dans la montagne de Benazafu. C'était un
piège : à peine le roi fut-il engagé dans les sinuosités de la
montagne, qu'il fut assailli par une multitude effroyable de
Maures. Dom Duarte, à la tête de quelques braves, soutint
long-temps l'effort des barbares, et couvrit la retraite précipitée du roi; mais il ne put se sauver lui-même et tomba
couvert de blessures.

25. Une foule d'autres héros, etc.

M. de La Harpe a retranché, en cet endroit, deux octaves où l'auteur, irrité de l'ingratitude et de l'injustice de ses
concitoyens, leur adresse de graves reproches. Nous pensons,

avec M. de La Harpe, que l'auteur va évidemment contre son but, qui était d'inspirer au Catual le respect du nom portugais; mais nous n'avons pas cru cependant pouvoir nous permettre le retranchement des deux octaves qui, prises isolément, sont d'ailleurs fort belles. Nous ne faisons pas les Lusiades : nous les traduisons.

26. Cependant rassemblés par ordre du Samorin, les aruspices, etc.

Un devin du pays fit voir au Samorin, dans un vase rempli d'eau, plusieurs navires qui venaient de très-loin, dans les Indes, et lui prédit que la nation à laquelle ils appartenaient, détruirait en Orient la puissance des Maures. (Barros, déc. I, liv. IV, chap. IV.)

27. A l'effroi des idolâtres se joindra bientôt la fureur des Musulmans.

Une ligue va se former contre les Portugais entre les Payens et les Maures. L'action du poëme qui commençait à se dénouer, se renoue plus fortement. Jusqu'ici, nous n'avons vu dans Gama que l'homme de guerre et le navigateur. Il va se montrer à nous dans une situation toute nouvelle, opposer à ses ennemis une fermeté inébranlable, et déjouer tous leurs complots à force de prudence et d'activité.

28. Bacchus, toujours constant dans sa haine, prend la figure du prophète que révèrent les enfans d'Ismaël, etc.

Ici l'auteur personnifie de nouveau le mahométisme. Bacchus reparaît avec toute sa fureur, et plus sombre encore, plus terrible que lorsqu'il armait contre Gama la colère des Dieux marins.

29. Je veille pour toi, barbare, et tu dors!

Le Tasse a imité cet endroit des Lusiades. L'enchanteur Ismen apparaît à Soliman qui, surpris par la nuit et accablé de lassitude, s'est endormi sous un palmier sauvage.

> Soliman, Solimano, i tuoi sì lenti
> Riposi a miglior tempo ormai riserva;
> Chè sotto il giogo di straniere genti
> La patria, ove regnasti, ancor è serva.
> In questa terra dormi, e non rammenti
> Ch' insepolte de' tuoi l'ossa conserva!
> Ove si gran vestigio è del tuo scorno,
> Tu neghittoso aspetti il novo giorno!
>
> (Canto X.)

« Soliman! Soliman! réserve à des temps plus fortunés le « repos et ses langueurs : ta patrie, tes sujets gémissent sous « le joug de l'étranger, et tu dors! Malheureux! tu dors sur « une terre couverte des membres déchirés de tes soldats, « dont les ombres errantes te demandent la sépulture! Peux- « tu, dans les bras du sommeil, attendre qu'un nouveau jour « éclaire ces lieux témoins de ta honte? »

(Traduction de LEBRUN.)

30. Viens, lui dit-il, parle-moi sans détour.

Il y a un grand artifice, de la part du Samorin, dans cette affectation d'indulgence et de genérosité. Gama, ne fût-il qu'un forban, peut encore espérer sa grace. Le Samorin lui fournit même une excuse : *L'homme n'est que trop souvent aux prises avec l'impérieuse nécessité.*

Le reste du discours laisse apercevoir toutes les raisons qui pouvaient s'opposer à ce que les Portugais fussent admis dans les ports du Malabar. Et il faut convenir que ces raisons étaient assez fortes pour tenir le prince en suspens. Osorius les a rassemblées dans une harangue qu'il fait adresser au Samorin par un maure de Calicut :

« Ità sumus de te, rex invictissime, meriti, ut humanitatem
« tuam jurè atque meritò obtinere debeamus. Quantus enim
« cumulus ad vectigalia tua nostris mercibus et operis allatus
« sit, adeò perspicuum est, ut nullius commemoratione in-
« digeat. Publicanos consule; scripturæ magistros interroga;
« rationes puta, et exploratè cognosces nos huic regno tuo
« nunquàm inutiles extitisse. Adde quòd hoc studium à ma-
« joribus nostris ingenitum habemus, qui multis ab hinc se-
« culis hanc terram, ut patriam atque natale solum coluêre,
« et Calecutii reges summâ semper fide et pietate venerati
« sunt. Hanc animorum concordiam cum tuis antiquâ officio-
« rum consuetudine conglutinatam, et has tantas utilitates
« ut dissolvant et funditèr evertant, homines isti profligati
« atque perditi, qui modò hùc appulsi sunt, nisi tu eorum
« consiliis occurreris, summâ contentione perficient. Quod si
« tu id nondùm suspicione consequeris, mirandum non est :
« animus enim verè regius, cùm ex fide et animi sui candore de
« aliis conjecturam faciat, non facilè adduci potest, ut cre-
« dat quempiam in se pestem machinari. Præterea non sunt
« tibi mores istorum hominum cogniti, quos nos multis nos-
« trorum experimentis exploratos et cognitos habemus. Mul-
« tis enim nationibus, à quibus læsi nunquàm sunt, ambitione
« tantùm atque multâ possidendi libidine stimulati, vastitatem
« et exitium intulerunt. An tu credis illos, ut commercium
« cum tuis habeant, è tam longinquis regionibus cum tantis
« vitæ periculis hùc pervenisse ? Credibile non est. Sed, aut

« piratæ sunt, clementiâque tuâ abuti volunt ad multorum
« perniciem, et eâ de causâ fictas tibi litteras attulerunt: aut
« rex qui eos hùc misit, nimis ambitiosus est : nec eos misit
« ut tecum fœdus ferirent, sed ut urbis hujus situm diligenter
« explorarent. An non hâc eâdem arte lusitani reges in urbes
« Africæ complures invaserunt? An non bonam Æthiopiæ
« partem his fraudibus occupaverunt? An parùm liquet quàm
« multis gentibus isti latrones, in hoc cursu, graves injurias
« intulerint? Mozambiquem armis agressi sunt : Mombazæ
« portum sanguine repleverunt: naves cum multis hominibus
« in viâ ceperunt. Qui modò, cùm tàm tenues opes illis sint,
« contineri non possunt, quin immanem importunamque natu-
« ram factis indicent: quid facient, cùm multò majores vires col-
« legerint? Quarè si regni opes tueri vis, homines sceleratos
« extingue : si piratæ sunt, tanti sceleris pœnas luant : si à
« rege potentissimo missi, ut horum interitu reliquis Lusita-
« nis spem hujus tentandæ navigationis incidas, hos quos
« in potestate nunc habes, interime. Facilè malum nascens
« resecatur : at robustum et inveteratum, non nisi cum
« maximo labore comprimitur. Nunc igitur, dùm tempus est,
« occurre sceleri, reseca dominandi libidinem, statumque
« tuum præsidio confirma. Ut autem nihil est credulitate
« regnis infestius, ita nullum propugnaculum poterit esse
« ad depellenda pericula sagacitate et diffidentiâ salutari
« munitius. At quas merces adduxêre? adeò tenues, ut ru-
« mor est, ut ex illis possit intelligi, eos valdè egentes esse. Quo-
« modò igitur sperandum ut qui rei familiaris angustiâ la-
« borant, regnum tuum mercibus ingentis pretii locupletent?
« Quid dicam de muneribus tibi nomine regis sui oblatis?
« Judicare profectò non possum, utrùm nobis majorem
« risum an graviorem offensionem attulerint. Putabat-ne rex
« ille, cujus potentiam isti in cœlum fictis laudibus efferunt,
« se dona Æthiopiæ regulo cuidam mittere, qui erat propter

« inopiam et stultitiam levissimis rebus in fraudem allicien-
« dus ? Ità-ne verò ? Ludibrio habitam fuisse potentissimi
« regis amplitudinem ? tentari mansuetudinem ? contemni sa-
« pientiam ? Sed dices fortassè, hanc à nobis criminationem
« propter odium quod nobis cum christianâ gente est, confec-
« tam fuisse. Fateor esse nobis perpetuum cum gente nostris
« rebus infestâ dissidium. Sed, in hoc rerum discrimine, ar-
« bitramur non esse tam nobis de nostro statu, quàm de tuo
« laborandum. Nobis enim, si christianos ad tuam amicitiam
« aggregaveris, erit hinc necessariò semigrandum, ut alias
« sedes quæramus, in quibus non incommodè negociari pos-
« simus. Illâ interìm uti querimoniâ poterimus apud reges
« alios, quibus non erit ingratus noster adventus, quòd
« ignotos homines notis, alienos domesticis, suspectos spec-
« tatis, antetuleris. Quod tamen ad rem augendam attinet,
« ubicumque fuerimus, non cum minore fortassè lucro et
« compendio, negotium geremus. Tibi, verò, nisi maturè
« opem rebus tuis attuleris, valdè vereor (quod, Deus, omen
« avertas) ne sit, intrà paucos annos, non modò de statu
« regni et imperio, sed etiam de salute, cum gente nimis
« avarâ et ambitiosâ, et bellicis in rebus acerrimâ, maximo
« cum periculo dimicandum ». (De rebus Emmanuelis, lib. II.)

« Grand roi, nous vous avons assez bien servi, pour que
« vous prétiez l'oreille à nos plaintes. Qu'est-il besoin de
« vous rappeler l'importance des tributs dont notre commerce
« et notre industie ont grossi et grossissent encore chaque
« jour le trésor de l'empire ? Consultez les receveurs de vos
« finances, interrogez vos intendants, faites examiner leurs
« registres, et vous pourrez juger si nous avons contribué
« en quelque chose à la prospérité du pays. Ce zèle ardent
« pour vos intérêts, nous le tenons de nos pères qui, depuis
« plusieurs siècles, ont regardé le Malabar comme leur sol

« natal, et n'ont cessé de chérir et d'honorer les souverains
« de Calicut. Hé bien ! cette heureuse concorde, cimentée
« par une si longue habitude de services réciproques, tous
« les avantages qui en découlent, vont être détruits sans re-
« tour par les hommes qui viennent de descendre sur nos
« bords, par des aventuriers sans honneur et sans patrie,
« prêts à tout bouleverser dans vos états, si vous ne vous
« hâtez de prévenir leurs affreux desseins.

   « Vous les avez accueillis sans défiance; nous n'en sommes
« point surpris : un cœur magnanime, une ame vraiment
« royale, qui ne juge des autres que par ses propres senti-
« mens, répugne à croire à de pareilles machinations. Vous
« ne connaissez point le caractère de ces perfides étrangers.
« C'est à nous de vous éclairer, à nous qui, par une triste
« expérience, avons appris à les connaître. Sans autres motifs
« que l'ambition et l'amour de l'or, ils ont porté le ravage et
« la désolation parmi des peuples qui ne leur avaient fait
« aucun mal. Pensez-vous qu'ils soient venus de si loin,
« qu'ils aient traversé tant de mers, bravé tant de périls,
« dans la seule vue d'établir des relations de commerce avec
« vos sujets? Non, vous ne le croirez point. Ou ce sont des
« corsaires qui, au moyen de fausses lettres de créance,
« veulent abuser de votre confiance et préparer la ruine de
« vos sujets; ou le roi qui les envoye n'est qu'un monarque
« ambitieux qui, sous prétexte de conclure un traité d'alliance
« avec vous, leur a prescrit d'observer vos ports, vos forte-
« resses, et la position du Calicut. C'est la même politique,
« ce sont les mêmes intrigues qui ont ouvert aux rois de
« Portugal les portes de nos cités d'Afrique; c'est la même
« perfidie qui les a rendus maîtres du rivage éthiopien.

   « Vous n'ignorez pas combien les pirates qui nous arrivent,
« ont maltraité de nations dans leur course vagabonde. Ils
« ont, à main armée, envahi Mozambique, rempli de sang

« le port de Monbaze, et saisi tous les navires qu'ils ont
« rencontrés. Si, malgré leur faiblesse et leur petit nombre,
« ils ne peuvent contenir la cruauté, la rapacité qui les do-
« minent, que ne feront-ils pas, quand ils seront plus nombreux
« et plus forts ? Hâtez-vous d'exterminer cette race abominable,
« assurez par leur châtiment la tranquillité de vos États.
« Pirates, ils méritent la mort; envoyés d'un roi puissant,
« ils doivent encore périr, pour qu'aucun de leurs compa-
« triotes ne soit tenté d'entreprendre le même voyage. Le
« mal, à sa naissance, se détruit aisément; mais le temps lui
« donne des forces, et que de peine ensuite pour l'extirper !
« Il en est temps encore : coupez le mal à sa racine; pré-
« venez les désastres qui vous menacent. Une aveugle sécu-
« rité perd les empires, une salutaire défiance les sauve et
« les maintient.

« Vous ne vous laisserez point éblouir par les avantages
« d'un commerce imaginaire. De quelles marchandises ont-
« ils chargé leurs vaisseaux ? Si nous en croyons le bruit pu-
« blic, elles ne donnent pas une haute opinion de la fortune
« de leurs maîtres. Et les présents qu'ils ont apportés ! Ces
« dons qu'ils vous ont magnifiquement offerts au nom du
« monarque du Tage ! je ne déciderai point s'ils doivent vous
« inspirer plus de pitié que d'indignation. Ce roi dont ils
« élèvent la puissance jusqu'aux nues, croyait-il donc
« s'adresser à quelque chef de peuplade, à quelque roitelet
« d'Éthiopie, que l'ignorance et la pauvreté devaient livrer,
« comme une dupe facile, à de misérables séductions ? En
« serait-il ainsi ? Se serait-on joué à ce point de la grandeur
« d'un puissant monarque ? Aurait-on voulu braver son
« pouvoir, et pousser à bout sa clémence ?

« Mais, dira-t-on, nous haïssons les Chrétiens, et c'est la
« haine qui nous inspire en ce moment. J'avoue qu'entre
« cette race et nous il existe un éternelle inimitié; mais, dans

I

7

« la circonstance présente, c'est moins pour nous que nous
« craignons, que pour vous. S'ils mettent le pied dans votre
« empire, nous en sortirons, nous porterons ailleurs les tri-
« buts de nôtre industrie, nous irons dire aux rois voisins
« que vous avez préféré des inconnus à des amis éprouvés,
« des étrangers à des sujets adoptifs, des gens sans aveu à
« de fidèles alliés ; et les rois s'empresseront de nous fournir
« un asile, et nos établissements retrouveront dans leurs états
« la faveur qu'ils auront perdue dans les vôtres.

    « Quant à vous, grand roi, si vous ne prenez promptement
« de salutaires mesures, je crains bien (et puisse le ciel dé-
« tourner ce triste présage !) je crains qu'avant peu d'années,
« il ne s'agisse plus de lutter contre une nation avide et con-
« quérante, pour les intérêts du commerce, ou même pour
« l'étendue du territoire, mais pour le salut de la monarchie
« et pour les jours du monarque. »

31. Telle est la vérité, grand roi.

La réponse de Gama est une réfutation complète des accusations des Maures : c'est un modèle de modération, de
logique et de fermeté. Les discours ne sont pas une des
parties les moins remarquables des Lusiades. Au deuxième
chant, la harangue de l'interprète de la flotte au roi de
Mélinde ; au quatrième, celle de Nuno-Alvarès Pereira à
l'assemblée de Coïmbre ; au sixième, celle de Bacchus aux
dieux de la mer ; ici enfin, le discours de Gama au Samorin,
prouvent qu'il existe une alliance intime entre l'éloquence
et la poésie. Homère, Virgile, Ovide, Milton, le Tasse,
Camoens, Corneille et Racine, confirment pleinement cette
vérité. Le même génie qui fournit au poète des pensées fortes, des mouvements et des images, les fournit à l'orateur.
Nascuntur poetæ, fiunt oratores, est un adage vide de sens.

3·2. Comme on voit, aux rayons du soleil, l'acier
poli ou le crystal d'un miroir, etc.

Cette comparaison est imitée de Virgile.

Laomedontius heros
Cuncta videns, magno curarum fluctuat æstu,
Atque animum nunc huc celerem, nunc dividit illuc,
In partesque rapit varias, perque omnia versat.
Sicut aquæ tremulum labris ubi lumen ahenis,
Sole repercussum, aut radiantis imagine lunæ,
Omnia pervolitat latè loca, jamque sub auras
Erigitur, summique ferit laquearia tecti.
(Æneid., lib. VIII.)

Cependant le héros, de cent projets contraires
Entretient en secret ses projets solitaires,
Et partageant entre eux ses esprits inquiets,
Roule, prend, abandonne, et reprend ses projets :
Tel, dans l'airain brillant où flotte une eau tremblante,
Le soleil, variant sa lumière inconstante,
Croise son jeu mobile et son rapide essor,
Va, vient, monte, descend, et se relève encor,
Et des murs aux lambris rapidement promène
Des reflets vagabonds la lueur incertaine.
(DELILLE.)

33. O Plutus, dieu de l'or! etc.

L'auteur, qui se plait à marquer la fin de chacun de ses
chants par d'éloquentes réflexions naturellement tirées du
sujet, prend occasion de la conduite du Catual envers Gama,
pour signaler les funestes effets de l'avarice. Comme à son
ordinaire, il s'appuye de l'autorité des exemples, et cite la
catastrophe de Polydore, fils de Priam, l'histoire de Tarpeïa

et la fable de Danaé. Tout le monde connaît Danaé et sa pluie d'or. On se rappelle également l'histoire de cette jeune romaine qui, séduite par les fausses promesses des Sabins, leur ouvrit les portes du Capitole. Quant au fils de Priam, voici de quelle manière Ovide raconte sa fin tragique :

> Est ubi Troja fuit, Phrygiæ contraria tellus,
> Bistoniis habitata viris. Polymnestoris illic
> Regia dives erat, cui te commisit alendum
> Clàm, Polydore, pater, Phrygiisque removit ab armis.
> Consilium sapiens : sceleris nisi præmia magnas
> Adjecisset opes, animi irritamen avari.
> Ut cecidit fortuna Phrygum capit impius ensem
> Rex Thracum, juguloque sui defigit alumni;
> Et, tanquàm tolli cum corpore crimina possent,
> Exanimem è scopulo subjectas misit in undas.
>
> (Metamorph. lib. XIII.)

> Sur les bords opposés au phrygien rivage,
> Polymnestor régnait sur la Thrace sauvage.
> C'est à lui, Polydore, enfant tendre et chéri,
> Transplanté dans sa cour et dans la paix nourri,
> C'est à lui que Priam confia ton enfance :
> Sage précaution ! si le trésor immense,
> Entre ses mains remis pour un autre dessein,
> N'eût fait d'un prince avare un perfide assassin.
> Quand il eut vu tomber l'empire de Phrygie,
> Ce tyran contre toi s'arme d'un glaive impie,
> Enfonce dans ton flanc un parricide fer,
> Et du sommet d'un roc te jette dans la mer,
> Comme si cette mer, tombeau de sa victime,
> Te cachant dans ses flots eût dû cacher son crime.
>
> (SAINT-ANGE.)

FIN DES NOTES DU CHANT HUITIÈME.

LES LUSIADES.

CHANT NEUVIÈME.

LES LUSIADES.

CHANT NEUVIÈME.

Alvare et Diego prolongeaient en vain leur séjour à Calicut ; l'astuce et la perfidie leur fermaient toutes les voies du commerce. Le même jour voyait naître, mourir et renaître encore leur espoir. Le but secret des Maures était de retenir la flotte portugaise jusqu'à l'arrivée des vaisseaux qu'ils attendaient de l'Égypte.

Non loin de l'isthme fameux où Ptolémée Philadelphe fonda les murs d'une cité qu'il appela du nom d'Arsinoé sa sœur, et dont les débris ont formé l'enceinte de Suez ; au fond du golfe Érythrée, s'élève la Mecque, si célèbre par son temple et par les pieux pélerinages des disciples de Mahomet.

Jedda reçoit ses vaisseaux. Là se rassemble et fleurit un commerce immense, autrefois l'orgueil des soudans et la source de leurs richesses. C'est de là que partent, tous les ans, ces flottes opulentes, ces navires puissamment armés que l'industrie ismaélite envoie, par l'Océan

indien, chercher au Malabar les productions de l'Orient.

C'était le temps où la terre de l'Inde allait les revoir dans ses ports. Ils étaient l'espoir des infidèles qui déja, par des vœux homicides, appelaient l'heure fatale où les feux de l'Égyptien devaient dévorer la flotte européenne.

Mais celui qui gouverne la terre et les cieux, celui qui dans sa prescience infinie embrasse toutes les destinées des mortels, avait marqué Mozaïde du sceau des élus et versé dans son ame la douce bienveillance et la pitié généreuse: il le réservait pour le salut des Lusitaniens.

Les Maures ne le soupçonnaient point: Musulman comme eux, il avait entendu leurs discours, il connaissait leurs complots : il en avait frémi. Touché de compassion à l'aspect de nos vaisseaux qu'il venait souvent visiter, il ne peut retenir plus long-temps un secret qui l'oppresse, et se détermine à le révéler à Gama.

« Ta flotte est en péril, lui dit-il; les navires « que l'Arabie envoie chaque année dans ces « mers, ne tarderont pas à paraître. Comme les « tiens, ils portent la foudre et de nombreux sol- « dats. Tes nefs, endommagées par les flots, « peuvent trahir le courage de tes guerriers et « succomber dans une lutte inégale. »

A ce discours, le héros, que la saison favo-

rable invitait, d'ailleurs, à mettre à la voile, n'hésite point sur le parti qu'il doit prendre. Le Samorin n'est plus à ses yeux que l'esclave et le
complice des Maures ; il l'abandonne à leur té-
nébreuse influence, et rappelle en secret Alvare
et Diego.

Mais les deux Portugais n'ont pu tromper la
vigilance du Catual : on les arrête à la sortie des
remparts. A peine cette nouvelle a-t-elle frappé
l'oreille de Gama, qu'il fait saisir, à son tour, de
riches marchands, qui, poussés par l'espoir du
gain, étaient venus de Calicut étaler aux yeux
des guerriers les pierres brillantes de Visapour
et de Golconde.

La terreur aussitôt se répand dans leurs
familles : la ville entière est agitée. Gama,
pour augmenter les alarmes, ordonne, avec
éclat, les préparatifs du départ. Déja le ca-
bestan commence à tourner sous la main des matelots. Les uns, d'un bras vigoureux, soulèvent
les cables ; les autres, de leur poitrine endurcie,
pressent les leviers.

D'autres encore s'élancent aux cordages, ga-
gnent le haut des mâts et déroulent les voiles.
Elles se déployaient au milieu des cris d'allégresse,
quand tout-à-coup des clameurs plus vives vont
apprendre au Samorin le prochain départ de la
flotte. Des femmes, des enfants assiégent l'entrée

du palais, et redemandent leurs époux et leurs pères.

Un ordre soudain brise les fers des deux Portugais, et leur rend leurs trésors. Le Maure en gémit, le Catual se tait; Alvare et Diego partent triomphants. La nef qui les porte a reçu les députés du Samorin; ils vont présider à l'échange des captifs, et désarmer la colère de Gama. Le héros, satisfait du retour de ses compagnons, se laisse aisément fléchir, rend ses prisonniers, et s'éloigne à pleines voiles.

Il s'éloigne. — Tout espoir de paix et de commerce avec Calicut s'était évanoui pour Gama; mais du moins il avait reconnu les vastes régions qui s'étendent vers le berceau de l'aurore. Il allait porter à sa patrie cette grande nouvelle et d'irrécusables témoignages de sa glorieuse découverte.

Quelques-uns des Malabares qui avaient ramené ses envoyés, étaient restés sur la flotte. Il emporte avec eux le poivre brûlant, la fleur et la noix de l'arbuste de Banda, les clous odorants dont s'énorgueillit la terre des Moluques, la canelle enfin, qui parfume les rivages de Ceylan.

C'est au fidèle Mozaïde qu'il en devait la conquête, à Mozaïde qui, déjà chrétien dans le cœur, se dévouait à ses nouveaux frères. Heureux Africain! bénis le jour sacré qui vient de luire à tes yeux; bénis le ciel qui, si loin de ton pays, t'a montré le chemin de la véritable patrie.

Les héros laissaient derrière eux la terre du soleil, et voguaient rapidement vers les mers d'Adamastor, fiers du succès de leurs travaux, mais toujours exposés à la cruelle inconstance des flots, toujours balancés entre la crainte et la joie.

Quel charme cependant, quel bonheur pour eux de revoir leur patrie, leurs parents, le doux séjour de leur enfance! de redire un voyage si fécond en merveilles, les nouveaux cieux, les nouveaux peuples qu'ils ont observés! de recevoir le prix de tant de périlleuses fatigues! Leur cœur, trop ému, ne peut contenir les torrents de joie dont il est inondé.

L'aimable divinité qui les protège et les guide, Vénus, les contemple avec ravissement [1]. Inspirée par le maître des dieux, elle veut embellir encore leur voyage, et dans une route si long-temps semée d'écueils, faire briller à leurs yeux l'image des récompenses réservées aux longs travaux, à la patience héroïque.

Les vastes mers qu'ils ont parcourues, les tempêtes qu'ils ont essuyées, les cruelles persécutions de Bacchus, tous les maux qu'ils ont soufferts, se représentent à son souvenir. Un jour de calme va succéder à tant d'agitation. Amphitrite applanira ses ondes, ses ondes où naquit Vénus.

Elles offriront aux favoris de la déesse un asile passager, quelques instants de repos et de bonheur, trop juste compensation des peines qu'ils ont endurées sur les flots. Vénus n'oubliera point d'associer à ses desseins cet enfant dont la puissance rapproche le ciel et la terre, les mortels et les dieux. Elle a tout disposé, tout prévu.

Non loin des royaumes de l'Aurore, au milieu des mers que décore la riante Taprobane, elle a fait choix d'une île solitaire qu'elle embellit de verds bocages et de tous les trésors du printemps. Les bosquets de Paphos et de Cnide, les jardins de Cythère et d'Amathonte, avaient moins de charme et de fraîcheur.

C'est là que, pour attendre l'arrivée des héros, elle veut appeler les jeunes déités de l'Océan. Vous y serez, Beautés sévères, vous qui ne captivez les cœurs que pour désoler vos captifs. C'est là qu'au milieu des danses et des folâtres jeux, Vénus fera couler dans vos veines cette langueur mystérieuse et tendre, si favorable aux vœux des amants.

Telle autrefois, sur la rive où s'élevaient les murs de Carthage, on la vit disposer en faveur d'Énée le cœur d'une illustre princesse. Elle va trouver son fils, ce dieu si tendre et si cruel en qui réside tout son pouvoir. C'est par lui qu'elle sut enflammer Didon; c'est par lui qu'elle enflammera les Néréides.

Elle attèle à son char et le cygne argenté et la colombe amoureuse : le cygne qui ne chante que pour faire ses adieux à la vie; la colombe qui fut jadis la nymphe Péristère [2]. La nymphe avait moissonné des fleurs qu'Amour s'était réservées; Amour s'en vengea par cette métamorphose. Vénus part. Les tendres colombes croisent leurs becs amoureux, le ciel s'épure, les vents se taisent : Zéphire seul agite doucement les airs.

Déja le char de la déesse planait sur les sommets d'Idalie. Là, son fils avait rassemblé les Amours, et méditait une grande expédition contre l'univers en révolte. Armé de son carquois, il se préparait à venger son pouvoir méconnu, son nom usurpé, son culte avili, ses autels profanés par de coupables égarements.

Ses regards parcourent le monde [3]. Il voit un nouvel Actéon [4] s'élancer à la poursuite des animaux farouches. L'infatigable chasseur oublie les soins de son empire, et méprise l'Amour et les Graces. Il en sera puni. Un jour, moins sauvage et moins fier [5], il rencontrera la déesse des forêts; il la verra dans tout l'éclat de sa beauté : mais la déesse repoussera son hommage. Trop heureux encore, s'il échappe à cette meute de favoris qui bondit sur ses traces!

L'Amour a lu dans le cœur des courtisans. Le bonheur public est loin de leur pensée ; ils ne sont épris que d'eux-mêmes. S'ils inondent le palais des rois, s'ils vantent leur amour pour le prince, s'il se pressent autour de lui, c'est pour détruire les vertus qui germaient dans son ame. Un jeune épi commençait à fleurir ; il est étouffé par l'ivraie.

Des ministres de charité, des hommes du ciel [6], qui devaient leur tendresse au malheur et leurs soins pieux à l'indigence, ne sont possédés que de l'amour de l'or et des grandeurs. Leur austérité n'est qu'un masque ; leur justice, qu'une lâche oppression. Obéissez aux lois, répètent-ils sans cesse. Mais leur voix ne s'adresse qu'au peuple : ils sont muets au pied du trône.

Le dieu n'aperçoit partout que des cœurs infidèles et des affections qui s'égarent. La vengeance respire dans ses yeux. Ses jeunes ministres sont autour de lui ; il va leur confier des phalanges guerrières, destinées à ramener les mortels sous ses lois.

Les Amours cependant s'occupaient à divers ouvrages. Les uns façonnaient le bois de leurs flèches ; les autres en aiguisaient le fer. Ils mêlaient à leurs travaux des chants mélodieux, soumis aux lois d'une harmonie céleste : douces paroles qu'embellissaient des airs plus doux encore.

Les forges divines, où rougit la pointe de leurs traits, ne s'alimentent que de cœurs enflammés ; elles s'allument au feu des désirs, flamme brillante, incorruptible, qui pénètre les cœurs et les brûle sans les consumer. Une source jaillit ; elle est formée des larmes des amants malheureux. C'est là que les Amours trempent le fer de leurs dards.

Les plus jeunes exerçaient leur adresse sur des cœurs durs et grossiers. De fréquents soupirs remplissent les airs. Des nymphes attendries volent au secours des blessés, et sur leurs plaies versent un baume salutaire. Imprudentes ! Elles ne voient point le danger qui les attend. L'Amour sourit à leur imprévoyance.

Toutes n'ont pas le don de charmer les yeux ; il est des blessures que guérit la laideur, comme on voit l'antidote amer détruire le venin répandu dans nos veines. Quelques-uns des blessés, trop attentifs à des paroles magiques, paient de leur liberté la guérison qu'ils obtiennent ; car, parmi ces nymphes compâtissantes, il est aussi des Circés.

De tous ces traits, lancés au hasard par des mains encore mal assurées, naissent les unions bizarres, les penchants monstrueux : témoins Biblis, Myrrha, le frère de Thamar et le fils d'Antiochus. Les flèches de l'Amour s'égarent dans tous les rangs.

Grands du monde, êtes-vous à l'épreuve des armes d'une simple bergère? Et vous, nobles Beautés, étiez-vous avec le dieu Mars, quand Vulcain vous enveloppa de ses filets? C'est pour de vulgaires amants que vous comptez les heures de la nuit; c'est pour eux que vous franchissez les toits et les murs. Mais devons-nous en accuser l'Amour? Vénus, dans cet obscur délire, Vénus est plus coupable que son fils.

Déja les cygnes au blanc plumage déposaient mollement sur la verdure le char de Cypris. La fraîcheur de son teint s'est animée des couleurs de la rose. L'enfant dont les flèches redoutables n'épargnent pas même les dieux, Cupidon, vole à sa rencontre; il est suivi de la foule des Amours, qui viennent baiser la main de leur aimable souveraine.

Les moments sont chers à Vénus. Elle prend son fils dans ses bras : « Cher enfant! lui dit-elle, « toi, sur qui repose tout mon pouvoir; toi, qui « te ris des foudres dont Jupiter écrasa Typhée[7]; « toi, l'espoir et l'orgueil de ta mère; ô mon fils! « j'implore ton secours.

« Tu connais les descendants de Lusus. Je les « chéris à l'égal des enfants d'Énée. Ils adorent « Vénus et la gloire, et leur seront toujours fi- « dèles; j'en ai pour garants d'infaillibles oracles. « Encourageons leurs travaux; unissons en leur

« faveur tout ce que les Destins nous ont donné
« de force et de puissance.

« Bacchus les a persécutés dans l'Inde ; la mer
« a soulevé contre eux toutes ses vagues. Eh bien !
« que ce même Océan, si long-temps agité, re-
« pose enfin sous leurs nefs victorieuses ; que,
« témoin naguère de leurs tourments et de leurs
« peines, il le soit aujourd'hui de leur triomphe
« et de leur bonheur.

« Que les filles de Nérée, un moment com-
« plices des fureurs de Bacchus, soient frappées
« de tes inévitables traits ; que, saisies d'un feu
« soudain, elles se rassemblent dans une île où
« je conduirai mes héros. Flore y versera les tré-
« sors de sa corbeille ; Zéphyre y rafraîchira la
« verdure et les fleurs ; Amphitrite amoureuse la
« caressera de ses flots.

« Que là, sous des lambris éclatants, les tendres
« Néréides préparent les mets exquis, les vins par-
« fumés, les guirlandes de roses ; qu'elles disposent
« les lits magnifiques, moins brillants que leurs
« attraits ; qu'elles inventent pour mes héros mille
« plaisirs délicats. Arme-toi, blesse, enflamme ;
« que la fête de l'Hyménée soit aussi le triomphe
« de l'Amour.

« Laisse là tes cohortes légères. Du sein de
« l'onde où je suis née, fais sortir une race de
« héros [8]. Ils renouvelleront la face du monde,

2   8

« ils confondront à-la-fois l'impie qui abandonne
« tes autels, et l'hypocrite qui les profane. La
« terre redeviendra ta conquête. Et pourrait-elle
« se défendre de tes feux, quand l'onde elle-
« même en aura senti l'ardeur ? »

Elle dit. Une joie maligne éclate dans les yeux
de Cupidon; il se fait apporter son arc d'ivoire,
l'arc brillant d'où partent ses flèches dorées. Vénus, d'un air tendre et caressant, le reçoit dans
son char; et les oiseaux mélodieux, qui jadis ont
tant déploré la mort de Phaëton, les enlèvent
au milieu des airs.

L'Amour veut avoir l'appui d'une autre divinité qui, plus d'une fois, a divulgué ses mystères,
mais qui souvent aussi a secondé ses desseins. Sa
taille est celle d'un géant. Indiscrète et téméraire,
organe du mensonge et de la vérité, elle embrasse
l'univers dans son vol infatigable. Ce qu'ont vu
ses cent yeux, ses mille bouches le proclament.

Vénus et son fils vont chercher la Renommée.
A peine ont-ils parlé, qu'elle s'élance dans les airs,
et va publiant de rivage en rivage les exploits des
enfants de Lusus. Les accents de sa trompette
n'avaient jamais eu tant d'éclat; ils pénètrent
jusqu'au fond des grottes humides, portés par la
Crédulité qui, cette fois du moins, n'aura pas à
prêter son secours au mensonge.

Les dieux de la mer sont émus; ils écoutent

d'une oreille attentive ces merveilleux récits,
et dépouillent insensiblement la haine que Bacchus leur avait inspirée. Le cœur des déesses,
plus mobile encore et plus sensible à la gloire,
est déjà du parti des héros. « L'envie seule, la
« cruelle envie a pu, se disaient-elles, armer
« Bacchus contre des mortels si grands. »

Cependant le fils de Vénus commence à dé-
cocher ses traits; la mer en est couverte. Les uns
traversent rapidement l'onde agitée ; les autres
glissent à la surface, se relèvent, retombent, et
par d'obliques détours, descendent au fond des
eaux. Les nymphes chancelantes exhalent de profonds soupirs; elles appellent leurs glorieux époux.
Aucune d'elles ne les connaît encore; mais, sur
la foi de la Renommée, elles s'en forment l'image.

Téthys seule semblait invulnérable. Le dieu
rapproche, avec effort, les extrémités de son arc
d'ivoire. C'est Téthys qu'il menace; c'est à ce cœur
rebelle qu'il destine un dernier trait. La corde frémit, le trait vole..... la victoire est complète. L'A-
mour n'a plus de flèches à lancer, ni de nymphes
à combattre. Les déesses languissantes ne vivent
plus que pour se sentir mourir d'amour.

Ondes azurées, faites place à la fille des mers,
à Vénus qui vient au secours de ses victimes. La
voyez-vous qui, de la main, vous montre des
voiles blanches poussées par les zéphyrs sur la

8.

cime des flots? Et toi, qui versas la flamme au sein des Néréides, Amour, achève ton ouvrage; viens enhardir la craintive pudeur.

Déja les nymphes se raniment. Leurs mains s'enchaînent avec grace, leurs mouvements se cadencent; l'onde se courbe, et les porte à la rive fortunée où Vénus les conduit. Une tendre inquiétude fait palpiter leur cœur; mais la déesse leur parle et les rassure. Déja vaincues par l'Amour, pouvaient-elles se montrer indociles aux conseils de sa mère?

Cependant les Lusitaniens sillonnaient les plaines liquides. Encore loin de leur patrie, ils cherchaient à découvrir un rivage qui leur fournît une onde pure, quand, dans un transport de joie, ils aperçoivent l'île enchantée que l'aurore éclairait de ses premiers feux.

L'île, avec ses frais bocages, leur était amenée sur les flots, semblable à la voile légère qui obéit au souffle des vents. Toujours s'offrant à leur vue, toujours guidée par une main divine, elle suivait les mille détours de leur route incertaine et mobile.

A peine eut-elle fixé leurs regards, qu'elle cessa d'être flottante, comme autrefois Délos à la naissance des enfants de Latone. Elle présente aux Lusitaniens une large baie, dont les eaux tranquilles venaient mourir sur un sable blanc parsemé de coquillages aux mille couleurs.

Trois collines, d'un aspect aussi gracieux qu'imposant, étalent leur verdure émaillée de fleurs, et dominent ce riant séjour. De leur sommet jaillissent de clairs ruisseaux. Les ondes fugitives murmurent à travers les rochers, et de cascade en cascade vont se réunir dans un vallon délicieux.

Ils y forment un lac dont l'étendue égale la beauté. Autour de ce vaste bassin sont groupés des arbres charmants. Leur tête, couronnée de verdure, flotte suspendue sur le crystal liquide : on dirait qu'amoureux de leur feuillage, ils se plaisent à le voir répété dans ce fidèle miroir.

D'autres portent dans les airs leurs rameaux chargés de fruits odoriférants : l'oranger, dont les pommes d'or ont l'éclat de la chevelure de Daphné; le cédrat, qui plie sous son brillant fardeau; le citronnier dont le fruit jaunissant parfume le verger qu'il embellit.

Une verte chevelure couronne le front des collines. Là s'élèvent à-la-fois les peupliers d'Alcide, les lauriers d'Apollon 9, les myrtes de Vénus, les pins de Cybèle, témoins autrefois de l'inconstance d'Atys; le cyprès enfin, qui dirige vers le séjour des dieux sa tête pyramidale.

Sous un ciel si beau, la nature ne vend point ses bienfaits. Là, se reproduisent sans culture la

cerise aux teintes vermeilles, la mûre qui rappelle de funestes amours[10] ; la pomme de Perse
qui, transplantée sur un sol étranger, n'en devient que plus chère à Pomone.

La grenade vient de s'ouvrir : elle efface l'éclat
du rubis. Dans les bras de l'ormeau se balance
la vigne amoureuse, avec ses grappes de pourpre
et d'émeraude. Et toi qui, sur la tige où tu re-
poses, as reçu les atteintes de l'avide passereau,
poire au corsage élancé, sois fière de tes blessures; elles ont révélé ta saveur et ton prix.

Un long tapis de verdure, plus brillant et plus
doux que ceux que la Perse a tissus, couvre le
fond de la vallée : des myriades de fleurs la décorent. Narcisse incline sa tête élégante sur une
eau pure et tranquille[11]. Près de lui renaît, dans
l'anémone, le fils de Cynire et de Myrrha[12],
Adonis, dont le souvenir, ô Vénus! te fait encore soupirer.

En voyant le ciel et la terre étinceler des mêmes
couleurs, on pouvait douter si l'Aurore[13] répan-
dait sur les fleurs son doux éclat, ou si l'éclat des
fleurs allait se réfléchir sur le front de l'Aurore.
Jeune compagne de Zéphyre, c'est toi qui vas
distribuant à la violette ses tendres nuances, à
la rose les teintes pudiques dont se colore la
timide beauté: c'est toi qui revêts d'un éclat si
pur l'asphodèle aux fleurs d'or, l'odorante mar-

jolaine, le lis qui boit les pleurs du matin
l'hyacinthe où se lit en caractères ineffaçables
la douleur d'Apollon [14].

Tandis que Flore et Pomone embellissent à
l'envi ce délicieux séjour, des légions d'oiseaux
chantent dans les airs, de joyeux troupeaux bondissent dans la plaine. Cycnus soupire au bord
des eaux : Philomèle lui répond sous le feuillage.
Actéon ne s'épouvante plus de l'image de son
bois, que réfléchit le crystal des fontaines. Le
lièvre craintif, la tremblante gazelle, sortent
sans effroi des buissons épineux, et le moineau
familier porte gaîment à son nid la pâture de sa
famille naissante.

C'est dans ce riant Élysée que descendirent les
nouveaux Argonautes. Les déesses erraient à l'a-
venture à travers les pelouses fleuries : les unes
faisaient résonner les douces guitares, les harpes
harmonieuses, les flûtes pastoralès; les autres, un
arc d'or à la main, semblaient poursuivre des
animaux... qu'elles ne poursuivaient pas.

Vénus, si savante en l'art de plaire, Vénus leur
avait dit : « Au premier abord des héros, disper-
« sez-vous sur le gazon, dans les bocages; fuyez,
« ils voleront sur vos pas. » Quelques-unes se
confiant dans leur beauté, sans autre parure que
leurs charmes, se jouaient négligemment au milieu d'une onde pure.

Cependant les guerriers s'élançaient de leurs navires, impatients de faire la guerre aux habitants des bois. Ils ne savaient pas que, grâce au dieu des amours, ils n'auraient besoin, sur ces belles collines, ni de pièges, ni de filets, ni des armes du chasseur.

Les uns, l'arquebuse ou l'arbalète à la main, s'enfoncent dans l'épaisseur du bocage, asyle obscur de la gazelle et du cerf : les autres foulent paisiblement la verdure, et séduits par la fraîcheur de l'ombre, suivent les méandres charmants d'un ruisseau qui, sur un sable d'argent, porte son onde à la prairie.

Tout-à-coup ils voient s'agiter, à travers le feuillage, des couleurs brillantes et variées. Leur éclat n'est pas celui des fleurs : l'œil ne peut s'y méprendre. C'est la blancheur de la laine la plus pure ; c'est l'éclat de la soie dont se décorent nos jeunes beautés, quand, pour mieux assurer leurs conquêtes, elles appellent la parure au secours de leurs attraits.

Velloso pousse un cri de surprise et de joie. « Amis, quelle rencontre imprévue ! quelle heu-
« reuse découverte ! Si les divinités des vieux
« âges habitent encore sur la terre, cette île fleu-
« rie est le séjour des déesses. Oh ! que la nature
« est féconde en merveilles ! et que de richesses
« elle dérobe à la curiosité des mortels !

« Suivons les belles inconnues; mortelles ou
« déesses, tâchons de les atteindre. » Il dit, et
plus rapide que le daim, s'élance avec ses compagnons à la poursuite des Nymphes. Elles fuient,
en poussant des cris, à travers le bocage. Les
robes légères, les blondes chevelures, voltigent
au gré des vents.

Les guerriers redoublent d'ardeur : on dirait
de nouveaux Hippomènes disputant le prix de la
course à de nouvelles Atalantes. La victoire ne
sera pas long-temps indécise : Vénus est au milieu des airs. Enveloppée d'un nuage d'or, elle
jette, à pleines mains, les touffes de roses sous
les pieds glissants des Néréides, et précipite les
pas des guerriers.

Ailleurs, les déesses folâtraient dans les eaux.
A la vue des chasseurs, elles jettent un cri d'a-
larme, comme effrayées d'une audace inattendue. L'une a ressaisi le fin tissu qu'elle avait
déposé sur la rive; l'autre court éperdue se réfugier sous les ombrages ; mais sa blancheur
éblouissante a éclairé sa fuite.

Une autre encore, l'œil courroucé, la rougeur
sur le front, se replonge au fond du lac. C'était
la colère de Diane surprise au bain par le fils
d'Aristée. Mais un jeune audacieux n'a vu que
sa beauté; ardent, impétueux, encore chargé de
ses vêtements, il porte au sein des eaux le feu
dont il est dévoré.

Tel, au bord d'un étang fréquenté par la timide sarcelle ou par le héron solitaire, s'agite
et frémit le fidèle compagnon du chasseur : ac-
coutumé à saisir sur l'onde l'oiseau que son
maître a blessé, à peine a-t-il vu s'incliner le
tube menaçant, qu'il s'élance emporté par son
rapide instinct, et nage vers sa proie en aboyant
de plaisir.

Léonard, guerrier plein de courage [15], et galant
chevalier, avait été plus heureux sous les enseignes de Mars que sous les drapeaux de l'Amour.
Il semblait qu'un mauvais Génie le rendît odieux
à Vénus : il le croyait ; mais, toujours fidèle au
culte de la déesse, il n'avait jamais perdu l'espérance d'un avenir plus fortuné.

La jeune Éphyre fuyait devant lui. Modèle de
grace et de beauté, Éphyre, en disputant ses
attraits, voulait leur donner encore plus de
prix. « O Nymphe! lui disait Léonard, mon cœur
« a volé vers toi ; tu l'emportes dans ta fuite, et
« tu refuses de m'attendre! Tant de rigueur sied
« mal à la beauté.

« Nymphe charmante, tes compagnes ont sus-
« pendu leur course. Toi seule, tu fuis encore ;
« tu fuis l'infortuné Léonard! Eh! qui t'a révélé
« ma disgrace et mon nom? Qui t'a conseillé de
« me haïr? Serait-ce le mauvais Génie qui toujours
« s'attache à mes pas? Défie-toi de ses discours ;

« il te trompe; il me trompait jadis mille fois par
« heure.

   « Pourquoi cette fuite précipitée, qui te fa-
« tigue et m'accable? Craindrais-tu des transports
« téméraires? Ah! que tu connais mal le destin
« qui me poursuit! L'amour lui-même m'offri-
« rait ses plus chers trésors, qu'une barrière ja-
« louse s'élèverait tout-à-coup entre Léonard et
« les trésors de l'Amour[16].

   « Arrête, je t'en conjure. Et puissent les jours
« de ton printemps s'arrêter ainsi dans leur fuite!
« Tourne les yeux vers moi; romps le charme
« funeste qui me tient depuis si long-temps en-
« chaîné. Le tyran qui m'opprime résisterait à la
« puissance des rois, à la force des armées; cesse
« de fuir, il est vaincu.

   « Mais, hélas! sourde à ma prière, tu n'entends
« que mon persécuteur. Ta rigueur s'unit à la
« sienne, et se joue d'un cœur infortuné qui gé-
« mit suspendu à l'or de ta chevelure ondoyante.
« Ce cœur, chargé d'ennuis, ne le sens-tu pas
« qui te pèse? ou, déja plus près du bonheur,
« serait-il devenu plus léger?

   « C'est le seul espoir qui me reste. Tu ne pour-
« ras en soutenir le poids et tu lui rendras sa
« liberté, ou tes charmes tout-puissants auront
« changé sa destinée.... Mais n'est-ce pas une
« illusion? L'Amour combat pour moi; sa douce

« blessure a ralenti ta course. Ah! serais-je en
« effet le plus heureux des mortels? »

Éphyre fuyait encore, mais d'un pas moins rapide, comme pour écouter les tendres accents,
les plaintes amoureuses de son timide adorateur.
Touchée de son délire, elle tourne vers lui une
figure céleste, inondée de joie et de volupté, et se
laisse tomber aux pieds de Léonard, qui s'enivre
de son triomphe.

Tout le bocage retentit d'un doux murmure.
Tendres soupirs, prières d'amour, refus aga-
çants, cris de colère, paroles de paix, se mêlent
et se confondent. Journée délicieuse, que Vénus
enflamma de tous ses feux [17], comment redire
les plaisirs que tu vis éclore? Ah! que mes vers
du moins en offrent l'imparfaite image à celui
qui n'a pu les goûter!

Les Néréides ont partagé l'ivresse de leurs
amants; elles se plaisent à les parer de guirlandes
de fleurs, de couronnes d'or et de laurier. Leurs
belles mains, en signe d'hyménée, s'unissent à
celles des héros : les paroles solennelles sont pro-
noncées. Nobles fils de Lusus! heureux guerriers!
la mort même ne saurait vous ravir vos inséparables compagnes [18].

La plus belle des nymphes, celle à qui toutes
obéissent et dont les traits annoncent la céleste
origine, la déesse enfin qui couvre de merveilles

la terre et l'onde, Téthys, avait été réservée par l'Amour au conquérant des mers. La majesté brille sur son front, et la grace dans ses discours.

« Je suis Téthys, dit-elle à son illustre favori. « Fille de Célus et de Vesta [19], je connais les mys- « tères que renferment, dans leur immensité, le « ciel, la terre et les mers; mystères profonds, que « les Destins ont résolu de te révéler par ma « voix. L'univers n'a plus de secrets pour des hé- « ros tels que vous. »

Elle dit, et le prenant par la main, le conduit au sommet d'une montagne, où s'élève un palais d'or et de crystal. C'est là que, pour Téthys et Gama, l'Amour a rassemblé tous les plaisirs; il anime, il embellit à-la-fois et le palais de Téthys et les bosquets des Néréides.

Ainsi s'écoulait, dans l'ivresse d'un bonheur in-connu aux mortels, une journée enchanteresse qui payait nos guerriers de leurs longs et pénibles travaux : ainsi le monde reconnaissant a placé au bout de la carrière le prix du courage et des ex-ploits; la Renommée proclame les vainqueurs, et leur mémoire est immortelle.

Les triomphes, les palmes, les lauriers; tous les honneurs que l'univers leur décerne, ont leur emblême dans les fêtes charmantes prodi-guées aux enfants de Lusus par les nymphes de l'Océan. Sous les traits des Néréides, la Gloire a

souri aux triomphateurs des flots; sous les traits
de Téthys, elle a couronné Gama [20].

L'antiquité aimait à placer dans les cieux les
mortels dont la déesse aux cent voix avait consacré les noms. Ils n'arrivaient à l'immortalité
que par d'éclatants exploits, par d'immenses travaux, par cette carrière de la vertu, si rude d'a-
bord et si pénible, mais à la fin si riante et si
douce.

Les héros, en quittant la vie, franchissaient le
seuil de l'Olympe : le ciel s'ouvrait aux bienfaiteurs de la terre. Jupiter, Mercure, Phébus et
Mars, Énée et Romulus, les deux Thébains, Cérès, Pallas, Diane et Junon, n'étaient que les
enfants des hommes.

Mais la voix de la Renommée en a fait des
dieux, des demi-dieux, des dieux de la patrie,
des génies protecteurs et des héros. O vous donc
qui aspirez à la gloire, voulez-vous être aussi
grands qu'ils l'ont été sur la terre? réveillez-vous
au bruit de leurs actions. Ils n'attendaient point
dans un lâche repos les honneurs de l'apothéose.

Reprimez l'ambition, la cupidité, qui vous dé-
vorent; étouffez ces honteuses passions. L'amour
de l'or fait les esclaves, et l'ambition, les tyrans.
L'or et les honneurs donnent-ils une valeur réelle
à celui qui les possède? Eh! qu'importe de les
obtenir? Il suffit de les mériter.

Soyez, dans la paix, les protecteurs du faible contre la tyrannie du fort; et, s'il vous faut une autre gloire, endossez le harnois belliqueux, et devenez la terreur des infidèles. Vous étendrez, vous affermirez l'empire : sa grandeur fera la vôtre; la fortune vous ouvrira ses trésors, et les honneurs vous chercheront en foule.

Ce roi que vous chérissez devra la splendeur de son règne à la sagesse de vos conseils, à la force de ces épées qui vous rendront immortels comme vos pères. Rien n'est impossible au courage; une volonté forte surmonte tous les obstacles. Osez marcher sur les traces des héros : la patrie vous contemple, et l'île enchantée vous attend.

FIN DU CHANT NEUVIÈME.

NOTES

DU CHANT NEUVIÈME.

ꞇꞇꞇꞇꞇꞇꞇꞇꞇꞇ

ɪ. Vénus les contemple avec ravissement, etc.

Les enfants de Lusus vont revoir les mers orageuses qu'ils
ont déja traversées ; ils vont affronter de nouveau

> Le vieux cap africain qui s'élevant contre eux,
> De ses rochers vivants épouvanta leurs yeux,
> Et qui, sous leurs vaisseaux explorateurs des mondes,
> Vit expirer sa rage et se courber ses ondes.
> (M. Parseval-Grandmaison.)

Le géant est vaincu ; la rage de Bacchus est impuissante et
muette ; et ces mêmes flots, qui furent témoins de tant de
souffrances et d'intrépidité, le seront de l'apothéose anticipée
que Vénus a résolu de décerner à ses héros. Une île, enrichie
de tous les trésors de l'automne et du printemps, leur ap-
paraîtra tout-à-coup, et cette île sera pour eux l'Élysée. C'est
à qu'environnés de divinités fantastiques, ils trouveront l'i-
mage de la gloire, de la renommée, des couronnes d'immortalité, qui sont le prix des longs efforts du courage : c'est
à , c'est dans la description de cette île enchantée, que Camoens étalera toutes les richesses de son imagination, qu'il
versera toutes les couleurs de sa palette. Ses idées seront voluptueuses, et ses paroles, chastes ; ses récits, pleins de grace
et de chaleur, et ses tableaux, aériens. M. l'abbé Delille
n'avait lu cet épisode ni dans l'original, ni dans une traduc-

2 9

tion fidèle, quand il disait, à la fin de ses notes sur le quatrième
livre de l'Énéide : « Tous les poètes épiques ont cru devoir
« consacrer un de leurs chants à l'amour. Le Camoens fait
« aussi débarquer les Portugais dans une île où les Néréides,
« enflammées par Vénus et Cupidon, de concert avec le Père
« éternel, s'efforcent de les retenir. Cet épisode est écrit avec
« si peu de ménagement, que l'île enchantée de la *Lusiade*
« ressemble beaucoup plus à un lieu de débauche qu'au sé-
« jour des dieux. Ce serait outrager Virgile, que de lui com-
« parer de pareilles productions. » Disons plutôt que ce serait
outrager Camoens, que de réfuter de pareilles accusations.
M. Delille a répété M. de La Harpe, qui avait répété Voltaire,
qui, en cela du moins, ne répétait personne, mais qu'entraînait le désir secret d'immoler à la Henriade toutes les épopées anciennes et modernes. Voyez ses jugements sur Homère
et sur Milton.

Quelques critiques ont fait contre le neuvième chant et
contre le dixième une objection tirée des principes de l'art.
Le poëme est fini au huitième chant, disent-ils, et tout le reste
est un hors-d'œuvre. Cette objection est spécieuse ; mais nous
répondrons d'abord que Camoens est justifié par l'exemple
d'Homère. Dans l'Iliade, le poëme est fini à la mort d'Hector ;
et cependant le poète grec consacre presqu'en entier les deux
derniers chants de son poëme à la description des jeux célé-
brés en l'honneur de Patrocle. Nous dirons, en second lieu,
que l'action principale des Lusiades étant la découverte de
l'Inde, cette action n'est pas à son terme, tant que le succès
n'en est pas connu en Portugal. Supposons, en effet, que
Gama, après avoir découvert le Malabar, ne puisse échapper
à la fureur des Maures de Calicut ; que sa flotte soit engloutie
dans les flots, ou dévorée par les flammes, son entreprise périt avec lui ; il n'y a plus de découverte, il n'y a plus de poëme.
L'action subsistera donc jusqu'à ce que la rentrée de Gama

dans les eaux du Tage apprenne à sa patrie que la route de l'Inde est ouverte.

2. La nymphe Péristère.

Vénus et l'Amour cueillaient des fleurs dans un bocage. C'était à qui des deux en aurait le plus tôt rempli sa corbeille. L'Amour volait rapidement de fleur en fleur, se fiant à la légèreté de ses ailes; mais la nymphe Péristère se joignit à Vénus, sans être aperçue, et la corbeille de la déesse fut remplie la première. L'Amour, pour se venger, changea Péristère en colombe.

3. Ses regards parcourent le monde.

Cette idée de l'Amour contemplant l'univers, et s'indignant de tant d'affections qui s'égarent, de tant de passions honteuses qui osent se parer de son nom, est aussi neuve que morale et philosophique. L'auteur va placer dans ce cadre ingénieux l'amour des plaisirs, si contraire à l'amour des devoirs; l'amour-propre, qui ne sourit qu'aux adulateurs; l'amour du pouvoir, déguisé sous les apparences de l'attachement pour le prince; l'amour de l'or et des grandeurs, brûlant dans le cœur des mêmes hommes qui semblaient avoir mis tous leurs trésors dans le ciel. L'auteur a beau vouloir envelopper ses pensées; la franchise de son caractère perce à travers le voile dont il se couvre : il suffit, pour comprendre tout le sens de ce morceau, de se reporter en imagination à la cour du roi Sébastien, telle que les historiens nous l'ont peinte. Les grands personnages de cette cour ne se reconnurent que trop bien dans les tableaux du poète; et cela nous explique ses longues infortunes, comme nous l'avons remarqué dans une des dernières notes du chant précédent.

9.

4. Il voit un nouvel Actéon, etc.

Le roi Sébastien, le même que l'amour de la gloire entraîna depuis en Afrique et qui périt si malheureusement à la bataille d'Alcacer, n'avait manifesté, dans sa première jeunesse, qu'une seule passion, celle de la chasse; il était entretenu dans ce goût immodéré par ses ministres et ses propres gouverneurs, qui, tandis qu'il négligeait les devoirs de la royauté, régnaient véritablement sous son nom. L'histoire est ici tout-à-fait d'accord avec les reproches que lui adresse le poète. (Voir M. DE LA CLÈDE, *Histoire générale du Portugal*, édition de Paris, 1735, volume 5, page 144.)

5. Un jour, moins sauvage et moins fier, etc.

Sébastien, né avec une ame ardente et portée à exagérer toutes les vertus, affectait de l'éloignement et même de l'aversion pour les femmes. Cependant, sur la foi d'un simple portrait, il devint amoureux de Marguerite de France, fille de Henri II : il la fit demander en mariage par ses ambassadeurs; mais les intrigues de Philippe II, roi d'Espagne, firent échouer les négociations. C'est à quoi l'auteur fait allusion dans ce passage; il représente le nouvel Actéon épris des charmes de Diane, et repoussé par la déesse. Le poète poursuit l'allégorie, et par un dernier trait, laisse échapper toute sa pensée : *Trop heureux encore, s'il échappe à cette meute de favoris qui bondit sur ses traces!*

6. Des ministres de charité, des hommes du ciel, etc.

Allusion à l'inquisition qui venait de s'établir en Portugal, malgré les remontrances courageuses des principaux corps de l'état. Le gros de la nation, animé depuis long-temps contre les Maures et les Juifs, ne vit dans l'érection de ce tribunal qu'un moyen de les comprimer; et la haine imprévoyante du peuple l'emporta sur la sage prévoyance des magistrats. L'inquisition ne tarda pas à envelopper dans ses terribles arrêts et les Maures et les Juifs et les nationaux. Les rois eux-mêmes tremblèrent devant elle; mais il n'était plus temps de la détruire, elle avait jeté de trop profondes racines : elle interdit jusqu'au murmure; et Camoens, vingt ans plus tard, n'aurait pas écrit cette page impunément.

7. Toi sur qui repose tout mon pouvoir, toi qui te ris des foudres dont Jupiter écrasa Typhée.

Imitation de Virgile :

> Nate, meæ vires, mea magna potentia solus,
> Nate, patris summi qui tela Typhoïa temnis.
>
> (Æneid. lib. I.)

> O toi, l'honneur, l'appui, le charme de mes jours,
> Enfant vainqueur des dieux, souverain de la terre,
> De qui la flèche insulte aux flèches du tonnerre.
>
> (DELILLE.)

8. Du sein de l'onde où je suis née, fais sortir une race de héros.

Tout est allégorie dans ce neuvième chant. Les héros qui doivent sortir du sein de l'onde, ce sont ces guerriers navigateurs à qui la découverte de l'Orient va donner l'empire des mers.

9. Là s'élèvent à-la-fois les peupliers d'Alcide, les lauriers d'Apollon, etc.

Ce passage paraît imité d'Ovide. Orphée vient de perdre, pour la seconde fois, sa chère Eurydice; il chante sa douleur sur sa lyre, et d'une manière si touchante, que les arbres émus accourent à sa voix.

> Non Chaonis abfuit arbos,
> Non nemus Heliadum, non frondibus esculus altis,
> Nec tiliæ molles, nec fagus, et innuba laurus.
> Et coryli fragiles, et fraxinus utilis hastis,
> Enodisque abies, curvataque glandibus ilex,
> Et platanus genialis; acerque coloribus impar,
> Amnicolæque simul salices, et aquatica lotos,
> Perpetuòque virens buxus, tenuesque myricæ,
> Et bicolor myrtus, et baccis cærula tinus.
> Vos quoque, flexipedes hederæ, venistis, et unà
> Pampineæ vites, et amictæ vitibus ulmi:
> Ornique et piceæ, pomoque onerata rubenti
> Arbutus, et lentæ, victoris præmia, palmæ:
> Et succincta comas hirsutaque vertice pinus,
> Grata Deûm matri: siquidem Cybeleïus Atys
> Exuit hâc hominem, truncoque induruit illo.
> Adfuit huic turbæ, metas imitata, cupressus:
> Nunc arbor; puer ante Deo dilectus ab illo
> Qui citharam nervis, et nervis temperat arcus.
>
> (Metam. lib. X.)

Mille arbres à l'envi se rangent sous ses lois;
Le hêtre, le tilleul, le peuplier mobile,
Le coudrier noueux et l'olivier fertile,
Et le mûrier sauvage aux fruits doux et sanglants.
Et le chêne courbé sous le poids de ses glands,
L'arbre dont le buveur aime l'ombre joyeuse,
Et le chaste laurier, et l'érable, et l'yeuse,

Le saule aux longs rameaux balancés dans les airs,
Et le myrte et le buis qui bravent les hivers,
Et le lierre aux cent mains et la vigne amoureuse
Embrassant de l'ormeau la tige vigoureuse,
Et le figuier poreux, aux fruits pleins de saveur,
Le palmier dont la feuille est le prix du vainqueur,
Le sapin résineux à la sombre verdure,
Le pin qui boucle en nœuds sa courte chevelure,
Le pin cher à Cybèle : Atys par elle aimé,
Sous l'écorce d'un pin fut par elle enfermé.
Le cyprès suit aussi le charme qui le guide,
Le cyprès, des forêts mouvante pyramide,
Jadis l'ami du dieu qui manie à la fois
Et l'arc et l'archet d'or qui frémit sous ses doigts.

(SAINT-ANGE.)

10. La mûre qui rappelle de funestes amours.

Qui ne connaît la touchante aventure de Pyrame et de Thisbé? Ils étaient de Babylone. Contrariés par leurs parents qui refusaient de les unir, ils s'étaient donné rendez-vous au tombeau de Ninus, sous un mûrier blanc, près d'une claire fontaine :

Arbor ibi, niveis uberrima pomis,
Ardua morus erat, gelido contermina fonti.

Thisbé étant arrivée la première, aperçut, à la clarté de la lune, une lionne qui, la gueule fumante de carnage, venait se rafraîchir à la fontaine. Saisie de frayeur, Thisbé s'enfuit, et laisse tomber son voile. La lionne le rencontre sur son passage, l'ensanglante en le déchirant, s'abreuve dans la source et rentre au fond des bois. Pyrame arrive enfin : à la vue de ce voile plein de sang, il ne doute point que Thisbé n'ait été dévorée par une bête féroce ; et, dans son déses-

poir, il se perce de son épée. Cependant Thisbé, remise de
sa peur, revient, cherche Pyrame, et le trouve expirant!

> Pyrame, clamavit, quis te mihi casus ademit?
> Pyrame, responde: tua te, carissime, Thisbe
> Nominat: exaudi, vultusque attolle jacentes.
> Ad nomen Thisbes, oculos jam morte gravatos
> Pyramus erexit, visâque recondidit illâ.
> Quæ postquàm vestemque suam cognovit, et ense
> Vidit ebur vacuum: tua te manus, inquit, amorque
> Perdidit, infelix: est et mihi fortis in unum
> Hoc manus; est et amor: dabit hic in vulnera vires.
> Persequar extinctum, letique miserrima dicar
> Causa comesque tui: quique à me morte revelli
> Heu! solâ poteras, poteris nec morte revelli.
> Hoc tamen amborum verbis estote rogati,
> O! multùm miseri, meus illiusque parentes,
> Ut quos certus amor, quos hora novissima junxit,
> Componi tumulo non invideatis eodem.
> At tu, quæ ramis, arbor, miserabile corpus
> Nunc tegis unius, mox es textura duorum;
> Signa tene cædis, pullosque et luctibus aptos,
> Semper habe fœtus, gemini monumenta cruoris.
> Dixit, et aptato pectus mucrone sub imum,
> Incubuit ferro; quod adhuc à cæde tepebat.
> Vota tamen tetigêre deos, tetigêre parentes.
> Nam color in pomo est, ubi permaturiit ater;
> Quodque rogis superest, unâ requiescit in urnâ.
>
>   (Metam. lib. IV.)

> Pyrame! par quel sort t'ai-je perdu? dit-elle.
> Cher Pyrame! réponds; c'est Thisbé qui t'appelle.
> L'amant, à ce doux nom, soulève avec effort
> Ses yeux appesantis du sommeil de la mort,
> La voit, soupire et meurt, content de l'avoir vue.
> Elle aperçoit son voile et l'épée encor nue;
> Et sachant tout alors: Quoi! c'est donc ton amour,

Dit-elle, c'est ta main qui t'a privé du jour?
Ma main, ma main aussi prouvera ma tendresse.
Je n'ai pas moins d'amour si j'ai plus de faiblesse.
Je serai ta compagne et l'on ne dira pas
Que Thisbé sans te suivre a causé ton trépas.
La mort qui seule, hélas! t'a pu séparer d'elle,
La mort va la rejoindre à son amant fidèle.
O vous, parents cruels, mais hélas! trop punis,
Quand l'amour, le trépas, tous deux nous ont unis,
Que la même urne encore unisse notre cendre!
Et toi qui vis le sang que l'amour fit répandre,
Le sang de mon amant, et qui vas voir le mien,
Gardes-en la teinture, arbre fatal, deviens
Un symbole de deuil, et transmets d'âge en âge
D'un double sacrifice un sanglant témoignage.
Soudain elle saisit le fer encor fumant,
L'enfonce dans son cœur et meurt sur son amant.
Son vœu fut exaucé des Dieux qui les plaignirent:
De pourpre, en mûrissant, les mûres se teignirent.
Leurs parents même enfin se rendent à leurs vœux,
Et le même tombeau les enferma tous deux.

(St-Ange.)

11. Narcisse incline sa tête élégante sur une eau pure et tranquille.

Fons erat illimis, nitidis argenteus undis,
Quem neque pastores, neque pastæ monte capellæ
Contigerant aliudve pecus: quem nulla volucris,
Nec fera turbârat, nec lapsus ab arbore ramus.
Gramen erat circà quod proximus humor alebat;
Silvaque sole lacum passura tepescere nullo.

(Metam. lib. III.)

Un vallon frais recèle une source argentée,
Inconnue aux troupeaux, des bergers respectée.

L'écorce des vieux troncs, la plume des oiseaux,
Jamais n'ont altéré le miroir de ses eaux;
Et sur ses bords charmants, plantés d'arbres sans nombre,
Son cours nourrit les fleurs, et la verdure, et l'ombre.

(SAINT-ANGE.)

C'est à cette source pure que Narcisse, fils de Céphise et
de Liriope, venait, au retour de la chasse, chercher le repos et la fraîcheur. En se voyant dans le crystal des eaux, il
devint tellement amoureux de lui-même, qu'il en mourut de
langueur.

Ut intabescere flavæ,
Igne levi ceræ, matutinæve pruinæ
Sole tepente solent, sic attenuatus amore
Liquitur; et cæco paulatim carpitur igni.
Et neque jàm color est mixto candore rubori;
Nec vigor, et vires, et quæ modò visa placebant,
Nec corpus remanet, quondàm quod amaverat Echo.

(Metam. lib. III.)

Comme se fond la cire à l'aspect d'un brasier,
Ou comme aux premiers feux d'un soleil printanier,
S'exhale des frimas la vapeur matinale,
Ce fol amant, qui meurt d'une fièvre fatale,
Brûlé d'un feu secret, se consume et s'éteint.
Il a vu se faner les roses de son teint:
Il perd sa force, il perd sa beauté trop aimée,
Sa beauté dont Écho fut jadis si charmée.

(SAINT-ANGE.)

Les dieux, touchés de compassion, le changèrent en fleur.

12. Près de lui renaît, dans l'anémone, le fils de Cynire et de Myrrha.

Adonis. Vénus l'aima passionnément; mais, comme il était
grand chasseur, il poursuivit imprudemment un sanglier dont

il reçut une blessure mortelle. Vénus, qui venait de le quitter, planait encore dans les airs.

> Utque æthere vidit ab alto
> Exanimem, inque suo jactantem sanguine corpus,
> Desiluit : pariterque sinus, pariterque capillos
> Rupit ; et indignis percussit pectora palmis.
> Questaque cum fatis : at non tamen omnia vestri
> Juris erunt, inquit. Luctûs monumenta manebunt
> Semper, Adoni, mei : repetitaque mortis imago
> Annua plangoris peraget simulamina nostri.
> At cruor in florem mutabitur.
>
> (Metam. lib. X.)

> A peine de son char elle voit Adonis,
> Dans son sang qui ruisselle en liquides rubis,
> Sans vie et sans couleur couché sur la verdure;
> Elle se précipite, observe sa blessure,
> Arrache ses cheveux, les voiles de son sein,
> Le frappe, le meurtrit, et s'écrie : O destin !
> Enfers, qui le cachez dans vos ombres funèbres,
> Son nom sera du moins sauvé de vos ténèbres!
> Je veux qu'un deuil public, fête de mes douleurs,
> Par des pleurs annuels solennise mes pleurs.
> Tu naîtras de son sang, belle et tendre anémone.
>
> (SAINT-ANGE.)

13. En voyant le ciel et la terre étinceler des
mêmes couleurs, on pouvait douter si l'aurore, etc.

Tableau charmant, emprunté d'une idylle d'Ausone sur la
rose.

> Ambigeres raperet ne rosis aurora ruborem,
>   An daret. et flores tingeret orta dies.

14. L'hyacinthe où se lit en caractères ineffaçables la douleur d'Apollon.

L'hyacinthe azuré qui ne vit qu'un moment,
Des regrets d'Apollon fragile monument.
(Poëme des Saisons.)

Apollon, jouant au disque avec le jeune Hyacinthe, le tua par mégarde. Du sang d'Hyacinthe naquit la fleur qui porte son nom, et, sur les feuilles de cette fleur, le dieu traça lui-même les caractères *ai, ai, hélas! hélas!*

Ipse suos gemitus foliis depingit, et *ai, ai,*
Flos habet inscriptum.
(Metam. lib. X.)

On chercherait en vain ces caractères dans l'hyacinthe, dit M. de La Harpe; *on les trouverait plutôt dans la fleur nommée glaïeul ou iris, où l'on aperçoit des i et des a tracés sur les feuilles.* Nous avouons n'avoir remarqué ces lettres ni dans l'iris, ni dans l'hyacinthe. Peut-être les anciens avaient-ils, pour peindre l'exclamation de la douleur, un signe d'abréviation qu'ils avaient cru reconnaître dans l'arrangement des fibres de l'une ou de l'autre fleur. Nous ne discuterons point cette grave question : en fait de mythologie, nous nous en rapportons aveuglément à Ovide.

15. Léonard, guerrier plein de courage, etc.

L'auteur a pris soin d'annoncer, dès le sixième chant, le caractère tendre et mélancolique de ce guerrier. C'est le même qui, au milieu des travaux de la mer, et dans une nuit passée sur les flots, rêvait à la *dame de ses pensées.*

16. L'Amour lui-même m'offrirait ses plus chers trésors, qu'une barrière jalouse s'élèverait tout-à-coup, etc.

Camoens semble avoir voulu imiter, en se jouant, la manière des poètes italiens de cette époque; il introduit dans ce morceau un vers entier du 43e sonnet de Pétrarque.

> Tra la spiga e la man qual muro è messo.

On trouve dans l'Arioste, chant 7e, stance 25e, la même idée, exprimée presque dans les mêmes termes.

> Teme di qualche impedimento spesso
> Che tra'l frutto e la man non gli sia messo.

17. Journée délicieuse que Vénus enflamma de tous ses feux, etc.

M. Parseval-Grandmaison a formé de cet épisode le sixième chant de ses *Amours épiques;* mais il paraît n'avoir vu dans son modèle que la grace des détails et le charme des descriptions. On ne retrouve dans la brillante imitation qu'il en a faite, aucun de ces traits allégoriques, aucune de ces idées morales qui révèlent l'intention du poète portugais, et qui préparent adroitement le beau morceau qui termine l'épisode, morceau remarquable par la noblesse des pensées et par la force de l'expression, leçon éloquente qui suffirait, ce nous semble, pour faire pardonner à Camoens les peintures, trop vives peut-être, dont il a orné son allégorie. Il y a, dans le sixième chant des *Amours épiques,* une foule de beaux vers, des récits pleins de grace et de volupté : mais l'île enchantée de M. de Parseval n'est point l'Élysée des héros; c'est l'île d'Armide.

18. Heureux guerriers! la mort même ne saurait
vous ravir vos inséparables compagnes.

Nouvelle preuve que, dans l'idée du poète, l'hymen des
enfants de Lusus avec les Néréides n'est que l'image de l'é-
ternelle union du courage et de la gloire.

19. Fille de Célus et de Vesta.

Ce n'est pas sans dessein que le poète rappelle ici l'origine
de Téthys. La déesse, au dixième chant, doit expliquer à
Gama le système du monde, les grandes merveilles que renferme l'univers. Une si haute révélation ne pouvait venir que
d'une intelligence qui pût embrasser à-la-fois et la terre et les
cieux.

20. Sous les traits des Néréides, la gloire a souri
aux triomphateurs des flots; sous les traits de
Téthys, elle a couronné Gama.

De peur qu'on ne se méprît sur le véritable sens de ses
allégories, le poète se détermine à les expliquer lui-même.
On reconnaît, avec un mélange de plaisir et de surprise,
qu'il s'est joué innocemment de son sujet et de l'imagination
du lecteur. Et la mythologie est-elle autre chose qu'un jeu
offert à l'imagination des hommes par le génie des poètes? Et
devons-nous faire un crime à Camoens d'avoir égayé son
ouvrage par les tableaux variés qu'elle présente? Déja, dans
les notes du premier volume, nous avons cité à l'appui du
système poétique adopté par l'auteur des *Lusiades*, l'autorité de Boileau et de Rousseau le lyrique; citons à présent
celle du grand Corneille.

　　　Qu'on fait d'injure à l'art de lui voler la fable!
　　　C'est interdire aux vers ce qu'ils ont d'agréable,

Anéantir leur pompe, éteindre leur vigueur,
Et hasarder la muse à sécher de langueur.
O vous qui prétendez qu'à force d'injustices
Le vieil usage cède à de nouveaux caprices,
Donnez-nous par pitié du moins quelques beautés
Qui puissent remplacer ce que vous nous ôtez;
Et ne nous livrez pas aux tons mélancoliques
D'un style estropié par de vaines critiques.

Quoi! bannir des enfers Proserpine et Pluton,
Dire toujours le diable et jamais Alecton,
Sacrifier Hécate et Diane à la lune,
Et dans son propre sein noyer le vieux Neptune?
Un berger chantera ses déplaisirs secrets,
Sans que la triste Écho répète ses regrets!
Les bois autour de lui n'auront point de Dryades,
L'air sera sans Zéphyrs, les fleuves sans Naïades,
Et par nos délicats les Faunes assommés
Rentreront au néant dont on les a formés!

Otez Pan et sa flûte, adieu les pâturages;
Otez Pomone et Flore, adieu les jardinages.
Des roses et des lis le plus superbe éclat,
Sans la fable, en nos vers, n'aura rien que de plat.
Qu'on y peigne en savant une plante nourrie
Des impures vapeurs d'une plante pourrie,
Le portrait plaira-t-il, s'il n'a pour ornement
Les larmes d'une amante ou le sang d'un amant?
Qu'aura de beau la guerre, à moins qu'on ne crayonne
Ici, le char de Mars, là, celui de Bellone?
Que la victoire vole et que les grands exploits
Soient portés en cent lieux par la nymphe aux cent voix.

Qu'ont la terre et la mer, si l'on n'ose décrire
Ce qu'il faut de Tritons à pousser un navire,
Cet empire qu'Éole a sur les tourbillons,

Bacchus sur les côteaux, Cérès sur les sillons?
Tous ces vieux ornements, traitez-les d'antiquailles;
Moi, si je peins jamais Trianon et Versailles,
Des nymphes malgré vous danseront alentour;
Cent demi-dieux badins leur parleront d'amour,
Du satyre caché les brusques échappées
Dans les bras des Sylvains feront fuir les Napées;
Et si le bal s'ouvrait dans ces aimables lieux,
J'y ferais malgré vous trépigner tous les dieux.

           (Œuvres diverses.)

FIN DES NOTES DU CHANT NEUVIÈME.

LES LUSIADES.

CHANT DIXIÈME.

10

LES LUSIADES.

CHANT DIXIÈME.

Déjà le radieux amant de l'infidèle Coronis allait plonger ses coursiers dans les vastes flots qui baignent la rive occidentale du Témistitan *; l'ardeur du soleil cédait à la douce haleine du zéphyr; un souffle pur ridait la surface des eaux, et ranimait les jasmins et les lis, fatigués de la chaleur du jour, lorsque les nymphes et leurs amants s'avancèrent, en se donnant la main, vers le palais de Téthys. C'est là que, sous des lambris incrustés de métaux étincelants, les attendait un festin magnifique.

Ils se placent deux à deux sur des siéges de crystal, l'amant à côté de sa nouvelle conquête. Sur des siéges d'un or pur, à la place d'honneur, sont assis la reine des mers et Gama. Des mets

---

* Ancien nom du Mexique.

délicieux s'élèvent sur des plats d'or, tirés du
sein de l'Atlantique. Tout ce que la Renommée
raconte des festins de Cléopâtre n'approche
point de ce banquet céleste.

Des vins, plus parfumés que le Falerne, exhalent l'odeur de l'ambroisie, si chère au maître
des dieux et à tous les autres immortels. Des
vases de diamant reçoivent la brillante liqueur;
mêlée d'une onde pure, elle jaillit en écume pé-
tillante, et porte au fond des cœurs une subite
allégresse.

L'aimable enjouement, la piquante saillie, mille
propos folâtres, animaient les heureux convives.
Des harpes divines se faisaient entendre autour
d'eux : la lyre qui, dans le royaume de Pluton,
suspendit les tourments des ombres, la lyre d'Orphée, avait moins de charme et de douceur. A ces
accords ravissants, une des nymphes marie tout-
à-coup une voix plus mélodieuse que la voix des
syrènes [1].

Elle chante, et ses accents, soutenus par une
harmonie enchanteresse, se prolongent en ca-
dence sous les voûtes sonores du palais. Elle
chante : les vents se taisent; l'onde ose à peine
murmurer; le farouche habitant des bois écoute
et repose dans son antre.

D'un ton prophétique, elle porte jusqu'aux cieux
les héros que doit enfanter la Lusitanie. Protée

les avait aperçus dans ce globe diaphane qu'il reçut en songe des mains de Jupiter. Le devin les a fait connaître aux habitants de l'humide empire; et la nymphe, attentive à ses brillantes prédictions, les a fidèlement retenues.

La muse héroïque peut seule redire ce que la nymphe avait appris au fond des eaux. Iopas à Carthage [2], Démodocus chez les Phéaciens [3], chantèrent des faits moins éclatants. O Calliope! soutiens mes derniers efforts : pour prix de mes chants et de mes stériles travaux, viens relever mon courage et ranimer un feu qui s'éteint.

Mes tristes années déclinent vers leur penchant. Encore quelques jours, et j'aurai vu fuir mon été. L'infortune a glacé mon génie. Ce génie dont j'étais si fier, hélas! il m'abandonne. Les noirs chagrins m'entraînent au fleuve de l'oubli, au séjour de l'éternel sommeil. Reine des muses, viens du moins, viens achever avec moi le monument que j'élève à la gloire de ma patrie.

« Des bords du Tage, disait la jeune immor-
« telle, partiront des flottes belliqueuses; elles tra-
« verseront les mers ouvertes par Gama, et sou-
« mettront tous les rivages que baigne l'Océan
« des Indes. Les rois idolâtres se débattront en
« vain contre le joug : courbés sous le fer du vain-
« queur, ils subiront l'esclavage ou la mort.

« Le pontife-roi d'un peuple malabare [4], va

« s'unir aux guerriers du Tage. Malheureux, mais
« toujours fidèle, il verra ses campagnes ravagées,
« ses villes livrées aux flammes ses forteresses
« renversées, tout son royaume en proie à la fu-
« reur du Samorin.

« Cependant une escadre formidable sortira du
« port de Lisbonne; elle portera sur les mers le
« héros, encore inconnu, qui doit venger tant de
« désastres. C'est le grand Pachéco, l'Achille de
« la Lusitanie. Le navire qui le recevra dans ses
« flancs, fléchira sous un si noble poids [5].

« Il arrive en Orient; il vole au secours de
« l'ami des Portugais. Défenseur de Cochin, il
« arme tous les abords du fleuve qui baigne la
« cité, détruit ou disperse les Naïres dans le dé-
« troit de Cambalou, et rejette la terreur parmi
« les indiens, étonnés d'être vaincus par une
« poignée de combattants.

« Le Samorin rassemblera de nouvelles forces.
« Les rois de Visapour et de Tanor descendront
« des montagnes de Narsingue, et lui promettront
« la victoire. Des remparts de Calicut aux murs
« de Cananor, tous les Naïres sont en armes. Les
« deux ennemis du Christ ont ligué leurs fureurs :
« l'idolâtre combat sur terre; le Maure, sur l'Océan.

« La terre et l'Océan seront témoins de leur dé-
« faite. L'intrépide Pachéco couvre de morts et
« de débris les deux champs de bataille, et ré-

« pand l'épouvante dans tout le Malabar. Le Sa-
« morin renouvelle ses attaques; il gourmande
« ses soldats, il invoque ses dieux. Ses dieux res-
« tent sourds, et ses soldats le font rougir d'une
« quatrième défaite.

« Le vainqueur ne se borne plus à la défense;
« il incendie les campagnes, les cités et les temples.
« L'idolâtre frémit; il ordonne aux plus braves de
« ses guerriers d'attaquer à-la-fois Pachéco sur
« deux points opposés. Le héros vole d'un poste
« à l'autre, et va remporter encore deux victoires.

« Porté sur un brillant palanquin, le monarque
« assiste au combat, exhortant ses bataillons, et
« du feu de ses regards échauffant leur audace;
« mais les balles meurtrières pleuvent autour de
« lui, et le couvrent du sang de ses Naïres. Un
« moment découragé, il emploiera les armes de
« la perfidie; à l'eau pure des fontaines il mêlera
« de mortels poisons. Crimes impuissants! Le ciel
« confondra tous les projets du Samorin.

« Il reviendra pour la septième fois, s'écria la
« nymphe animée d'un transport nouveau; il re-
« viendra combattre le vaillant, l'invincible, l'in-
« fatigable Lusitanien. Il aura tout préparé pour
« le succès de la bataille. Ses navires seront ar-
« més d'énormes machines, destinées à briser les
« vaisseaux qui jusqu'alors auront bravé ses fu-
« reurs.

« Des montagnes de feu s'avanceront sur les
« ondes, menaçant d'une entière destruction l'es-
« cadre de Pachéco. L'art et le génie disperseront
« en un moment ce formidable appareil. Parmi
« tous les guerriers dont la Renommée nous a
« transmis la mémoire, en est-il un qui puisse
« disputer la palme à celui que je chante? Héros
« de la Grèce et de Rome, pardonnez : l'Achille
« portugais vous a tous surpassés[6].

« Tant de combats soutenus par une centaine
« de braves, tant de victoires remportées sur des
« ennemis nombreux et vaillants, passeront pour
« des évènements fabuleux; ou l'on croira que les
« puissances du ciel, descendues à la voix du hé-
« ros, versèrent dans son ame la prudence, la
« force et l'intrépidité.

« Le guerrier qui, dans les plaines de Mara-
« thon, anéantit l'armée de Darius; celui qui, avec
« quatre mille Lacédémoniens, défendit les Ther-
« mopyles[7]; l'intrépide Romain qui soutint seul
« sur un pont tous les efforts des Toscans; le
« sage Fabius enfin, déployèrent dans les com-
« bats moins de génie et de valeur. »

Ici les accents de la déesse perdent tout-à-coup
leur éclat; d'une voix altérée par les larmes, elle
déplore tant de courage si mal récompensé. « O
« Bélisaire! dit-elle, toi qui seras toujours grand
« parmi les filles de Mémoire; si l'impure calom-

« nie a flétri tes lauriers, si ta gloire a connu l'ou-
« trage, viens te consoler avec Pachéco.

« Vous aviez tous deux servi glorieusement le
« prince et la patrie : d'injustes rigueurs vous ont
« payés tous deux. Plus d'une fois encore on verra
« les défenseurs du trône et de l'autel languir,
« comme vous, dans l'obscurité d'une vie dédai-
« gnée, et mourir sur le lit de la misère. Voilà
« l'œuvre des rois qui, n'écoutant que le caprice
« qui les guide, ferment l'oreille à la voix de la
« justice et de la vérité.

« Voilà l'œuvre des rois qui, séduits par de
« vains discours, accordent à l'insidieuse élo-
« quence d'Ulysse le prix que réclamait la vail-
« lance d'Ajax. Mais la vertu sera vengée : les fa-
« veurs qu'ils refusent à la fidélité courageuse
« n'auront enrichi que de lâches flatteurs.

« Et toi, qui méconnus les services d'un grand
« homme; toi, qui ne fus injuste qu'envers lui;
« malheureux Emmanuel! Il t'avait donné des
« royaumes, et son partage est l'indigence; son
« dernier asile, un cachot! Mais, aussi long-temps
« que le soleil éclairera le monde, les peuples
« honoreront sa mémoire et reprocheront à la
« tienne cette grande iniquité.

« Après lui, dit la nymphe en reprenant son
« chant prophétique; après lui paraît un autre
« guerrier, Almeida, le premier vice-roi des Indes.

« Lorenzo l'accompagne; Lorenzo, son digne fils,
« qui saura combattre et mourir en Romain [8].
« Leurs armes réunies puniront Quiloa, renverse-
« ront un tyran perfide, et placeront sur le trône
« un prince ami de la justice et des lois.

« Monbaze, qui s'enorgueillit de ses pompeux
« édifices; Monbaze, à son tour ravagée, recevra
« sur ses ruines fumantes le prix de ses anciennes
« perfidies. De la côte africaine Lorenzo s'élance
« aux rivages de l'Inde, détruit les fragiles navires
« armés contre lui, et se prépare à de plus nobles
« triomphes.

« La flotte du Samorin s'avance et couvre au
« loin l'Océan. A peine a-t-elle paru, qu'une pluie
« de fer et de feu, vomie par le bronze enflammé,
« déchire et met en pièces ses voiles, ses gouver-
« nails et ses mâts. Le harpon recourbé saisit la
« capitane des Barbares; Lorenzo s'y précipite.
« Quatre cents Maures sont moissonnés par le fer
« portugais, et la mer reçoit leurs cadavres.

« Mais la céleste Providence, dont les vues sont
« impénétrables, conduira Lorenzo vers des bords
« où ni la force, ni la prudence ne pourront le
« sauver. Les rivages de Chaul le verront, sur
« une mer de sang et de feu, lutter contre
« les flottes réunies de l'Égypte et de Cambaye,
« et succomber dans cette bataille mémorable.

« Des ennemis sans nombre accablant l'hé-

« roïsmé, les vents vainement implorés, l'onde
« émue jusqu'au fond de ses abîmes, tout sera
« contre lui. Sortez de la tombe, héros des siè-
« cles antiques; venez recevoir des leçons de con-
« stance et de courage : voyez un nouveau Scéva[9],
« qui, déchiré de blessures, ne sait être ni vaincu
« ni dompté.

« Le corps sanglant, la cuisse emportée, il com-
« bat encore : ses bras et son cœur lui restent.
« Mais un dernier coup vient briser les liens qui
« retenaient cette ame indomptable; dégagée de
« sa prison, libre et triomphante, elle s'envole
« vers les cieux.

« Va donc, ame héroïque, va recueillir, au sein
« d'une éternelle paix, le prix de ton glorieux sa-
« crifice. Ta mort sera vengée par ton père. Déja
« s'apprêtent le bronze tonnant et la bombe re-
« doutable; déja j'entends gronder l'orage sur la
« tête des guerriers de l'Indus et du Nil.

« Le voilà, ce père infortuné! La douleur est
« sur son front; des larmes brûlantes tombent de
« ses yeux. Dans son aveugle fureur, il voue au
« carnage, à la mort, les barbares qui ont im-
« molé son fils. Sa voix menaçante a retenti jus-
« qu'au Gange : le Nil en a frémi; l'Indus en est
« épouvanté.

« Tel qu'un taureau, furieux et jaloux, essaie
« ses cornes menaçantes sur le tronc d'un hêtre

« ou d'un peuplier, et frappe l'air de ses mugis-
« sements; tel, à l'entrée du golfe des Guzarates,
« le terrible Almeida aiguise un fer vengeur sur
« les murs de Daboul, dont il châtie l'insolence
« et l'orgueil.

« Et soudain il s'enfonce dans la baie de Diu,
« de Diu qu'illustreront tant de siéges et de ba-
« tailles; disperse les nefs légères qu'avait équi-
« pées Calicut, et se trouve en présence des vais-
« seaux de Cambaye. Vulcain les arma de son
« tonnerre, et Mélik-Yas les commande; mais
« rien ne peut les dérober à leur destin; ils des-
« cendent, avec leurs foudres d'airain, dans les
« profondeurs de l'abîme : Mélik-Yas en cherche
« en vain les débris.

« Mir-Hocem, l'espoir et l'orgueil du Nil, ose
« attendre la vengeance. Les rayons de la foudre
« sont moins prompts, moins terribles que les
« guerriers dAlmeida. Les cadavres des Égyptiens,
« leurs membres épars, flottent sur les ondes.
« L'œil épouvanté n'aperçoit que des torrents de
« flamme et de fumée; l'oreille n'entend que des
« coups redoublés et de lamentables cris.

« Mais, hélas! Almeida ne portera point aux
« rives du Tage les trophées de sa victoire. Le
« cap des Tempêtes gardera sa mémoire et sa cen-
« dre : c'est là que, dans un obscur combat, doit
« se terminer une vie contre laquelle s'étaient li-

« guées en vain toutes les forces de l'Égypte et de
« l'Inde.

« Celui qu'avaient respecté la flèche empoison-
« née et la balle meurtrière, tombera sous les gros-
« siers javelots du cafre sauvage. Adorons les ju-
« gements du ciel. L'insensé, qui ne les comprend
« pas, en accuse le destin, l'aveugle hasard, quand
« ils ne sont que l'accomplissement des vues mys-
« térieuses de la Providence.

« Mais quelle clarté nouvelle, disait la nymphe
« en élevant la voix; quelle splendeur rayonne
« sur les ondes de Mélinde, sur cette mer qui,
« teinte encore du sang des peuples d'Oja, de La-
« mos et de Brava, atteste la valeur de Tristan [10],
« de ce héros que n'oublieront jamais les îles du
« sud, ni les plages de Madagascar?

« C'est l'éclat des armes d'Albuquerque; il vient
« conquérir Ormuz. Braves pour leur malheur,
« les Persans refuseront une paix honorable : ils
« voleront au combat; mais leurs flèches, repous-
« sées par une main invisible, retourneront en
« sifflant sur ceux qui les auront lancées; tant le
« ciel est favorable aux guerriers qui combattent
« pour sa gloire !

« Le sel amoncelé sur ces rives ne pourra sau-
« ver de la corruption les cadavres des vaincus;
« ils infecteront les plages de Calayate, de Mas-
« cate et de Gérom, jusqu'au jour où les Persans

« domptés consentiront à livrer en tribut les perles
« de Baharem.

« Que de palmes entrelacées par la main de la
« Victoire vont ceindre le front d'Albuquerque!
« que de lauriers il va cueillir sur les remparts
« de Goa! S'il abandonne un instant sa conquête,
« c'est pour la ressaisir d'une main plus assurée;
« c'est pour se montrer bientôt supérieur à la for-
« tune, supérieur à lui-même.

« Il revient plus terrible; il brave et le fer et
« la flamme et la balle homicide, et traverse les
« bataillons de l'Indien et du Maure. Tels que des
« lions affamés ou des taureaux furieux, ses sol-
« dats se précipitent sur ses pas, et, par des pro-
« diges de valeur, signalent noblement la jour-
« née où les chrétiens célèbrent la mémoire de la
« vierge de Sinaï 11.

« Et toi, fille de l'Aurore, opulente Malaca,
« c'est en vain que, cachée au sein de ta mère,
« tu crois échapper à l'inévitable main du héros.
« Tes flèches empoisonnées, tes redoutables crics,
« ne sauveront ni ton peuple amolli, ni les bel-
« liqueux Javanais, du joug que leur apportent
« les enfants de Lusus. »

La nymphe allait poursuivre l'éloge d'Albuquerque 12; mais elle se souvint d'un trait de colère, qui ternit la réputation du héros. Le grand
capitaine, le guerrier à qui la gloire a destiné ses

plus belles couronnes, est toujours le père et l'ami de ses compagnons d'armes; forcé de punir, il frappe à regret : le sceptre du général n'est point la hache du licteur.

Quand la faim, la soif, les maladies, les dangers du champ de bataille; quand l'inclémence de l'air et la rigueur des saisons, quand tous les fléaux tourmentent la patience du soldat, il n'appartient qu'à des cœurs sans pitié de punir du dernier supplice une faute pardonnable à l'humaine faiblesse, et surtout à l'amour.

Soldat d'Albuquerque, quel était donc ton crime? Avais-tu ravi une vierge à sa mère, une épouse à son époux? Avais-tu, dans un affreux délire, outragé ta mère ou ta sœur? Non; tu n'avais offensé qu'une vile esclave réservée pour le lit d'un maître superbe. Ni l'austère discipline, ni les habitudes cruelles contractées dans les camps, ni l'excès d'un transport jaloux, ne peuvent justifier la vengeance d'Albuquerque; elle jette sur sa vie une tache ineffaçable.

Apelles, amoureux de Campaspe [13], la reçut des mains de son noble rival, d'Alexandre, dont il n'avait partagé pourtant ni les exploits, ni les dangers. Araspe [14] éprouva-t-il la colère de Cyrus, lui qui, chargé d'un dépôt trop dangereux pour son cœur, avait juré de rester insensible aux charmes de sa captive? L'Amour se joua d'un serment téméraire; Araspe brûla pour Panthée, et Cyrus pardonna.

Le monde a vu l'audacieux Baudouin [15] enlever la fille d'un empereur. Charles de France avait à venger ses droits de monarque et de père; mais il respecta des nœuds qu'avait consacrés l'Hyménée; et la terre des Flamands devint la dot de Judith et l'apanage de Baudouin.

La nymphe cependant continuait son récit harmonieux, et chantait les exploits de Soarès. « Il « paraît sur le golfe arabique. La terreur le pré-« cède, et des plages de l'Abyssinie se répand à « Jedda, à la Mecque, à Médine. L'opulente Zéila « pleure sur ses décombres, et Barbora la regarde « en tremblant.

« Une île, aussi célèbre par son ancien nom « que par l'arbuste précieux qui peuple aujour-« d'hui ses forêts, la Taprobane, a déja reconnu « vos lois; mais une forteresse imposante doit « en assurer la conquête. Les tours de Colombo « reçoivent l'étendard lusitanien, et voient les « dociles insulaires déposer aux pieds de Soarès « leurs trésors odoriférants.

« Siqueira fend les ondes Érythrées, et s'ouvre « une route nouvelle vers les régions qui se glo-« rifient d'avoir été le berceau de la reine Can-« dace, et de cette autre princesse qui fut éblouie « jadis de la gloire de Salomon; il visitera l'humble

« port d'Arquico, Mazua, qui reçoit l'eau du ciel
« dans des citernes, et d'autres îles lointaines
« dont la découverte étonnera l'univers.

« Ménésès le remplace. Moins terrible en Asie
« qu'il ne le fut sur la côte africaine, c'est en épui-
« sant les trésors d'Ormuz, c'est en doublant le
« tribut de cette ville orgueilleuse, qu'il la pu-
« nira de sa rébellion. Et toi aussi, Gama, pour
« prix du dévouement qui t'a conduit dans ces
« mers d'exil et qui doit t'y ramener encore, tu
« reviendras, avec un nouveau titre et des hon-
« neurs nouveaux, régner sur ces bords que tu
« as découverts.

« Mais l'inflexible Destinée, la loi fatale qui
« n'épargne ni le rang ni la grandeur, t'enlèvera
« presque aussitôt à toutes les illusions du monde
« et de la vie [16]. Après toi brille un second Mé-
« nésès. Jeune encore, mais instruit par la sagesse,
« il laissera dans l'Inde un long souvenir de son
« gouvernement.

« Vainqueur des Malabares, il détruira les murs
« de Panane et de Coulet, et marchera, tête le-
« vée, à travers les éclats de la bombe. Il fera plus;
« il saura, dans l'âge des passions [17], vaincre et sub-
« juguer des ennemis cent fois plus redoutables :
« l'orgueil, qui nous livre aux flatteurs; l'envie,
« qui méconnaît les talents et les vertus; la co-
« lère, qui égare la raison; l'intempérance, qui

2   11

« la trouble ; l'amour de l'or, qui dessèche les
« âmes ; la paresse, qui les engourdit, et la vo-
« lupté, qui les dégrade.

« Le ciel le redemande à la terre, et tu lui suc-
« cèdes, intrépide Mascarenhas. Si l'ambition te
« dispute le pouvoir, si l'injustice te l'arrache, ta
« renommée n'en sera que plus éclatante. Au dé-
« faut du bonheur, le Destin te donne la gloire,
« et tes ennemis eux-mêmes sont contraints d'ad-
« mirer ta valeur.

« C'est toi qui affranchiras Malaca de la longue
« inimitié des peuples de Bintam ; tu vengeras en
« un jour dix siècles d'injures. Les fatigues, les
« dangers sans nombre, les piéges cachés sous tes
« pas, les défilés, les remparts, les javelots et les
« flèches, rien ne pourra s'opposer à ta marche
« impétueuse.

« Mais, tandis que tu triomphes au-delà du
« Gange, l'avarice et l'ambition règnent inso-
« lemment sur les rivages de l'Indus ; au lieu des
« honneurs du rang suprême, tu n'y trouveras
« que des fers. Surpris par la violence, opprimé
« par un coupable compétiteur, tu souffres, mais
« tu n'es point humilié : tes fers ne déshonorent
« que ton rival.

« L'usurpateur cependant ne gouvernera pas
« sans éclat. Sampayo apparaît comme la foudre
« sur l'Océan que le Maure Cutial [18] a couvert de

« ses vaisseaux; il porte le carnage et l'effroi dans
« Bacanor, et du bruit de sa victoire épouvante
« la flotte musulmane : à demi vaincue par la
« peur, elle est détruite aussitôt qu'attaquée.

« D'autres navires, sortis du port de Diu, me-
« naçaient les remparts de Chaul. Un lieutenant
« de Sampayo, Hector de Sylveira [19], s'avance fiè-
« rement pour les combattre; il en purge la mer,
« parcourt en vainqueur irrité toute la côte de
« Cambaye, et devient aussi fatal aux Guzarates,
« que l'Hector troyen le fut jadis aux guerriers
« de la Grèce.

« Le successeur de Sampayo, Nuno da Cunha,
« dirigera long-temps le gouvernail de l'Inde. D'une
« main, il élève les tours de Chalé, et de l'autre,
« il tient en respect la superbe Diu. La forte-
« resse de Baçaim se rend à ses armes : conquête
« sanglante et long-temps disputée. Mélik, le ter-
« rible Mélik, n'a cédé qu'à la puissance du glaive.

« Noronha vient remplacer Nuno. A son ap-
« proche, Diu qu'environnaient les soldats de
« Soliman, Diu dont la défense immortalise An-
« toine de Sylveira [20], voit fuir épouvantés les
« janissaires et leur chef. Le sceptre de Noronha
« est remis, après sa mort, dans les mains du
« valeureux Étienne, de ton fils, qui portera la
« terreur jusqu'au fond de la mer Rouge.

« A ton digne rejeton succède le héros du

« Brésil, le vainqueur de ces redoutables forbans
« que la France et Neptune auront vomis sur la
« rive américaine. Amiral et vice-roi, il escalade
« en plein jour les remparts de Daman, et, le
« premier, y pénètre à travers les feux et les traits
« qui pleuvent sur sa tête.

« Une heureuse alliance va l'unir au roi des
« Guzarates. Pour la défense de ce monarque
« qu'inquiète le Mogol, il construit la forteresse
« de Diu, nouveau boulevard de la puissance
« portugaise. Menacé par le Samorin, il court à
« sa rencontre, lui ferme tous les passages et le
« force à une retraite sanglante.

« Repelin, vainement défendu par son roi, Re-
« pelin, réduit en cendres, atteste l'impuissance
« de ses guerriers et l'intrépidité du héros. Mais
« un triomphe plus éclatant va couronner tant
« de succès. La flotte de Calicut est rassemblée
« au cap Camorin. Nombreuse et puissamment
« armée, elle se proclame d'avance la libératrice
« de l'Asie. Le vice-roi paraît : la flotte est frap-
« pée, anéantie, et Béadala devient la proie du
« vainqueur.

« C'en est fait; il n'a plus d'ennemis à combattre.
« L'Inde pacifiée obéit en silence au sceptre qui
« la gouverne. Baticala seule a levé l'étendard de
« la révolte; livrée, comme Béadala, à la fureur
« du glaive, abandonnée aux flammes, elle n'offre
« plus qu'un désert ensanglanté.

« Ce héros, dont le nom semble appartenir au
« dieu des batailles, c'est Martin de Souza[21]. Au
« combat, c'est le dieu Mars; au conseil, c'est Mi-
« nerve. Castro lui succède, et tient constamment
« déployé l'étendard de la Lusitanie. Rivaux de
« gloire et de génie, si l'un a fondé la citadelle de
« Diu, l'autre saura la défendre.

« Déja le Persan belliqueux, le sauvage Abys-
« sin, l'Ottoman féroce, vingt autres peuples,
« tous différents de figure, de mœurs et de lan-
« gage, se rassemblent sous les murs de la for-
« teresse : ils frémissent, ils blasphèment; ils ac-
« cusent le ciel, qui livre à de vils chrétiens le
« territoire du prophète; ils jurent de se baigner
« dans le sang portugais, d'en rougir les nattes
« guerrières dont leurs lèvres sont hérissées[22].

« Le chef des assiégés, Mascarenhas[23], a fait
« un autre serment; il a juré de s'ensevelir, avec
« ses compagnons, sous les ruines de la place.
« Le bronze tonnant, la baliste et le bélier, les
« feux souterrains, rien n'ébranle leur courage;
« ils se résignent avec joie aux horreurs d'un
« trépas qui leur paraît inévitable. Mais un libé-
« rateur s'avance; c'est Castro. Ses deux fils le
« précèdent. Partez, leur a-t-il dit, et mourez,
« s'il le faut, pour le ciel et pour l'honneur.

« Fidèle aux leçons du héros, Fernand perd
« la vie sur un rempart qu'une explosion subite

« a fait voler en éclats. Ses membres dispersés
« retombent au milieu des débris, mais son âme
« est dans les cieux. Alvare, son frère, accourt
« pour le venger. Il marche à travers les tem-
« pêtes, et triomphe des vents et des flots et des
« ennemis qui s'opposaient à son passage.

« Castro le suit de près, fendant les ondes avec
« le reste de l'armée. Une grande bataille se livre.
« Le courage et le génie forcent la victoire à se
« déclarer pour les Portugais. Les uns franchis-
« sent les murailles ; les autres se font jour à
« travers les Barbares, et renversent leurs ba-
« taillons éperdus. Mémorables exploits, que ni
« Calliope, ni Clio ne sauraient dignement ra-
« conter !

« De retour à Goa, l'intrépide Castro va cher-
« cher en plein champ le souverain de Cambaye,
« et dissipe d'un regard d'innombrables esca-
« drons. Victorieux sans combattre, il se jette
« sur les terres d'Hydalcan, confond son impuis-
« sante audace ; et du même bras dont il châtie
« Daboul, il va, loin du rivage, planter ses dra-
« peaux sur les murs de Ponda.

« Ces héros et d'autres encore viendront re-
« cueillir ici le prix de leurs exploits. C'est en dé-
« ployant dans les batailles la valeur du dieu
« Mars ; c'est en sillonnant des mers orageuses,
« en les couvrant de leurs glorieux étendards,

« qu'ils arriveront à cette île fortunée, et qu'ils
« trouveront à leur tour des nymphes immor-
« telles et des banquets divins. D'aussi nobles
« récompenses n'appartiennent point à de vul-
« gaires entreprises. »

Ainsi chantait la nymphe [24], et toutes ses compagnes applaudissaient avec transport. C'était la
fête de la gloire, c'était l'heureux hymen de l'héroïsme et de la beauté. « Peuple vaillant, disaient-
« elles en chœur, que la Fortune t'abandonne
« quand elle voudra : la Gloire et la Renommée
« ne te seront jamais infidèles. »

Nourris de célestes aliments, enivrés des accords d'une divine harmonie, les enfants de Lusus contemplaient dans un religieux silence l'a-
venir qui brillait à leurs yeux, lorsque, pour
ajouter encore aux charmes d'un si beau jour,
Téthys adressa ces paroles à Gama :

« Mortel chéri des dieux, tes regards vont dé-
« couvrir [25] ce que la vaine science de l'homme
« n'aperçut jamais. Arme-toi de force et de pru-
« dence, et suis-moi d'un pas ferme, avec tes
« compagnons, vers ce mont ténébreux. » Elle
dit, et guide le héros à travers une forêt sombre,
escarpée, et jusqu'alors inaccessible aux humains.

Bientôt ils atteignent le sommet de la montagne. Là se déploie une vaste plaine, émaillée
de rubis et d'émeraudes. Les guerriers de Gama

crurent fouler le parvis de l'Olympe. Au milieu des airs apparaît un globe immense[26], qu'une vive lumière environne et pénètre; le centre en est aussi visible que la surface.

La matière qui le compose se dérobe à l'œil même de Téthys; mais on y distingue d'autres globes, ouvrage d'une main céleste qui voulut leur donner à tous un centre commun. Soit qu'ils s'élèvent, soit qu'ils s'abaissent, le grand cercle qui les renferme demeure toujours immobile : partout il présente le même aspect; partout commence et finit ce chef-d'œuvre d'un art divin.

Uniforme, parfait, il n'a de soutien que lui-même, semblable à son éternel auteur. A cette vue, mille pensées s'élèvent dans l'âme du héros; mais, saisi de respect, il admire et se tait. « Tu « vois, lui dit la déesse, l'abrégé de l'univers. La « route que tu suis en ce moment, celle que tu « dois parcourir encore, les contrées qui te sont « connues, celles que tu désires connaître, vont « se présenter à tes yeux.

« Observe d'abord avec moi le grand édifice du « monde, substance élémentaire, éthérée, telle « que l'a formée l'éternelle intelligence. Ce qui « embrasse ce globe et sa rayonnante surface, « c'est Dieu : ce qu'est Dieu lui-même, on l'i-« gnore; le génie de l'homme ne saurait percer « ce mystère.

« Le premier orbe, celui qui, dans son immen-
« sité, enveloppe et retient tous les autres : celui
« d'où jaillissent ces torrents de lumières dont l'é-
« clat t'éblouit, c'est l'Empyrée, où les âmes in-
« nocentes jouissent d'un bonheur qui ne peut
« être connu qu'à la source dont il émane.

   « C'est là que résident les véritables enfants de
« la gloire et de la vertu. Jupiter et Junon, Sa-
« turne, Janus et moi-même, nous ne sommes
« que des divinités fantastiques inventées par les
« poètes[27]. Fidèles à l'art charmant qui nous donna
« la naissance, nous n'avons point quitté la terre.
« Le ciel ne nous connut jamais, et cet Olympe
« où nous régnons, n'est qu'un rêve brillant du
« génie.

   « L'éternelle Providence, dont Jupiter n'est que
« la poétique image, gouverne l'univers par mille
« et mille intelligences. Homère en a fait des dieux.
« Ministres de colère et d'amour, ils protégent ou
« persécutent. Apollon, Mars et Vénus combat-
« tent pour Hector ; Junon, Neptune et Pallas ont
« conjuré sa perte.

   « L'Épopée, qui nous charme et nous instruit
« tour-à-tour, la noble Épopée a recueilli l'héri-
« tage d'Homère : elle a conservé ses divinités et
« leurs noms. Les génies protecteurs, les génies
« malfaisants, se retrouvent jusque dans les livres
« sacrés. La muse antique des Hébreux a revêtu

« de formes divines les anges de lumière; et dans
« son langage inspiré, Moloch lui-même, l'affreux
« Moloch est un dieu.

« Mais il n'en est qu'un véritable, celui dont la
« main puissante a suspendu dans l'espace tous
« ces globes que nous admirons. Au-dessous de
« l'Empyrée, séjour immobile de la paix et de la
« félicité, un globe se meut avec tant de vitesse,
« que le mouvement qui l'agite échappe à nos
« regards.

« Il emporte avec lui tous les autres globes, et
« donne au soleil le cours régulier qui marque,
« pour chacun d'eux, et les jours et les nuits.
« Sous cet orbe léger, tourne péniblement un ciel
« de crystal; il accomplit à peine sa révolution,
« que déja l'astre du jour a renouvelé deux cents
« fois la sienne.

« Plus bas encore, regarde le firmament émaillé
« de corps radieux, qui, soumis à d'immuables
« lois, tournent étincelants sur leur axe. Vois-le
« se revêtir d'une longue écharpe d'or [28], où
« figurent douze animaux étoilés que visitera
« tour-à-tour le char de Phébus.

« Considère ce champ d'azur. Quel éclat! quel
« tableau! Vois le jeune Arcas marchant sur les
« pas de Calysto, Andromède et son père, le dra-
« gon des Hespérides, Cassiopée si fière de sa
« beauté, Orion dont la tête se couvre d'orages,

« le cygne qui soupire en mourant, le lièvre sauvé
« par Mercure, les chiens célestes, le vaisseau
« des Argonautes, et la lyre d'Orphée.

　« Sous son vaste dôme, le firmament voit rou-
« ler à des distances inégales l'antique Saturne ;
« Jupiter, le dieu de la foudre ; Mars, le génie
« des batailles ; Phébus, le flambeau du monde ;
« Vénus, qu'accompagnent les Amours ; Mercure,
« le dieu de l'éloquence ; et, au-dessous d'eux
« tous, la déesse au triple visage.

　« Observe la marche variée des corps célestes.
« Les uns fournissent lentement leur carrière ; les
« autres précipitent leur course. Ainsi l'a voulu
« l'arbitre du monde. Au milieu de tous ces glo-
« bes, il a placé le séjour des humains [29], la terre,
« qu'environnent le feu, l'air, les vents et les fri-
« mas.

　« L'eau sépare les peuples, les contrées ; mais
« le courage de l'homme les rapproche. Accou-
« tumé à souffrir avec patience, et souvent avec
« joie, les maux qui assiégent sa demeure, il
« aime encore à braver l'inconstance des flots.
« Tu peux distinguer les grandes divisions que
« la mer a formées. Chacune d'elles a ses souve-
« rains, ses mœurs et ses lois.

　« Voici l'Europe chrétienne. Les arts, la poli-
« tesse et les vertus guerrières en ont fait la plus
« noble partie du monde. Regarde l'Afrique, terre

« indigente et sans culture, séjour de l'ignorance
« et de la barbarie. A son extrémité, vers le sud,
« reconnais le promontoire d'Adamastor; il ter-
« mine une vaste contrée où la civilisation n'a
« pas encore porté son flambeau.

« Là se présente à nos yeux l'empire du Mo-
« nomotapa, avec ses habitants noirs et nus. Le
« pieux Gonzale y cueillera la palme du martyre[30].
« C'est là que la nature élabore ce dangereux
« métal, objet des vœux et des fatigues des mor-
« tels; c'est là qu'elle a caché ce lac immense où
« le Nil et le Coama puisent leurs eaux.

« La cabane du nègre ne se ferme jamais : tran-
« quille retraite, protégée seulement par l'équité
« des chefs et la foi du voisin. Vois-tu ces groupes
« errants, semblables à d'épaisses phalanges de
« noirs corbeaux? Un jour, cette sauvage multi-
« tude viendra vers Sofala, assiéger des remparts
« dont l'intrépide Nhaya[31] sera le défenseur.

« Vois le Nil jaillir de sa source si long-temps
« ignorée. Il arrose le pays des Abyssins, adora-
« teurs du Christ; des Abyssins qui, sans murs,
« sans forteresses, n'en savent que mieux re-
« pousser leurs ennemis. Vois-le se peupler de
« crocodiles, et de ses eaux fécondes environner
« Méroé. Méroé, si célèbre autrefois, a perdu sa
« gloire et son nom; elle n'est plus que l'humble
« Noba.

« Terre de l'Éthiopie ! tu seras témoin des ex-
« ploits et des malheurs du généreux Christo-
« phe [32]. O Gama ! ce héros est ton fils ! Mais peut-
« on fuir sa destinée ?... Ramène tes regards sur la
« rive où fleurit Mélinde ; tu n'as point oublié
« son roi, ni son peuple hospitalier. Vois le fleuve
« Raptus, qui, dans le simple langage des indi-
« gènes, prend le nom d'Oby : ses derniers flots
« arrosent Quilmancé.

   « Non loin du cap Guardafu, qu'on appelait
« jadis le cap des Aromates, s'ouvre une mer
« célèbre que semble rougir le corail dont elle
« abonde ; elle sépare l'Afrique de l'Asie. Mazua,
« Arquico et Suanquem, ornent les déserts de sa
« rive africaine.

   « Suez s'élève au fond du golfe ; c'est l'antique
« Arsinoé : on l'appelait aussi la ville des héros.
« Elle reçoit aujourd'hui les flottes de l'Égypte,
« et règne sur les eaux miraculeuses que le grand
« Moïse ouvrit jadis à ses tribus fugitives. Là com-
« mence l'Asie, avec ses vastes domaines et ses
« royaumes florissants.

   « Voici le mont Sinaï, tombeau de la vierge
« Catherine ; Tor et Jedda, que ne rafraîchit
« jamais l'eau pure des fontaines ; les portes du
« détroit qui se termine au royaume d'Aden ; en-
« fin les montagnes d'Arzire, rochers brûlants,
« qui ne transmettent point aux vallées les eaux
« du ciel.

« A tes yeux se déploient les trois Arabies, avec
« leurs hordes vagabondes et leurs familles ba-
« sanées. Leurs agiles coursiers défient les vents
« et respirent la guerre. Remarque ce rivage qui
« borde l'Arabie heureuse, et va fermer le golfe
« Persique, au promontoire de Fartaque.

« Vois Dofar : les autels lui doivent leurs plus
« doux parfums. Du côté de Rosalgate et de ses
« plaines avares, commence le royaume d'Ormúz.
« Il s'étend le long de ces ondes qui verront Cas-
« tel-Branco [33] lever sa foudroyante épée sur les
« galères ottomanes.

« Vois le cap de Mozande, autrefois le cap
« Azabore. Il domine l'entrée de ce grand lac qui
« s'avance entre les champs fertiles de la Perse
« et de l'Arabie. Baharem sort du sein d'Amphi-
« trite; le fond des eaux qui la baignent est semé
« de perles précieuses, imitant les couleurs de
« l'aurore. Plus loin, le Tigre et l'Euphrate vien-
« nent se confondre avec les flots amers.

« Parcours des yeux l'empire des Persans; vois
« leur cavalerie belliqueuse se répandre dans la
« plaine. Guerriers infatigables, ils dédaignent
« l'usage des foudres de l'Europe, et montrent
« avec orgueil leurs mains durcies par le poids
« des armes. Mais observe l'île de Gérom [34] : voi-
« sine du rivage où fut Ormuz, elle en a pris le
« nom fameux. Ainsi le temps élève et détruit,

« efface ou transporte les cités et leurs noms.

« Là, doit éclater un jour la valeur de dom
« Philippe de Ménésès [35]. Avec une faible ar-
« mée, il dissipera les légions sorties des rem-
« parts de Lara. Un autre guerrier les poursuit et
« les presse ; c'est dom Pèdre de Souza [36], le des-
« tructeur d'Ampaze.

« Mais laissons le golfe Persique, et le promon-
« toire de Jasque, anciennement Carpelle, et les
« plaines incultes qui furent autrefois la Cara-
« manie ; l'Indus appelle nos regards. Il roule, à
« flots pressés, de ces monts lointains qu'avoi-
« sinent d'autres sommets où bouillonnent les
« sources du Gange.

« Regarde Ulcinde et ses riches campagnes, et
« cette baie profonde où les flots se précipitent.
« Le flux les apporte en grondant ; le reflux les
« rend à la mer. Un golfe s'offre à tes yeux ; il
« voit fleurir sur ses bords l'opulente Cambaye
« et mille autres cités dont je tais les noms. Elles
« attendent les enfants de Lusus.

« Suis des yeux ce rivage qui, du pays des Gu-
« zarates, court vers le sud, et s'arrête au cap Co-
« morin. Les guerriers de ta nation viendront
« bientôt le visiter ; ils remporteront des victoires,
« soumettront des villes et des royaumes, et gar-
« deront long-temps leurs conquêtes.

« Entre l'Indus et le Gange, que de royaumes

«différents! Deux codes religieux, dictés par
« l'ange des ténèbres [37], partagent ce vaste pays
« entre Mahomet et Brama. Contemple un mo-
« ment la terre de Narsingue : elle a reçu la dé-
« pouille mortelle de l'apôtre qui, de sa main,
« toucha les blessures d'un Dieu [38].

« Là, s'élevait jadis, à quelque distance de la
« mer, une cité florissante. Charmés de sa beauté,
« les peuples l'appelaient Méliapor. [39] C'était le
« temps où des lumières nouvelles, parties du
« sein de la Judée, commençaient à dissiper les
« ténèbres qui couvraient le reste du monde. L'a-
« pôtre Thomas, voyageur évangélique, avait pé-
« nétré jusqu'au royaume de Narsingue.

« Il annonçait le Dieu vivant, guérissait les
« malades et rappelait les morts à la vie, lors-
« qu'un jour, la mer apporta sur ces bords un
« arbre immense, arraché d'un lointain rivage.
« Sa grandeur, son vaste contour, étonnent les
« regards. Colonne des forêts, il deviendra l'appui
« d'un palais ou d'un temple : tel est l'ordre du
« roi. Les cables, les léviers, sont déjà prêts ;
« cent bras se meuvent à-la-fois. A leurs efforts
« le docile éléphant unit sa force et sa vigueur.

« L'énorme poids reste immobile. Mais l'en-
« voyé du Christ a paru ; il attache au tronc co-
« lossal son humble ceinture. La masse obéissante
« le suit à l'instant, et va se placer sur le sol où

« Thomas a résolu d'élever un monument à la
« gloire du Dieu qu'il adore.

« La Foi transporte les montagnes. Cette pa-
« role de son divin maître était gravée dans son
« cœur ; elle vient de s'accomplir à ses yeux. Le
« peuple est saisi d'admiration ; les Brames éton-
« nés s'inquiètent ; les vertus de Thomas, ses pro-
« diges, humilient leur orgueil et discréditent
« leurs oracles.

« Cruels et jaloux, ils inventent mille artifices
« pour lui ravir ses disciples, ou pour détruire
« l'effet de ses discours ; ils osent enfin conspirer
« sa perte ; et ce crime sera précédé d'un forfait
« plus épouvantable encore. O hypocrisie ! est-il
« pour la vertu une ennemie plus cruelle que toi ?

« Le chef des Brames égorge son propre fils,
« et redemande au pieux apôtre le sang de la
« victime. De faux témoins accusent l'innocence,
« et Thomas est condamné. Sans secours, sans
« appui, seul au milieu des Barbares, il en appelle
« au Tout-Puissant. Le ciel exauce sa prière ; et,
« pour confondre le crime, la nature va suspen-
« dre ses lois.

« Qu'on apporte ici le corps de l'enfant, s'é-
« crie l'homme de Dieu ; que du sein de la mort,
« il fasse entendre la vérité. Roi de Narsingue,
« et vous, peuple qui m'écoutez, en croirez-vous
« son témoignage ? Il dit, et bientôt le cadavre

2.   12

« sanglant est déposé devant lui. — Au nom du
« Dieu vivant, lève-toi. — Le jeune Indien se ra-
« nime, et bénit la voix qui le rappelle à la vie. —
« Nomme ton meurtrier. — Le voilà. — L'infor-
« tuné regardait son père!

« Le crime est dévoilé, l'innocence triomphe,
« le monarque idolâtre adore le Dieu des chré-
« tiens. L'eau du baptême coule sur son front, et
« son exemple entraîne de nombreux néophytes :
« les uns baisent, avec respect, les vêtements de
« l'apôtre; les autres publient les louanges de
« son Dieu.

« Mais déja la couronne du martyre flottait sus-
« pendue sur sa tête : les Brames avaient réveillé
« la pieuse fureur d'une grossière multitude. Un
« jour qu'il instruisait ses disciples, des clameurs
« tumultueuses s'élèvent autour de lui; une grêle
« de pierres obscurcit les airs. Victime résignée,
« Thomas succombe à la tempête; mais il meurt
« trop lentement au gré de ses bourreaux : une
« lance homicide termine son supplice et sa vie.

« Généreux martyr, le Gange et l'Indus te pleu-
« rèrent : la terre que tes pieds avaient foulée,
« te pleura. Les peuples surtout qui te devaient
« le bienfait de la Foi, donnèrent des larmes à
« ta mort. Mais la joie éclata parmi les anges, et
« leurs divins accords célébrèrent ton entrée dans
« les cieux. Apôtre saint, porte nos vœux aux

« pieds de l'Éternel, et sois toujours le protec-
« teur des enfants de la Lusitanie [40].

« Et vous, qui prenez si hardiment le nom
« d'envoyés du ciel, successeurs des apôtres, que
« n'allez-vous, comme eux, porter au loin le
« flambeau de la Foi ? Ah ! si rien ne peut vous
« arracher à ce pays où nul de vous n'est pro-
« phète ; si la vertu qui devait purifier la terre,
« se corrompt dans un lâche repos, comment
« régénérer les nations infidèles, et tant d'âmes
« infortunées que d'impies novateurs ont infec-
« tées de leurs poisons ?

« Mais où m'emporte un zèle imprudent ? Re-
« venons au tableau de l'univers. — Les rivages
« de Méliapor, le royaume de Narsingue, et le
« beau pays d'Orixa, qui abonde en tissus pré-
« cieux, sont baignés par le golfe célèbre où le
« Gange apporte le tribut de ses eaux : le Gange
« où l'Indien mourant croit laver toutes les
« souillures de sa vie.

« Regarde ces campagnes fertiles que domine
« Chatigan ; c'est le Bengale. Vois-le s'étendre sur
« l'autre rive du golfe, et chercher vers le sud le
« royaume d'Aracan. Vois la plaine où s'élève
« Pégu. Une femme jetée par la tempête sur
« une terre déserte, un chien, seul compagnon
« de sa solitude, ont peuplé cette contrée. Les
« mœurs des indigènes, leurs penchants mal ré-

12.

« primés par des lois bizarres, tout décèle encore
« aujourd'hui leur monstrueuse origine.

« Vois Tavaï, dont les somptueux édifices pres-
« sent les dernières limites du Pégu. Vois l'em-
« pire de Siam s'avancer entre deux golfes. Là,
« fleurissent Tenasserim, qui donne son nom à
« son rivage, et Quéda, si renommée par son pi-
« quant aromate. Plus loin, c'est Malaca; elle de-
« viendra, sous vos lois, le centre d'un commerce
« immense et le dépôt de toutes les richesses de
« l'Orient.

« Une irruption des flots l'a séparée de Suma-
« tra [41]; le souvenir de cette grande catastrophe
« vit encore dans le pays. Des mines fécondes
« renouvellent sans cesse la source de ses riches-
« ses : c'est la Chersonèse d'or des anciens, et
« peut-être aussi cette opulente Ophir que fré-
« quentaient les flottes de Salomon.

« De son extrémité qu'arrondit le promontoire
« de Cingapour, entrons dans ce long canal où
« se rétrécit la route des navigateurs. Les sinuo-
« sités du rivage nous conduisent aux royaumes
« de Lahang, de Patane, aux vastes dépendances
« de l'empire de Siam. Le fleuve qui les arrose a
« pris naissance au lac de Chamaï.

« Sur cette immense surface sont répandues
« des nations encore ignorées : les peuples de
« Lao, fiers de leur nombre et de l'étendue de

« leur territoire; les Avans, les Bramas, qui ha-
« bitent une longue chaîne de montagnes. Vers
« les cimes les plus reculées, tu vois errer les
« Guéos, hommes cruels et sauvages, qui dévo-
« rent la chair de l'homme. Leur corps est orné
« de diverses figures tracées avec un fer brûlant.

« A travers les plaines de Camboge coule le
« fleuve Mécon, le souverain des eaux. Grossi du
« tribut qu'il reçoit, en été, de mille autres ri-
« vières, il s'enfle comme le Nil, et couvre au
« loin les campagnes. Les habitants de ses rives
« croient que les animaux ont aussi leur Tartare
« et leur Élysée.

« Fleuve secourable! un jour, tes bords hospi-
« taliers [42] sauveront du naufrage un poétique
« trésor, déja trempé de l'onde amère; seul dé-
« bris échappé aux écueils d'un océan perfide,
« aux tempêtes, aux dangers sans nombre, à
« toutes les misères qui accableront cet exilé
« dont la lyre harmonieuse aura plus de gloire
« que de bonheur.

« Mais admire avec moi les rivages de Ciampa,
« chargés de forêts odoriférantes; la Cochinchine,
« encore peu renommée, et l'anse inconnue d'Aï-
« nan; la Chine enfin, où l'abondance verse à
« pleines mains ses trésors. Ses vastes domaines
« s'étendent de l'ardent tropique à la zône glacée.

« Vois-tu cette grande muraille qui la sépare

« de ses redoutables voisins? Elle atteste la gran-
« deur et la puissance de l'empire. Là ce n'est
« point à la naissance que le monarque doit sa
« couronne : le père ne la transmet point à son
« fils; le choix de la nation ne l'assure qu'au cou-
« rage, ennobli par la vertu.

« D'autres pays encore sont cachés dans la pro-
« fondeur du tableau : le jour n'est pas venu de
« soulever le voile qui les couvre. Mais donne un
« regard à ces nobles filles de l'Océan, à ces îles
« que la nature a comblées de ses dons. Celle
« qui ne se montre qu'à demi, et qui de loin
« regarde la Chine, c'est le Japon, où naît le pur
« agent; il verra briller un instant le flambeau
« de la Foi.

« Dans l'Archipel oriental, non loin de Tidor,
« apparaît Ternate, avec ses volcans qui vomis-
« sent des flammes. Vois ces arbres en fleur, dont
« les boutons parfumés deviendront le prix du
« sang de tes compatriotes. Suis dans son vol l'oi-
« seau doré [43], qui ne touche la terre qu'au mo-
« ment où il abandonne la vie.

« Les îles de Banda s'embellissent des cou-
« leurs variées de leurs fruits et du plumage
« éclatant de leurs oiseaux qui, d'un bec témé-
« raire, ravissent au muscadier sa noix odo-
« rante. Bornéo recueille les larmes du cam-
« phrier, source de sa richesse et de sa gloire.

« Timor livre au commerce le sandal, qui em-
« baume ses forêts.

« Cette terre qui s'abaisse vers le sud et dont
« une partie se dérobe à nos yeux, c'est la Sonde.
« La nature a placé dans ses déserts une source
« merveilleuse. Le bois s'y métamorphose en cail-
« lou ; mais, si d'autres ondes viennent se mêler
« à la sienne, elle perd sa vertu première.

« Observe Sumatra : le temps en a fait une île.
« Des flammes ondoyantes s'élèvent de ses mon-
« tagnes ; une huile bienfaisante coule de ses ro-
« chers [44] ; ses arbres distillent un parfum [45] plus
« précieux que la myrrhe. Avec les productions
« variées des autres îles, Sumatra donne encore
« la soie fine et l'or pur.

« Regarde Ceylan et cette montagne sourcil-
« leuse [46], dont la cime va se perdre dans les
« nues ; montagne sacrée aux yeux des indigènes
« qui révèrent la trace du pied d'un homme em-
« preinte à son dernier sommet. Du sein des flots
« qui baignent les Maldives, s'élève le cocotier
« avec ses larges feuilles, et ses fruits salutaires
« dont la vertu émousse la force des plus subtils
« poisons [47].

« Reporte les yeux à l'entrée du golfe Arabique,
« et ramène-les sur les îles nombreuses qui bor-
« dent ces rivages sablonneux que couvrent des
« masses de parfum [48], ouvrage mystérieux d'Am-

« phitrite. Tout cet océan sera soumis à vos lois,
« depuis Socotora, qu'enrichit l'aloès aux sucs
« amers, jusqu'à Madagascar, que doit illustrer
« encore le nom de saint Laurent.

« Telles sont, heureux navigateurs, les nou-
« velles contrées que vous donnez au monde [49].
« C'est vous qui, par un prodige de courage, avez
« ouvert les portes de l'Orient. Mais il me reste
« à vous révéler encore l'action hardie d'un Por-
« tugais [50], qui, mécontent de son prince, ira se
« frayer à l'Occident une route dont l'existence
« n'était pas même soupçonnée.

« Voyez cette vaste région, qui s'étend d'un pôle
« à l'autre [51]; elle étincelle de métaux précieux.
« On dirait qu'Apollon a secoué sur elle l'or de
« sa chevelure. Cent peuples divers en couvrent
« la surface : chacun d'eux a ses lois, son culte
« et ses mœurs. C'est aux Castillans, vos nobles
« rivaux, qu'il est réservé de soumettre cette terre
« indépendante et d'en recueillir les trésors.

« Vous n'êtes point exclus de ce brillant hé-
« ritage. Au centre du nouveau continent [52], à
« l'endroit où vous le voyez s'élargir, vous pos-
« séderez ces belles forêts dont les arbres recè-
« lent la couleur de la pourpre. Les premiers
« navigateurs qui, après vous, sortiront des eaux
« du Tage, iront planter sur cette terre l'éten-
« dard de la croix. Magellan les suivra; Magellan,

« infidèle à son pays, mais digne encore par son
« génie d'être compté parmi les Portugais.

« Après avoir franchi plus de la moitié de l'es-
« pace qui s'étend de l'équateur au pôle Antarc-
« tique, il verra la terre des Géants [53], et plus
« loin, le détroit qui portera son nom, et devien-
« dra son guide vers un autre océan, vers d'au-
« tres régions que l'Auster enveloppe de ses ailes
« glacées.

« Vous connaissez à présent, guerriers magna-
« nimes, tout ce que l'avenir réserve de gloire
« aux hommes courageux qui viendront, à votre
« exemple, sillonner les ondes orientales. Vous
« savez par quels travaux, par quels nobles ef-
« forts, vous pouvez captiver vos épouses im-
« mortelles et mériter les couronnes que leurs
« mains vous préparent.

« Partez donc, enfants de Lusus. Le ciel vous
« sourit, la mer vous appelle, la patrie vous tend
« les bras. » Elle dit, et les guerriers reprennent
le chemin du rivage. Leurs vaisseaux se remplissent d'abondantes provisions, doux présents de
la déesse. Vous les suivrez, nymphes charmantes ;
vous serez encore leurs compagnes, quand le soleil aura cessé de luire sur le monde [54].

Ils s'élancent sur les flots. La mer n'a plus d'orages : un souffle pur et léger les porte vers la terre
qui les a vus naître ; terre chérie, dont leur cœur

ne fut jamais séparé. Le Tage enfin les reçoit dans ses eaux. Guerriers modestes, ils déposent sur l'autel de la patrie, aux pieds d'un monarque adoré, les couronnes et les trophées que leur valeur a conquis.

C'est assez, Muse, c'est assez. Ma lyre n'a plus d'accords, ma voix n'a plus d'accents. Et pour qui chanterais-je encore? La patrie ne m'entend plus [55]. Un voile de tristesse a couvert son noble front. Insensible au charme des arts, morne et silencieuse, l'amour de l'or est la seule passion qui lui reste.

Quelle maligne influence nous a donc ravi dans les jours de la paix cet air serein qui ne nous abandonne jamais au milieu des fatigues de la guerre? Dis-moi pourtant, toi que les décrets du ciel ont placé sur le trône; dis-moi s'il est un peuple qui, plus que le tien, ait le droit d'aspirer à tous les genres de gloire et de bonheur.

Terribles dans les combats, patients dans les travaux, tes valeureux sujets bravent la faim, les veilles, le fer et la flamme, la flèche rapide et la balle meurtrière, les climats brûlants et les régions glacées, les coups de l'idolâtre et du Maure, les tempêtes et les naufrages, les abîmes et les monstres de l'Océan.

Heureux de recevoir les ordres que tu leur adresses de si loin, ils obéissent sans murmure.

Tu les regardes, il suffit : ils iraient, sous tes drapeaux, combattre les noirs habitants des gouffres enflammés, et la victoire ne serait pas un moment incertaine.

Que ta bonté soit le prix de leurs efforts; qu'elle tempère la rigueur des lois qui les enchaînent : c'est la bonté qui consacre les rois. Que nos vieux guerriers puissent te voir, te parler et t'entendre. Ils ont blanchi dans le métier des armes : eux seuls pourront t'indiquer le temps, les lieux et les moyens favorables au succès de tes desseins.

Récompense tous les services, encourage tous les talents; mais que chacun de tes sujets se renferme dans les vertus de son état. Que les enfants du cloître prient pour la prospérité de ton règne; que leurs saintes austérités expient les péchés du peuple. Le vrai ministre du ciel n'aspire point aux grandeurs humaines : l'or, la gloire et ses prestiges, tout est vil à ses yeux.

Honore ta vaillante noblesse. C'est au prix de son généreux sang qu'elle étend les conquêtes de la Foi et les bornes de ton empire. A ta voix, elle s'élance aux extrémités du monde; elle y triomphe à-la-fois et du fer ennemi et de la fatigue, encore plus difficile à vaincre.

Que la Germanie et les Gaules, que l'Angleterre et l'Italie, forcées d'admirer nos vertus

guerrières, cessent de nous refuser le talent de
gouverner les royaumes que nous avons su conquérir. Éloigne de tes conseils la jeunesse pré-
somptueuse et l'ignorance indocile. La science
elle-même peut s'égarer, si l'expérience ne l'é-
claire.

Un savant philosophe osa, devant Annibal,
discourir sur l'art de la guerre; et le savant fut
raillé par le héros. L'art de la guerre ne s'apprend point dans les livres, ni dans le silence de
la retraite : il faut l'étudier dans les camps et sur
les champs de bataille.

Et qui suis-je, moi-même, pour oser te parler
ainsi? Moi, le plus obscur de tes sujets; moi, qui
n'attirai jamais ni tes regards, ni ta pensée! O
mon roi! pardonne à mon audace. Je puis encore, du sein de mon obscurité, attacher la gloire
à ton nom. Je ne manque ni d'études savantes, ni
d'expérience, ni de génie. Juge-moi sur cet écrit.

J'ai, pour te servir, un bras fait aux armes; pour
te chanter, une voix chère aux muses. Je n'ai
besoin que d'un suffrage qui donne du prix à
mes travaux. Ah! si le ciel m'accorde cette faveur, et qu'il te plaise un jour de tenter une
entreprise digne d'être chantée.... Tu la tenteras;
j'en ai pour garants les présages de mon ame et
la noble ardeur de la tienne.

Remplis tes grandes destinées; et quand, sur la

rive africaine, Atlas épouvanté frémira devant
toi; quand, aux plaines d'Alcacer, ton bras victorieux renversera les guerriers de Maroc et de
Tarudant, ma muse, fière de ton estime, appren-
dra ta gloire à l'univers entier; et, plus heureux
qu'Alexandre, tu n'auras point à regretter, comme
lui, le chantre d'Achille [56].

FIN DU DIXIÈME ET DERNIER CHANT.

NOTES

1. A ces accords ravissants, une des nymphes marie tout-à-coup une voix plus mélodieuse que la voix des sirènes.

M. de La Harpe traduit ainsi : *Une sirène accorde sa voix mélodieuse aux sons des instruments ;* et, dans l'argument qu'il a mis en tête du chant, il dit : *Une sirène annonce à Gama les brillantes destinées et les conquêtes de sa nation dans les Indes.* Nous avions lu autrefois la traduction de M. de La Harpe, et nous ne concevions pas trop comment une sirène, avec sa queue de poisson, se trouvait assise au banquet de Téthys, et quelle place elle occupait sous les lambris d'un palais d'or et de crystal, bâti au sommet d'une montagne sacrée. Mais heureusement cette conception bizarre n'appartient point à l'auteur original ; elle est de Duperron de Castéra, que M. de La Harpe a copié. Camoens dit simplement : *C'était une voix de sirène, huma voz d'huma sirena ;* expression purement métaphorique, que les traducteurs ont prise à la lettre.

La déesse (car c'est ainsi que l'appelle Camoens, *bella deosa*); la déesse va célébrer, dans un chant prophétique, les héros dont Gama n'aura été que le précurseur dans les contrées orientales. Le lecteur se rappellera que Camoens a

voulu embrasser dans sa patriotique épopée toutes les grandes
actions des Portugais, depuis Viriate jusqu'à Jean de Castro.

Les troisième, quatrième et huitième chants sont remplis des
hauts faits qui, avant l'expédition de Gama, avaient signalé
le courage et le génie des Portugais, tant en Europe qu'en
Afrique. L'objet du dixième et dernier chant est de faire connaître leurs conquêtes en Orient, et les prodiges de valeur
dont elles furent accompagnées. L'auteur, dont la verve semblait devoir être épuisée, et qui se plaint d'être abandonné
par son génie, demande de nouvelles forces à Calliope.

> Mas, tu me dá que cumpra, ó grão rainha
> Das musas, co'o que quero á nação minha.

« Reine des Muses, viens du moins, viens achever avec
« moi le monument que j'élève à la gloire de ma patrie. » Et,
comme saisi d'une inspiration soudaine, il prophétise les exploits des guerriers qui consommèrent l'ouvrage de Gama.

PACHÉCO.

Il est célèbre par les sept batailles qu'il gagna sur les armées du Samorin. A son retour de l'Inde, dont il n'avait rapporté que de la gloire et une honorable pauvreté, il avait reçu
du roi Emmanuel, pour récompense de ses services, le gouvernement de Saint-Georges de la Mine, sur la côte d'Afrique.
Calomnié dans son administration, il fut ramené en Portugal,
chargé de fers, et mourut dans l'indigence. Rien de plus
touchant que le passage des Lusiades où la Nymphe, qui
vient de le comparer à tout ce que Rome et la Grèce ont produit de plus grand, baisse la voix tout-à-coup, et déplore la
disgrâce de Pachéco et l'ingratitude des cours. « O Bélisaire!
« dit la Nymphe en gémissant, toi qui seras toujours grand
« parmi les filles de Mémoire, si l'impure calomnie a flétri tes

« lauriers, si ta gloire a connu l'outrage, viens te consoler avec
« Pachéco. » Les trois octaves qui suivent ce passage sont aussi
belles d'expression que de sentiment.

ALMEIDA,

PREMIER VICE-ROI DES INDES.

Le voyage de Gama avait changé le commerce du monde.
Les Vénitiens, qui tiraient presque seuls d'Alexandrie les
denrées de l'Orient et du Midi, et les revendaient à l'Europe, voyaient avec peine les succès toujours croissants des
Portugais ; ils parvinrent aisément à faire entrer dans leurs
secrètes intrigues le soudan d'Égypte, qui se ligua contre
leurs rivaux avec les rois de Calicut et de Cambaye. C'est
dans cette circonstance critique que le roi de Portugal, Emmanuel, crut devoir envoyer dans les Indes Almeida avec le
titre de vice-roi et des pouvoirs souverains. Almeida partit,
accompagné de son fils, dom Lorenzo ; s'empara de Quiloa,
sur la côte d'Afrique ; brûla Monbaze, qui refusait de le recevoir, et aborda enfin à Cananor. Tandis qu'il disposait tout
pour la destruction de la ligue formée contre les Portugais,
dom Lorenzo, à la tête d'une faible escadre, osa livrer bataille aux flottes réunies des Guzarates et des Égyptiens : il
fit des prodiges de valeur ; mais il fut vaincu par le nombre,
et mourut en héros. Almeida ne tarda pas à venger la mort
de son fils et l'honneur des armes portugaises ; il attaqua sé-
parément les deux flottes, et remporta sur chacune d'elles une
victoire complète.

Il revenait à Lisbonne, couvert de gloire, lorsqu'il périt
misérablement dans la baie de Saldagne, près du cap de
Bonne-Espérance, comme nous l'avons dit à la note 27, du
cinquième chant.

2   13

ALBUQUERQUE,

DEUXIÈME VICE-ROI.

C'est le plus grand homme que le Portugal ait eu dans les Indes. Almeida ne s'était appliqué, pendant ses trois années de gouvernement, qu'à protéger, par la destruction des flottes musulmanes, le commerce naissant des Portugais. Albuquerque, portant ses vues beaucoup plus loin, résolut de fonder un empire, qui s'étendrait du golfe Persique à la Chersonèse d'or des anciens, et dont Goa serait la place d'armes et la capitale. Toute sa politique est très-bien exposée par Osorius, l'historien d'Emmanuel, et le de Thou des Portugais.

« Almeida minimè tutum putabat urbes expugnare, ne « videlicet distractæ Lusitanæ vires imbecillæ redderentur, « hoc autem erat illi decretum, mare tenere. Id enim statue- « bat, eum, qui maris imperium possideret, Indiæ totius po- « testatem assequutum : itaque maris erat illi antiquissima « cura, et dum unam tutissimam stationem navibus haberet, « reliqua omnia contemnebat. Fieri enim non posse existima- « bat, ut tantùm militum in supplementum è Lusitania sin- « gulis annis mitteretur, ut firmis præsidiis arces multas mu- « nire liceret. Quod si quis id facere tentaret, eum Lusitanos « omnes, qui viribus conjunctis hostibus terrorem incutiebant, « dispersos hostibus esse proditurum. At Albuquercius majore « quadam spe, quam animi excellentis altitudo afferre solet, « non præsentis tantùm securitatis, sed futuri etiam imperii, « quod amplissimum fore confidebat, consilia intimis animi « sensibus agitabat. Nec ut piperis magnus numerus annis sin- « gulis in Lusitaniam importaretur, sed ut imperii fundamenta « jacerentur, excogitandum censebat. Et quò auxilia magis « longinqua erant, eò coloniis pluribus oras Indiæ occupan-

« das statuebat, ut variis Lusitanæ gentis seminariis passim
« institutis, exercitus in Indiâ conscribi possent. Mare verò
« minimè tutum arbitrabatur iis, qui terrâ simul opes suas
« nequaquam stabilirent. Classem maximam unicâ tempestate
« deleri posse : at opibus in terrâ comparatis classes refici, et
« maris imperium recuperare non esse difficillimum. Periculo-
« sum deinde statuebat, in angustum locum classem Lusita-
« nam includi, maximè verò, ubi macrum et sterile solum
« esset parùmque idoneum ad exercitum in hybernis alendum.
« Itaque eos, qui Cochimi, aut Cananoris regno opes Lusita-
« nas satis firmari posse confidebant, inter tam multos sem-
« piternos christiani nominis hostes, et tam occasionibus ad
« perniciem Lusitanis afferendam opportunis intentos, pa-
« rùm tempori consequenti prospicere censebat. Non enim
« esse tutum locum, qui se uno tantum niteretur, sed in quem
« è locis pluribus auxilia, cùm opus esset, mitterentur. Eam
« verò locorum occupationem maris imperium non immi-
« nuere, sed potius amplificare. Quò enim classis plures re-
« ceptus et stationes haberet, eò minore cum periculo navi-
« gari, et faciliorem materiam ædificandis navibus multa loca,
« quàm unum præbere. Postremò ei, qui non Indiæ possessio-
« nem hominis unius ætate, sed æternitate, si fieri posset,
« temporis definitam cuperet, condendam esse civitatem sta-
« tuebat, quæ sobolem multiplicem procrearet, ita, ut non
« semper esset necesse temporibus difficillimis, ex auxiliis è
« Lusitania missis pendere : quæ sæpenumero in longissimâ et
« difficillimâ navigatione vel morbi multiplices imminuunt,
« vel fluctus et tempestates exhauriunt, vel byemes interclu-
« dunt, vel labores immensi debilitant. Quàm prudenter au-
« tem id ab eo fuerit excogitatum, rerum exitus multis post
« illius obitum annis facilè comprobavit. Cùm enim Solyma-
« nus Turcarum imperator Ægypti rectorem cum maxima
« classe in Indiam misisset, ut Lusitanos possessione pelleret,

« et is arcem Diensem obsessam teneret, multisque diebus
« maximâ tormentorum et armorum contentione vehementer
« oppugnaret, quamvis plurima detrimenta à nostris, qui in
« arcis præsidia manebant, accepisset, non tamen tam citò ob-
« sidionem solvisset, nisi certior factus esset de magnitudine
« classis, quæ contra illum Goæ comparata Dium petebat. Ne-
« que rursus cùm rex Cambaïæ eamdem arcem cum maximo
« Turcarum auxilio sex mensibus obsessam tenuisset, tam fa-
« cilè a Joanne Castrensi, qui tunc in Indiâ Joannis regis no-
« mine imperium administrabat, victus atque superatus. fuis-
« set, nisi Goa maximum ad eam victoriam atque multiplex
« instrumentum suppeditaret. Ad eam namque magnitudinem
« civitas pervenit, ut facillimum sit, in eâ justos exercitus
« conscribi, et classes magnas ædificari. Id Albuquercius sa-
« pienter animadvertens ea civitatis fundamenta jecit, quibus
« nixa, non facilè de statu convelli posset. Cùm verò Lusitanas
« mulieres non haberet, quod unum remedium inveniebat,
« eas, quas bello ceperat, christianis sacris expiatas apud
« Lusitanos milites matrimonio collocabat, eisque possessio-
« nes in ea insula, Saracenis jure detractas, assignabat, eos-
« que multis favoribus atque præmiis ad eas nuptias allicie-
« bat. Sic factum est, ut instar Romuli, qui urbem Roma-
« nam condidit, aut Thesei, qui cives Atticos è pagis in ur-
« bem compulit, aut aliorum, qui urbium fundatores exstitère,
« illius urbis, quam armis atque virtute cepit, conditor ap-
« pellari posset. »

                                    (De rebus Emmanuelis , lib. VII.)

    « Almeida, le prédécesseur d'Albuquerque, pensait que
« l'occupation des villes disséminées sur la côte, serait une
« chose dangereuse, en ce qu'elle affaiblirait les forces des
« Portugais en les divisant. Dans son opinion, celui qui serait
« le maître de la mer serait aussi le maître de l'Inde. C'est

« d'après ce principe que sa conduite fut constamment diri-
« gée. Une station pour ses vaisseaux, un port commode et
« sûr, lui semblait le seul établissement nécessaire; il n'en
« forma jamais d'autres : car il jugeait impossible que le Por-
« tugal pût envoyer chaque année des renforts assez considé-
« rables pour occuper de nombreuses citadelles, ou pour en
« renouveler les garnisons. Il croyait qu'un système contraire
« aurait pour résultat de livrer en détail à l'ennemi les mêmes
« armées, qui, réunies, sauraient toujours le vaincre ou le
« tenir en respect. Mais Albuquerque, plein de cette confiance
« qu'un esprit supérieur puise ordinairement dans le senti-
« ment de ses forces, embrassait à-la-fois dans sa vaste con-
« ception et la sûreté présente des établissemens portugais
« et leur grandeur future. Il ne s'agissait point pour lui d'im-
« porter en Europe une plus ou moins grande quantité de
« marchandises de l'Orient. C'est un empire qu'il cherchait à
« créer; et plus il voyait de difficultés, en raison de l'extrême
« éloignement, à obtenir des secours du Portugal, plus il s'at-
« tachait à couvrir de colonies la côte de l'Inde, à en former
« des pépinières de soldats, qui pussent, sur les lieux mêmes,
« fournir des recrues à ses armées. Il représentait aux adver-
« saires de son plan que la mer n'appartiendrait d'une manière
« durable qu'à celui qui aurait su prendre son point d'appui
« sur la terre ferme; que la flotte la plus formidable pouvait
« être détruite par une tempête, et que, dans un pareil mal-
« heur, la terre offrirait aisément les moyens de réparer les
« vaisseaux, et de reprendre l'empire de la mer; qu'il était
« dangereux de se concentrer sur un seul point, dans un lieu
« surtout où le sol était maigre et stérile et peu propre à
« nourrir une armée en quartiers d'hiver; que ceux qui s'ima-
« ginaient que l'armée portugaise était suffisamment en sûreté
« à Cochin, ou à Cananor, au milieu des éternels ennemis du
« nom chrétien, d'ennemis toujours prêts à fondre sur elle,

« faisaient preuve d'une grande imprévoyance ; que la meil-
« leure des places fortes était celle qui, indépendamment
« de ses propres ressources, pouvait au besoin recevoir le
« secours de plusieurs autres ; que cette multitude de postes
« fortifiés, loin d'affaiblir l'empire de la mer, ne pouvait que
« l'étendre et le consolider ; que la navigation, en effet, serait
« d'autant moins périlleuse, que les vaisseaux trouveraient
« sur la côte plus de stations et d'asiles ; et que plusieurs rades
« offriraient nécessairement plus de moyens de construction
« qu'une seule. Il pensait enfin que, si l'on voulait donner à
« la possession de l'Inde, non pas la durée de la vie d'un
« homme, mais celle, en quelque sorte, de l'éternité, il fal-
« lait bâtir une ville qui réunît à une grande population de
« grands moyens d'attaque et de défense ; de manière à ce
« que, dans les temps difficiles, le sort de l'Inde ne dépendît
« point de secours lointains, qui pouvaient être interceptés
« par la mauvaise saison, engloutis par les flots et les tem-
« pêtes, ou du moins affaiblis par les maladies et par les tra-
« vaux de la mer.

« L'événement a justifié plus tard la profonde politique et
« la prudence d'Albuquerque. Lorsque le sultan Soliman en-
« voya le soudan d'Égypte assiéger la citadelle de Diu ; lors-
« que déja l'artillerie des Égyptiens les avait rendus maîtres
« de tous les abords de la place, croit-on que la seule ré-
« sistance des nôtres et le mal qu'en recevait le soudan,
« l'aient forcé à lever le siège ? Eût-il abandonné une pareille
« entreprise, s'il n'eût été informé de la prochaine arrivée
« du secours qui s'avançait de Goa vers Diu ? Et lorsque cette
« dernière place, assiégée pour la seconde fois, allait suc-
« comber après six mois d'une défense héroïque, croit-on
« que le roi de Cambaye et les Turcs qu'il avait dans son
« armée, eussent été si aisément vaincus par le vice-roi Jean
« de Castro, si ce vice-roi n'eût amené de Goa des vais-

« seaux, de l'artillerie et des soldats? Car cette ville s'était
« déja tellement accrue, qu'il était facile d'y lever de véri-
« tables armées, et d'y construire des flottes.

    « C'est dans ces grandes vues de sagesse et de prévoyance,
« qu'Albuquerque fonda la capitale du nouvel empire. Comme
« il manquait de femmes portugaises, il faisait instruire et
« baptiser les captives que lui donnait le droit de la guerre,
« les mariait à ses soldats, et leur donnait pour dot les terres
« des vaincus. Aussi, la cité d'Albuquerque devint si puis-
« sante et si peuplée, qu'il peut, à juste titre, figurer à
« côté des plus célèbres fondateurs de villes et d'empires,
« à côté de Romulus, qui fonda Rome, et de Thésée, qui
« rassembla dans les murs d'Athènes les peuples épars de
« l'Attique. »

    Albuquerque essuya de vives contradictions, tant de la
part du conseil d'Emmanuel que de celle des généraux alors
employés dans l'Inde; mais il suivit avec autant de succès
que de persévérance l'exécution d'un plan qui paraissait gi-
gantesque. Il recevait les ambassadeurs des rois, réglait les
tributs des peuples, creusait des ports, embellissait les cités,
entretenait une police sévère parmi ses compatriotes, et le respect du nom portugais parmi les peuples de l'Inde. Tant de
gloire et de grandeur lui suscita de nombreux ennemis. On
parvint à effrayer Emmanuel et à lui persuader qu'Albuquerque ne travaillait qu'à se rendre indépendant du Portugal. Il fut rappelé : affaibli par les fatigues de la guerre et de
sa vaste administration, il succomba sous le poids de cette
disgrace inattendue. Sa mort jeta la consternation dans Goa.
Les rois de l'Inde le pleurèrent; et Emmanuel lui-même ne
trouva de soulagement à ses regrets qu'en accablant d'honneurs et de récompenses le fils de ce grand homme.

SOARÈS,

TROISIÈME VICE-ROI.

Il avait reçu l'ordre d'Emmanuel de faire examiner, par un conseil de généraux, s'il ne conviendrait point d'abandonner Goa, l'ouvrage d'Albuquerque. Le conseil décida que la place serait conservée. De retour à Cochin, Soarès fit équiper une flotte pour le golfe Arabique; mais son expédition, malgré la prise de Zéila et de Barbora, ne réalisa point toutes les espérances qu'elle avait fait naître. Il était difficile de paraître grand après un homme tel qu'Albuquerque. Soarès ramena sa flotte dans les mers de l'Inde. Il venait de diriger lui-même la construction de la citadelle de Ceylan, lorsqu'il vit arriver son successeur.

SIQUEIRA,

QUATRIÈME VICE-ROI.

Il pénétra par le golfe Arabique en Éthiopie, où l'on n'avait pu jusqu'alors arriver que par l'Égypte. La découverte de cette route nouvelle est l'évènement le plus marquant de sa vice-royauté. C'est le seul aussi dont le poète portugais fasse mention.

ÉDOUARD DE MENESÈS,

CINQUIÈME VICE-ROI.

Simple gouverneur de Tanger, il avait fait preuve d'un grand courage. Vice-roi, il acquit plus de richesses que de gloire. Camoens ne lui consacre que quatre vers, dans lesquels il est facile d'apercevoir toute la pensée du poète.

Virá despois Meneses, cujo ferro
Mais na Africa, que cá terá provado :

Castigará de Ormuz soberba o erro
Com lhe fazer tributo dar dobrado.

« Menesès le remplace. Moins terrible en Asie qu'il ne le
« fut sur la côte africaine, c'est en épuisant les trésors d'Or-
« muz, c'est en doublant le tribut de cette ville orgueilleuse,
« qu'il la punira de sa rébellion. »

VASCO DE GAMA,

SIXIÈME VICE-ROI.

Emmanuel venait de mourir. Son successeur, dom Jean III,
voulant rétablir la réputation des Portugais, flétrie par l'avarice d'Édouard de Menesès et de ses officiers, envoya dans
les Indes Vasco de Gama, le même à qui l'on en devait la
découverte. Gama, malgré son âge, déploya la plus grande
fermeté, et, par la sagesse de son administration, s'attira la
confiance et l'admiration des Indiens et des Portugais. Il mourut à Cochin, le 24 décembre 1524, plein de gloire et d'années, laissant son nom attaché à l'époque la plus brillante
de l'histoire de son pays.

HENRI DE MENESÈS,

SEPTIÈME VICE-ROI.

Il n'avait que vingt-huit ans lorsqu'il succéda à Gama.
Son règne d'une année fut un enchaînement de prospérités
et de généreuses actions. Il portait le désintéressement si
loin, qu'à sa mort on ne trouva dans ses coffres que cent
ducats, et qu'il fallut emprunter de l'argent pour les frais de
ses funérailles.

DOM PÈDRE DE MASCARENHAS,

HUITIÈME VICE-ROI.

Il ne fut vice-roi que de nom. Comme, à la mort de Henri de Menesès, il était occupé au-delà du Gange, et qu'il lui fallait dix mois pour revenir, l'autorité fut confiée provisoirement à Sampayo. Lorsque Mascarenhas reparut à Cochin, Sampayo refusa de lui remettre le gouvernement, et le fit même jeter dans les fers. Mascarenhas, délivré par ses amis, crut devoir céder à l'orage, et retourner en Portugal, où l'estime publique et l'accueil du prince le vengèrent pleinement de l'injustice et des violences de son compétiteur.

SAMPAYO,

NEUVIÈME VICE-ROI.

Son administration dure et hautaine, et peu favorable au commerce, fut glorieuse pour les armes du Portugal. Il remporta de grandes victoires, détruisit presque entièrement la marine des Malabares, fortifia les citadelles d'Ormuz, de Chaul et de Cananor, entoura Goa d'une forte muraille, et laissa à son successeur une flotte de cent trente-six voiles. Mais sa gloire militaire fut ternie par son ambition et son avarice. A son retour à Lisbonne, il fut condamné envers dom Pèdre de Mascarenhas à des réparations pécuniaires, qui absorbèrent la plus grande partie de la fortune qu'il avait acquise dans les Indes.

NUNO DA CUNHA,

DIXIÈME VICE-ROI.

Il gouverna, pendant dix ans, avec autant de sagesse que de fermeté, et mourut, près du cap de Bonne-Espérance, en retournant à Lisbonne, où l'appelaient la confiance du souverain et l'opinion générale de la nation. C'était l'homme qui connaissait le mieux les affaires du Portugal, de l'Afrique et des Indes. Sa mort fut une grande perte pour le royaume.

NORONHA,

ONZIÈME VICE-ROI.

Il n'était encore qu'à soixante lieues de Diu, lorsque le bruit de sa prochaine arrivée détermina le soudan d'Égypte à lever le siège de cette place. Il se préparait à d'importantes expéditions, lorsqu'il mourut à Goa, après une année de gouvernement.

ÉTIENNE DE GAMA,

DOUZIÈME VICE-ROI.

Fils du célèbre Vasco, il marcha sur les traces de son père, et se distingua par un grand amour de la justice et des lois; mais il échoua dans une grande entreprise qu'il avait dirigée contre le port de Suez, et dont le début avait été marqué par des succès. Aussi la Nymphe, qui prédit les destinées des vice-rois, se borne à dire, en parlant de celui-ci, *qu'il portera la terreur jusqu'au fond de la mer Rouge.*

MARTIN DE SOUZA,

TREIZIÈME VICE-ROI.

Avant d'être promu à la vice-royauté des Indes, il avait combattu, dans les mers du Brésil, les pirates qui troublaient le commerce portugais. Grand politique et grand homme de guerre, il profita habilement des divisions qui existaient entre l'empereur du Mogol et le roi de Cambaye. Ce dernier, devenu son allié, lui permit d'élever à Diu une forteresse, qui bientôt excita la jalousie du roi de Cambaye lui-même. Une ligue formidable se forma contre les Portugais : elle fut dissipée par

JEAN DE CASTRO,
QUATORZIÈME VICE-ROI.

Ce fut la première année du gouvernement de Castro que commença le second siège de Diu, si célèbre dans l'histoire du Portugal. Castro envoya au secours des assiégés ses deux fils, Fernand et Alvare. Fernand périt par l'explosion d'une mine que les ennemis avaient pratiquée sous un des bastions de la forteresse. Alvare, qui n'arriva qu'après la mort de son frère, ranima le courage des Portugais, et Castro parut bientôt lui-même avec le reste de l'armée. On tint conseil dans la citadelle. Les avis des généraux furent partagés : les uns voulaient sur-le-champ marcher à l'ennemi; les autres ne pensaient point qu'il fût prudent de confier le sort de l'Inde à l'évènement incertain d'une bataille. Un vieux guerrier, Garcie de Sà, aussi connu par son courage que par sa prudence, se leva tout-à-coup, et dit : *J'ai écouté; il faut combattre.* Castro se rangea de son avis, et la bataille fut livrée et gagnée.

Après la délivrance de Diu, le vice-roi retourna à Goa. Sa rentrée fut un triomphe. Magnifiquement vêtu, entouré de ses capitaines, précédé de ses soldats victorieux et suivi de nombreux captifs, il marchait au milieu d'une foule ivre de joie. On croit lire le récit des triomphes du Capitole.

Camoens termine ici l'histoire des vice-rois des Indes. C'était le moment de la plus grande gloire des Portugais : le poète ne pouvait s'arrêter plus à propos.

2. Iopas à Carthage.

Iopas, assis à la table de Didon, chante sur sa lyre les lois éternelles de la nature.

> Citharâ crinitus Iopas
> Personat auratâ docuit quæ maximus Atlas.
> Hic canit errantem lunam, solisque labores;
> Undè hominum genus, et pecudes; undè imber et ignes;
> Arcturum, pluviasque Hyadas, geminosque Triones;
> Quid tantùm oceano properent se tingere soles
> Hiberni, vel quæ tardis mora noctibus obstet.
>
> (Æneid. lib. I.)

Iopas prend alors sa lyre enchanteresse:
Chantre inspiré du ciel, il commence, et sa voix
Répète ce qu'Atlas enseignait autrefois,
De la reine des nuits la course vagabonde,
Et les feux éclipsés du grand astre du monde,
Le pouvoir qui, créant l'homme et les animaux,
Leur versa de la vie et les biens et les maux;
Les orages, les feux, le char glacé de l'ourse,
Et les brillants gémeaux qui conduisent sa course;
L'Hyade et ses torrents; pourquoi du sombre hiver
Les jours si promptement se plongent dans la mer;
D'où vient des nuits d'été la lenteur paresseuse.
Enfin sur mille tons sa voix mélodieuse
Chantait l'ordre des cieux et des astres divers;
Et sa noble harmonie imitait leurs concerts.

(Delille.)

3. Démodocus chez les Phéaciens.

« Chantre divin, lui dit Ulysse, tu t'élèves dans ton art
« fort au-dessus de tous les mortels. Oui, tu fus instruit par

« les Muses, filles de Jupiter, ou par Apollon lui-même. Tes
« chants offrent la plus fidèle image des incroyables exploits
« et des terribles infortunes des Grecs ; on dirait que tes yeux
« ont été les témoins de ce que tu racontes, ou que tu l'as ap-
« pris de leur propre bouche. » (*Odyssée*, chant VIII, traduction de Bitaubé.)

4. Le pontife-roi d'un peuple malabare.

Trimumpara, roi de Cochin et chef des Brames de son
royaume. Il fut le premier allié des Portugais dans les Indes.
Cette alliance attira sur lui la colère et les armes du Samorin ; mais il fut sauvé par les victoires de Pachéco.

5. Le navire qui le recevra dans ses flancs, fléchira sous un si noble poids.

Cette figure est empruntée de Virgile :

Simul accipit alveo
Ingentem Æneam ; gemuit sub pondere cymba.
(*Æneid.*, lib. III.)

6. Héros de la Grèce et de Rome, pardonnez : l'Achille portugais vous a tous surpassés.

Camoens revient souvent à cette idée. Enthousiasme à
part, il nous semble, comme à lui, et d'après le simple récit
des faits, que les Grecs et les Romains n'ont rien fait de comparable aux actions des conquérants portugais. « Nous pro-
« nonçons encore avec une admiration respectueuse, dit
« Voltaire, les noms des Argonautes, qui firent cent fois
« moins que les matelots de Gama et d'Albuquerque. » (*Essai
sur les mœurs et l'esprit des nations.*)

7. Celui qui, avec quatre mille Lacédémoniens,
   défendit les Thermopyles.

M. de La Harpe a prétendu corriger ici son auteur. Aux
quatre mille Lacédémoniens que commandait Léonidas à la
bataille des Thermopyles, il substitue les trois cents Spar-
tiates qui se résignèrent si courageusement à périr, lorsqu'ils
se virent tournés par les Perses. Selon Diodore, cité par l'abbé
Barthélemy, l'armée de Léonidas était de 4,000 hommes, savoir :

Spartiates........................	300.
Lacédémoniens....................	700.
Peuples du Péloponèse, obéissant à Lacé-	
démone........................	3,000.
En tout..................	4,000.

Camoens réunissait à un beau génie, à une imagination brillante, une instruction extrêmement variée. Les historiens de
l'antiquité lui étaient aussi familiers que les philosophes et
les poètes. On est étonné, en lisant son livre, de la quantité
d'ouvrages anciens et modernes dont il avait enrichi sa mémoire.

8. Lorenzo l'accompagne; Lorenzo, son digne
   fils, qui saura combattre et mourir en Romain.

Lorenzo fut attaqué, près de Chaul, par les flottes réunies
de l'Égypte et de Cambaye. La première était commandée
par Mir-hocem, amiral du soudan d'Égypte; la seconde, par
Melik-yaz, Maure courageux qui s'était mis au service des

Guzarates. Lorenzo, malgré l'infériorité du nombre et les vents contraires, disputa long-temps la victoire. Un boulet de canon lui emporta la cuisse. Mutilé, couvert de sang, il se fit attacher au mât de son vaisseau, et, l'épée à la main, continua d'exhorter les Portugais au combat. Un second boulet lui fracassa l'épaule, et acheva sa mort. On partage l'enthousiasme du poète, quand il s'écrie :

> Vai-te, alma, em paz da guerra turbulenta,
> Na qual tu mereceste paz serena !
> Que o corpo, que em pedaços se apresenta
> Quem o gerou vingança já lhe ordena :
> Que eu ouço retumbar a grão tormenta ;
> Que vem já dar a dura e eterna pena,
> De esperas, basiliscos, e trabucos,
> A Cambaios crueis, e a Mamelucos.

« Va donc, ame héroïque, va recueillir, au sein d'une éternelle paix, le prix de ton glorieux sacrifice. Ta mort sera vengée par ton père. Déja s'apprêtent le bronze tonnant et la bombe redoutable; déja j'entends gronder l'orage sur la tête des guerriers de l'Indus et du Nil. »

Et quel tableau que celui de la douleur du père et de la vengeance qu'il médite ! *Eis vem o pai com animo estupendo*, etc. *Le voilà ce père infortuné*, etc.

9. Voyez un nouveau Scéva.

Centurion romain, qui servait dans l'armée de César contre Pompée. Sa mort est décrite, dans la Pharsale de Lucain, d'une manière singulièrement énergique, mais avec des détails qui inspirent plus d'horreur que d'admiration ou de pitié.

10. Tristan.

Tristan da Cunha commandait la flotte qui portait dans les Indes Alphonse d'Albuquerque, successeur d'Almeida. Sa navigation fut marquée par les exploits auxquels le poète fait allusion dans ce passage.

11. La Vierge de Sinaï.

Sainte Catherine. Inconnue dans l'Église jusqu'au commencement du huitième siècle, elle devint bientôt l'objet d'un culte universel, sans que les légendaires aient jamais rien établi de certain sur l'époque de sa naissance et de sa mort. L'opinion la plus commune est qu'elle était d'Alexandrie, noble, riche et savante; qu'elle mourut martyre, et qu'elle fut enterrée sur la montagne de Sinaï. (Voir Adrien Baillet, *Vies des Saints.*)

12. La nymphe allait poursuivre l'éloge d'Albuquerque; mais elle se souvint d'un trait de colère, etc.

Ce fait historique est entièrement dénaturé dans les notes de Duperron de Castéra et de M. de La Harpe. Le voici, tel qu'il est raconté par Osorius :

« Accidit eo tempore, ut mulieres, quas ille (Albuquercius) « diligentissimè servari jusserat, ut eas vel in Lusitaniam ad « reginam Mariam mitteret (erant enim eximiâ pulchritudine) « vel christianis sacris initiatas apud Lusitanos matrimonio « stabili collocaret, animos hominum quorumdam nobilium « indomitâ cupiditate parùm honestæ libidinis inflammarent.

« Hujus flagitii monitor et impulsor quidam Rodericus-
« Diazius scribæ filius, qui mulierem unam sarracenam ex
« illis adamabat, eique jam sæpiùs assueverat, extitit. Itaque
« omnes clàm in navi prætoriâ nocte ad mulieres, Albu-
« quercii imperio neglecto, ventitabant. Is ubi id rescivit,
« hominem suspendere jussit. Homines nobiles, qui socii
« criminis fuerant, ad illum adeunt, et obnixé precantur ut
« illi misero veniam tribuat. At cùm is eorum postulata re-
« jiceret, illi querelis et conviciis rem expedire contendunt,
« propter quæ necesse fuit eos in custodiam dari. Postea verò
« cùm Albuquercius cerneret se, in tantâ virorum penuriâ,
« eorum operâ carere non posse, illos custodiâ liberari præ-
« cepit. Fremunt illi, tantamque hominibus eâ nobilitate præ-
« ditis illatam contumeliam indulgentiâ illâ compensari mi-
« nimè posse ; se nolle è custodiâ ullis conditionibus emitti ;
« sed arctissimis etiam vinculis alligari, ut ità ferro vincti, in
« Lusitaniam deducantur et apud regem Albuquercii nomen
« deferant. Is ubi hoc accepit, eos insanire permisit, hono-
« ribusque privavit, eorumque præfecturas aliis viris no-
« bilibus attribuit. »

« Il arriva, dans ce temps-là, que des femmes indiennes,
« qu'il faisait garder avec un soin particulier, soit qu'il les
« destinât à la reine Marie (car elles étaient d'une beauté re-
« marquable), soit qu'il eût dessein, après les avoir fait ini-
« tier aux mystères du christianisme, de les marier à des
« Portugais, devinrent l'objet d'une passion criminelle de la
« part de quelques-uns de ses officiers. Ils étaient excités et
« conduits par un certain Ruy-Diaz, fils d'un employé civil
« de l'armée, et amant favorisé d'une de ces femmes. Malgré
« la défense d'Albuquerque, ils se rendaient secrètement, pen-
« dant la nuit, au vaisseau dans lequel elles étaient gardées.
« Le général, informé d'une désobéissance aussi grave et du

« rôle que Ruy-Diaz avait joué dans cette intrigue, donna
« l'ordre qu'on le pendît sur-le-champ. Ceux qui avaient par-
« tagé sa faute coururent chez le général, et lui demandèrent
« avec instance la grâce de ce malheureux. Sur le refus d'Al-
« buquerque, ils se répandirent en plaintes amères, en in-
« vectives menaçantes : les choses en vinrent au point, qu'il
« jugea nécessaire de faire emprisonner les coupables; mais,
« craignant ensuite que l'absence d'un si grand nombre d'of-
« ficiers n'affaiblît son armée, déja très-peu nombreuse, il
« leur fit offrir, sous certaines conditions, de les remettre en
« liberté. Ils répondirent avec indignation, que ce retour d'in-
« dulgence n'était pas une réparation suffisante de l'affront
« fait à leur naissance, et que, loin d'accepter aucune con-
« dition pour recouvrer leur liberté, ils demandaient à être
« chargés de chaînes et conduits en Portugal, résolus qu'ils
« étaient de faire connaître au roi la conduite de leur tyran.
« D'après cette réponse, Albuquerque, les abandonnant à
« leur folie, les priva de leurs grades, et confia leurs em-
« plois à des hommes d'une égale naissance, mais plus soumis
« aux lois de la discipline militaire. »

Les ennemis d'Albuquerque tirèrent parti de cet acte de
rigueur pour le diffamer dans tout le Portugal, et surtout
à Lisbonne et à la cour. Ils l'accusèrent d'abus de pouvoir et
de cruauté; et Camoens lui-même paraît avoir partagé les
injustes préventions d'une partie de ses compatriotes contre
l'homme qui, après Gama, a le plus honoré le Portugal. C'est
en vain qu'il oppose à la sévérité d'Albuquerque la générosité d'Alexandre, qui se laisse ravir impunément sa maîtresse;
de Cyrus, qui pardonne à l'amant de Panthée; de Charles-
le-Chauve enfin, qui consent au mariage de sa fille Judith
avec Baudouin, ravisseur de la princesse. La position d'A-
lexandre, de Cyrus et de Charles-le-Chauve, jouissant tous

14.

les trois d'une autorité bien reconnue qu'un acte d'indulgence
ne pouvait qu'affermir encore, n'a rien de commun avec la
position d'Albuquerque, entouré d'ennemis secrets, de mécontents et de rebelles qu'un exemple de rigueur pouvait seul
contenir dans le devoir. Le poète portugais, ordinairement
si heureux dans ses rapprochements, et si judicieux dans les
opinions qu'il exprime, nous paraît manquer ici de justesse
dans les idées et de justice envers Albuquerque. *Amicus Plato,
magis amica veritas.*

13. Campaspe.

Maîtresse d'Alexandre, qui la céda aux transports d'A-
pelles. C'est elle qui fournit à ce peintre célèbre les plus beaux
traits d'un tableau qui représentait Vénus sortant des flots,
et qui devait être un chef-d'œuvre, si l'on en juge par ces
vers d'Ovide, qui l'avait vu :

> Si nunquàm Venerem cous pinxisset Apelles,
> Mersa sub æquoreis illa lateret aquis.

> Non, ce n'est point du fond des eaux
> Que sortit la jeune Immortelle :
> Pour nous séduire, heureux Apelle,
> Vénus naquit de tes pinceaux.

14. Araspe.

Cyrus avait confié la belle Panthée, veuve d'Abradate, roi
de la Susiane, aux soins d'Araspe, qui s'était vanté de rester
insensible aux charmes de la princesse. Araspe soutint mal
cette dangereuse épreuve, et Cyrus, en s'accusant lui-même
d'imprudence, lui accorda généreusement son pardon.

15. Le monde a vu l'audacieux Baudouin, etc.

Baudouin, grand-forestier de Flandres, enleva Judith, fille de Charles-le-Chauve; et ce prince, qui en avait témoigné un vif ressentiment, finit par consentir à leur mariage.

Camoens donne à Baudouin l'épithète de *Ferreo*, par allusion au surnom de *Bras-de-Fer* que lui donnent les historiens.

16. Mais l'inflexible Destinée, la loi fatale qui n'épargne ni le rang ni la grandeur, t'enlèvera presque aussitôt à toutes les illusions du monde et de la vie.

Duperron de Castéra fait sur ce passage une réflexion très-fine et très-juste. La Nymphe qui prédit à Gama les destinées des vice-rois, lui annonce à lui-même l'instant de sa mort; et Gama, qui l'écoute, ne donne aucun signe d'émotion. La fête n'est pas interrompue; la nymphe continue de chanter : *Après toi, brille un second Ménésès*, etc. Il était difficile à Camoens de donner une plus haute idée du caractère de son héros.

17. Il fera plus; il saura, dans l'âge des passions, etc.

Le texte porte :

— Com virtudes certo singulares,
Vence os imigos d'alma todos sete;
De cobiça triumpha, e incontinencia;
Que em tal idade he summa da excellencia.

Mot à mot : *Avec des vertus certainement bien rares, il*

parvient à vaincre les sept ennemis de l'âme; il triomphe de
la cupidité et de l'incontinence : ce qui, dans un tel âge, est
le plus haut degré de la perfection.

Nous avons cherché long-temps par quelle figure de rhé-
torique on pourrait dire convenablement en français, et dans
une épopée, que Menesès, malgré sa grande jeunesse, avait
su triompher des *sept péchés capitaux*. Nous n'en avons pas
trouvé de meilleure que *l'énumération des parties*.

« Il fera plus; il saura, dans l'âge des passions, vaincre et
« subjuguer des ennemis cent fois plus redoutables : l'orgueil,
« qui nous livre aux flatteurs; l'envie, qui méconnaît les ta-
« lents et les vertus; la colère, qui égare la raison; l'intem-
« pérance, qui la trouble; l'amour de l'or, qui dessèche les
« âmes; la paresse, qui les engourdit, et la volupté, qui les
« dégrade. »

Des *sept ennemis de l'âme*, Camoens ne nomme que l'a-
mour de l'or et la volupté. Si, par un développement qui
n'est point dans le texte, nous avons manqué à la fidélité littérale, nous ne l'avons fait que pour rendre mieux la pensée
toute entière de l'auteur.

18. Le Maure Cutial.

Un des chefs les plus renommés que les Maures eussent,
en ce temps-là, dans les Indes. Il commandait une flotte de
cent trente vaisseaux de toute grandeur dans la bataille dont
parle Camoens.

19. Hector de Sylveira.

Camoens, qui n'omet rien de ce qui peut donner de l'éclat
à ses héros, n'a garde de laisser échapper un rapprochement
qui résulte ici d'une heureuse similitude de nom. L'Hector

portugais rappelle naturellement l'Hector troyen; et le poète, en transportant rapidement l'imagination du lecteur des rivages de l'Inde aux bords de l'Hellespont, réveille de grands souvenirs, et jette de la variété dans ses tableaux.

20. Antoine de Sylveira.

Il se fit tant d'honneur par la défense de Díu, qu'un de nos plus grands rois, François Ier, voulut avoir son portrait. Il figurait, à côté de Bayard, dans la galerie du monarque.

21. Ce héros, dont le nom semble appartenir au dieu des batailles, c'est Martin de Souza.

Il y a dans cette phrase un jeu de mots, plus sensible en portugais qu'en français :

> Este serà *Martinho* que de *Marte*
> O nome tem co' as obras derivado.

Ce rapprochement de *Mars* et de *Martin* nous a paru moins heureux que celui d'Hector, fils de Priam, et d'Hector de Sylveira; c'était le cas de négliger la traduction littérale.

22. Ils jurent de se baigner dans le sang portugais, d'en rougir les nattes guerrières dont leurs lèvres sont hérissées.

Le texte porte :

> Em sangue Portuguez juram descridos
> De banhar os bigodes retorcidos.

Mot à mot : *Ils jurent, les mécréans, de baigner dans le sang portugais leurs moustaches, relevées en nattes.*

M. de La Harpe, qui n'aime pas à lutter contre les difficultés de détail, n'a rendu que l'idée principale : *Ils jurent d'ensevelir tous les Portugais sous les ruines sanglantes de leur ville.*

23. Le chef des assiégés, Mascarenhas.

Jean de Mascarenhas, qu'il ne faut pas confondre avec Pierre de Mascarenhas, l'ancien vice-roi, avait succédé à Antoine de Sylveira dans le commandement de Diu; il n'avait pas neuf cents hommes, tant dans la ville que dans la citadelle, lorsqu'il se vit attaqué par une armée formidable, composée de Turcs, de Persans et d'Indiens, et commandée par Sophar, chrétien renégat, devenu ministre du roi de Cambaye. Il sut, par d'incroyables efforts, se maintenir dans la citadelle jusqu'à l'arrivée du vice-roi, Jean de Castro, qui défit complètement les ennemis et délivra Diu.

24. Ainsi chantait la nymphe.

La Nymphe s'arrête, et toutes ses compagnes laissent éclater leurs transports et leur admiration. *Peuple vaillant*, s'écrient-elles d'une voix unanime, *que la fortune t'abandonne quand elle voudra; la gloire et la renommée ne te seront jamais infidèles.* Et ce chœur triomphal termine d'une manière aussi noble qu'animée l'hymne de gloire chanté par la nymphe.

25. Mortel chéri des dieux, tes regards vont découvrir, etc.

Le chant prophétique a cessé; les enfants de Lusus ont entrevu le brillant avenir réservé à leur nation. Il leur reste à connaître les lieux qui serviront de théâtre à tant d'exploits : Téthys elle-même les leur découvrira; mais, avant de parcourir avec eux les différentes parties de la terre, elle va les transporter dans les cieux, et leur révéler les grands secrets de l'univers. La poésie de Camoens sera élevée comme le sujet, éclatante comme les astres dont il décrira les révolutions; la philosophie parlera le langage des dieux.

26. Au milieu des airs apparaît un globe immense.

« Dans toute cette description des corps célestes, de leur
« disposition et de leurs mouvements, Camoens a suivi l'an-
« cien système des Péripatéticiens, qui admettaient onze globes,
« et la terre au milieu. Le dixième ciel, qu'ils appelaient le
« premier mobile, tournait sans cesse d'Orient en Occident,
« et entraînait dans son mouvement tous les autres cieux. Ca-
« moens n'a pas besoin qu'on le justifie d'avoir ignoré, avec
« toute la terre, les vérités éternelles que Newton nous a de-
« puis enseignées. » (LA HARPE.)

27. Jupiter et Junon, Saturne, Janus et moi-même, nous ne sommes que des divinités tastiques inventées par les poètes.

Pourquoi tout ce passage est-il omis dans la traduction de M. de La Harpe? Est-ce parce qu'il ne se trouve point dans celle de Duperron de Castéra?

28. Vois-le se revêtir d'une longue écharpe d'or.

Brillante métaphore, qui désigne le zodiaque. Le poète indique ensuite par des images rapides plusieurs constellations

dont l'histoire est suffisamment expliquée dans les diction-
naires de mythologie et dans les *Métamorphoses* d'Ovide.

29. Au milieu de tous ces globes, il a placé le séjour des humains.

De la hauteur des cieux, Téthys ramène les Portugais sur
la terre, et dirige leurs regards de contrée en contrée. Milton
a imité cette fiction poétique dans les deux derniers chants
de son *Paradis perdu.*

30. Le pieux Gonzale y cueillera la palme du martyre.

Gonzale de Sylveira, jésuite portugais, partit de Lisbonne
en 1555, et s'arrêta dans le Monomotapa; il y entreprit des
conversions, et périt victime de son pieux dévouement.

31. Nhaya.

Pierre de Nhaya, allant aux Indes, en 1505, construisit une
forteresse sur les terres du roi de Sofala. Les Câfres, excités par les Maures, vinrent bientôt l'assiéger; mais, avec
trente-cinq hommes disciplinés à l'européenne, il repoussa
cette multitude vagabonde.

32. Terre de l'Éthiopie! tu seras témoin des exploits et des malheurs du généreux Christophe.

Christophe de Gama avait été envoyé par son frère Étienne,
alors vice-roi des Indes, au secours de l'empereur des Abys-

sins contre le roi de Zéila. Il obtint d'abord de grands succès; mais, emporté par sa valeur, il tomba entre les mains
des ennemis, qui l'abreuvèrent d'outrages et finirent par lui
trancher la tête.

Remarquons avec quel ménagement Téthys prédit à Gama
la destinée de l'infortuné Christophe, et comme elle se hâte
de le distraire de cette pensée par des souvenirs qui le flat-
tent. *O Gama! ce héros est ton fils! Mais peut-on fuir sa
destinée?... Ramène tes regards sur la rive où fleurit Mélinde; tu n'as point oublié son roi, ni son peuple hospitalier.*
C'est le *Tu, Marcellus eris.... manibus date lilia plenis.* Nous
avons entendu, il n'y a qu'un instant, la Nymphe inspirée annoncer en face à Gama l'époque précise où il devait
cesser de vivre, et n'accompagner d'aucune précaution cette
annonce inattendue; elle ne parlait qu'au héros. Ici, au contraire, c'est à un père que s'adresse Téthys. Voilà de ces
nuances de sentiment, de ces délicatesses de l'art qui, chez
les poètes anciens, appartiennent particulièrement à Virgile,
et, chez les modernes, à Racine.

33. Castel-Branco.

Il détruisit, près d'Ormuz, une flotte considérable, composée de Maures, de Turcs et de Persans.

34. Mais observe l'île de Gérom.

C'est le nom que donnent les Persans à l'île d'Ormuz. L'ancienne ville d'Ormuz, nommée *Armuzia* par Pline et par
Strabon, était située sur la côte qui borde le détroit. Ruinée
par le temps, son nom et son commerce ont passé à l'île de
Gérom. *Ainsi,* dit Camoens, *le temps élève et détruit, efface
ou transporte les cités et leurs noms.*

35. Dom Philippe de Ménésès,

Avec une poignée de soldats, il défit une armée nombreuse qui s'était formée dans le Laristan, province de Perse, et qui marchait a la délivrance d'Ormuz. La ville de *Lar* ou *Lahar,* que Camoens appelle *Lara*, est une ville considérable, renommée par ses manufactures et par ses étoffes de soie.

36. Dom Pèdre de Souza.

Camoens l'appelle le destructeur d'Ampaze. Cette ville ne se trouve sur aucune des cartes, dans aucune des géographies que nous avons consultées. Il serait possible que l'auteur eût voulu désigner, par le nom d'*Ampaze,* la bourgade principale des *Ampâtres*, que le Dictionnaire de Baudrand place dans l'île de Madagascar. Les Annales du Portugal nous apprennent, en effet, que dom Pèdre de Souza, avant d'arriver à Ormuz, s'était signalé dans les mers d'Afrique.

37. Deux codes religieux, dictés par l'ange des ténèbres, etc.

Le Védam ou Véda, et l'Alcoran ou Coran. — « Le Védam « est le livre sacré des nations de l'Indostan, qui croient que « leur législateur *Brama* l'a reçu des mains de Dieu même. Le « nom samscrit est proprement *Ved*, science. Les Malabares « écrivent *Védam*, parce que, dans leur langue, *am* n'est, « comme l'*um* des Latins, qu'une terminaison ajoutée ordi- « nairement aux substantifs neutres. » (*Dictionnaire* de l'abbé Gattel.) « L'Alcoran contient la loi de Mahomet. *Al* est l'ar- « ticle arabe, et *coran* signifie lecture, *la lecture par excel-* « *lence.* Il y a de l'Alcoran sept éditions principales, qui va-

« rient pour le nombre des versets, mais non pour celui des
« lettres et des mots, qui est le même dans toutes. Les Maho-
« métans y comptent 323,015 lettres et 77,639 mots. » (*Ibid.*)

38. Contemple un moment la terre de Narsingue...

Voici l'endroit des Lusiades où le genre de merveilleux
adopté par Camoens, paraît être le plus en contradiction
avec le fond du sujet. Le poète, pour couper l'uniformité
des descriptions géographiques, introduit dans le chant qui
nous occupe, le récit épisodique du martyre de saint Thomas; mais il met ce récit dans la bouche de Téthys. Téthys
et saint Thomas! quel rapprochement! Rappelons aux critiques ce que Téthys disait tout-à-l'heure à Gama. *Jupiter et*
Junon, Saturne, Janus et moi-même, nous ne sommes que
des divinités fantastiques inventées par les poètes. Fidèles à
l'art charmant qui nous donna la naissance, nous n'avons
point quitté la terre. Le ciel ne nous connut jamais, et cet
Olympe où nous régnons, n'est qu'un rêve brillant du génie.

39. Charmés de sa beauté, les peuples l'appe-laient *Méliapor.*

Selon Duperron de Castéra, Méliapor, en langue malabare, signifie *paon.*

D'après le même auteur, suivi par M. de La Harpe, l'ancienne ville de Méliapor était située à douze lieues de la mer.
Cependant elle n'était pas à l'abri des inondations : ce qui
détermina les habitants à construire, à une plus grande distance du rivage, la nouvelle Méliapor que les Européens
nomment aujourd'hui Saint-Thomé. C'est dans les ruines de
l'ancienne que les Portugais prétendirent avoir trouvé le
corps de l'apôtre saint Thomas. Adrien Baillet oppose à cette

prétention de grandes et respectables autorités ; mais ce qu'il y a de certain, c'est qu'avant l'arrivée des Portugais dans les Indes, il existait dans ce pays, aussi bien qu'en Éthiopie, des chrétiens qui se disaient de *Saint-Thomas*, et dont la religion était une espèce de rite grec mêlé de judaïsme. Cela justifie jusqu'à certain point les traditions adoptées par l'auteur des *Lusiades*.

40. Apôtre saint, porte nos vœux aux pieds de l'Éternel, et sois toujours le protecteur des enfants de la Lusitanie.

C'est toujours Téthys qui parle ; mais s'il est reçu qu'elle n'est qu'un personnage allégorique dont le poète se sert pour exprimer ses propres pensées, si elle n'est autre chose que le poète lui-même, il n'y a rien de choquant à l'entendre, dans cette circonstance, mêler ses vœux à ceux des Portugais.

41. Une irruption des flots l'a séparée de Sumatra.

Virgile a dit la même chose de la Sicile et de l'Italie.

> Hæc loca, vi quondam et vastâ convulsa ruinâ,
> Dissiluisse ferunt : cum protenùs utraque tellus
> Una foret, venit medio vi pontus, et undis
> Hesperium Siculo latus abscidit, arvaque et urbes
> Littore diductas angusto interluit æstu.
>
> (Æneid., lib. III)

> Ces continents, dit-on, séparés par les ondes,
> Réunis autrefois, ne formaient qu'un pays ;
> Mais par les flots vainqueurs tout-à-coup envahis,

A l'onde usurpatrice ils ont livré la terre,
Dont le double rivage à l'envi se resserre :
Ainsi, sans se toucher, se regardent de près
Et les bords d'Hespérie, et l'île de Cérès.
Entre eux la mer mugit, et ses ondes captives
Tour-à-tour en grondant vont battre les deux rives.

(DELILLE.)

42. Fleuve secourable! un jour tes bords hospitaliers, etc.

« Camoens, toujours intéressant quand il parle de lui-même,
« dit M. de La Harpe, trouve ici une occasion fort heureuse
« de rappeler son naufrage sur les côtes de *Cambaye*, lors-
« qu'il revint de la Chine, où il avait été exilé par le vice-roi
« des Indes. » C'est sans doute *Camboge* que M. de La Harpe
a voulu dire. Il n'a pu faire une faute de géographie aussi
grave, et confondre la côte de Coromandel avec celle de
Malabar.

43. Suis dans son vol l'oiseau doré, etc.

L'oiseau-mouche ou colibri.

« De tous les êtres animés, dit M. de Buffon, voici le plus
« élégant pour la forme, et le plus brillant pour les cou-
« leurs. Les pierres et les métaux polis par notre art ne sont
« pas comparables à ce bijou de la nature : elle l'a placé dans
« l'ordre des oiseaux au dernier degré de l'échelle de gran-
« deur; son chef-d'œuvre est le petit oiseau-mouche; elle l'a
« comblé de tous les dons qu'elle n'a fait que partager aux
« autres oiseaux : légèreté, rapidité, prestesse, grâce et riche
« parure, tout appartient à ce petit favori. L'émeraude, le
« rubis, la topaze brillent sur ses habits; il ne les souille

« jamais de la poussière de la terre; et, dans sa vie toute
« aérienne, on le voit à peine toucher le gazon par instants;
« il est toujours en l'air, volant de fleurs en fleurs; il a leur
« fraîcheur, comme il a leur éclat; il vit de leur nectar, et
« n'habite que les climats où sans cesse elles se renouvellent.

« C'est dans les contrées les plus chaudes du nouveau
« monde que se trouvent toutes les espèces d'oiseaux-mouches;
« elles sont assez nombreuses, et paraissent confinées entre
« les deux tropiques (car ceux qui s'avancent en été dans les
« zones tempérées, n'y font qu'un court séjour); ils semblent
« suivre le soleil, s'avancer, se retirer avec lui, et voler sur
« l'aile des zéphirs à la suite d'un printemps éternel.

« Les Indiens, frappés de l'éclat et du feu que rendent
« les couleurs de ce brillant oiseau, leur avaient donné les
« noms de *rayons* ou *cheveux du soleil*. Pour le volume; les
« petites espèces de ces oiseaux sont au-dessous de la
« grande mouche asile (le taon) pour la grandeur, et du
« bourdon pour la grosseur. Leur bec est une aiguille fine,
« et leur langue un fil délié; leurs petits yeux noirs ne pa-
« raissent que deux points brillants, les plumes de leurs ailes
« sont si délicates, qu'elles en paraissent transparentes. A
« peine aperçoit-on leurs pieds, tant ils sont courts et me-
« nus: ils en font peu d'usage; et ils ne se posent que pour
« passer la nuit, et se laissent, pendant le jour, emporter
« dans les airs; leur vol est continu, bourdonnant et rapide;
« on compare le bruit de leurs ailes à celui d'un rouet. Leur
« battement est si vif, que l'oiseau, s'arrêtant dans les airs,
« paraît non-seulement immobile, mais tout à fait sans action.
« On le voit s'arrêter ainsi quelques instants devant une fleur,
« et partir comme un trait pour aller à une autre; il les visite
« toutes, plongeant sa petite langue dans leur sein, les flat-
« tant de ses ailes, sans jamais s'y fixer, mais aussi sans les
« quitter jamais. Il ne presse ses inconstances que pour

« mieux suivre ses amours et multiplier ses jouissances in-
« nocentes, car cet amant léger des fleurs vit à leurs dépens
« sans les flétrir ; il ne fait que pomper leur miel, et c'est à
« cet usage que sa langue paraît uniquement destinée. Elle
« est composée de deux fibres creuses, formant un petit canal
« divisé au bout en deux filets ; elle a la forme d'une trompe
« dont elle fait les fonctions : l'oiseau la darde hors de son
« bec, et la plonge jusqu'au fond du calice des fleurs pour
« en tirer les sucs.

« Rien n'égale la vivacité de ces petits oiseaux, si ce n'est
« leur courage, ou plutôt leur audace. On les voit poursuivre
« avec furie des oiseaux vingt fois plus gros qu'eux, s'atta-
« cher à leur corps, et se laissant emporter par leur vol, les
« becqueter à coups redoublés jusqu'à ce qu'ils aient assouvi
« leur petite colère. Quelquefois même ils se livrent entre
« eux de très vifs combats : l'impatience paraît être leur âme ;
« s'ils s'approchent d'une fleur, et qu'ils la trouvent fanée,
« ils lui arrachent les pétales avec une précipitation qui
« marque leur dépit. Ils n'ont d'autre voix qu'un petit cri
« fréquent et répété ; ils le font entendre dans les bois dès
« l'aurore, jusqu'à ce qu'aux premiers rayons du soleil tous
« prennent l'essor, et se dispersent dans les campagnes. »

44. Une huile bienfaisante coule de ses rochers.

Liqueur sulphureuse dont les habitants de Sumatra se
servent avec succès dans plusieurs maladies. (BARROS, cité
par Duperron.)

45. Ses arbres distillent un parfum, etc.

Le benjoin, sorte de gomme ou de résine aromatique qui
abonde dans Sumatra.

2   15

46. Regarde Ceylan et cette montagne
sourcilleuse, etc.

Sur une des cimes les plus élevées se trouve une roche
nue qui porte l'empreinte du pied d'un homme. Parmi les
Orientaux, les uns disent que c'est un vestige d'Adam, les
autres, que c'est la trace d'un solitaire indien; mais tous n'en
parlent qu'avec vénération.

47. Du sein des flots qui baignent les Maldives,
s'élève le cocotier avec ses larges feuilles, et
ses fruits salutaires dont la vertu émousse la
force des plus subtils poisons.

Le cocotier est une sorte de palmier dont les feuilles ailées
sont longues de dix à quinze pieds, larges de trois, et servent
à couvrir les maisons, à faire des parasols, etc. La liqueur
que renferme le fruit, et l'huile que l'on extrait de l'amande,
passent pour une espèce d'antidote.

48. Des masses de parfum.

L'ambre, que les mers de cette partie de l'Afrique jettent
par masses sur leurs rivages.

49. Telles sont, heureux navigateurs, les nouvelles contrées que vous donnez au monde.

La découverte de l'Inde ouvrait de nouvelles routes et de
nouveaux débouchés au commerce du monde : il était donc
naturel que le poète fît ressortir en détail les immenses résultats de cette découverte. C'est pour avoir méconnu la

pensée de l'auteur, que certains critiques ont traité si légè-
rement de hors-d'œuvre cette belle description de l'Asie.

5o. Mais il me reste à vous révéler encore l'action hardie d'un Portugais, etc.

Camoens aurait manqué à l'objet capital de son ouvrage,
s'il eût passé sous silence l'importante découverte du détroit
ouvert aux Espagnols par le Portugais Magellan, vers la
pointe méridionale de l'Amérique.

> Mas he tamben razào que no ponente
> D'hum Lusitano hum feito inda vejais, etc.

Et plus bas, il ajoute :

> O Magalhaès, no feito com verdade
> Portuguez, porem naõ na lealdade.

« Magellan, infidèle à son pays, mais digne encore par
« son génie d'être compté parmi les Portugais. »

5r. Voyez cette vaste région qui s'étend d'un pôle à l'autre.

Le continent américain. Camoens qui a décrit, avec tant
de complaisance et d'une manière si pittoresque, les contrées
de l'Europe, de l'Afrique et de l'Asie, ne fait qu'indiquer ici
l'Amérique. On dirait que le chantre de Gama craint d'usur-
per l'héritage du chantre futur de Christophe Colomb. Ce
chantre de l'Amérique n'a pas encore paru : Christophe
Colomb n'a pas eu de Camoens ; mais du moins il a inspiré
au poète de Sorrente une des plus belles pages de la *Jérusalem Délivrée*.

> Tempo verrà che fian d'Ercole i segni
> Favola vile ai naviganti industri :

15.

E i mar riposti, or senza nome, e i regni
Ignoti ancor tra voi saranno illustri,
Fia che 'l più ardito allor di tutti i legni
Quanto circonda il mar circondi e lustri:
E la terra misuri, immensa mole,
Vittorioso, ed emulo del sole.

Un uòm della Liguria avrà ardimento
All' incognito corso esporsi in prima:
Nè 'l minaccievol fremito del vento,
Nè l' inospito mar, nè 'l dubbio clima,
Nè s' altro di periglio o di spavento
Più grave e formidabile or si stima,
Faran che 'l generoso entro ai divieti
D' Abila angusti l'alta mente accheti.

Tu spiegherai, Colombo, a un novo polo
Lontane sì le fortunate antenne,
Ch' appena seguirà con gli occhi il volo
La fama, ch' ha mille occhi, e mille penne.
Canti ella Alcide, e Bacco, e di te solo
Basti a' posteri tuoi ch' alquanto accenne:
Che quel poco darà lunga memoria
Di poema dignissima, e d'istoria.
(Canto XV.)

« Un temps viendra que les colonnes d'Hercule ne seront
« qu'une fable méprisée de l'intrépide nautonnier. Ces mers
« lointaines, et encore sans nom, ces empires inconnus,
« seront célèbres dans votre Europe : un jour, le plus hardi
« des vaisseaux parcourra cet océan qui embrasse le monde.
« Vainqueur de tous les obstacles, il mesurera la terre ; et,
« rival du soleil, il visitera tous les lieux que cet astre éclaire
« dans sa course.
« Du sein de la Ligurie s'élèvera un mortel qui osera le

« premier affronter le courroux de ces mers inconnues; ni
« les vents déchaînés, ni l'onde en furie, ni la crainte des
« dangers qui l'attendent sous de nouveaux cieux, ni mille
« objets enfin de terreur et d'alarmes ne pourront étonner
« son âme intrépide, ni enchaîner son audace.

« Ce sera toi, généreux Colomb, qui, vers un pôle nou-
« veau, dirigeras tes voiles fortunées; à peine la renommée,
« dont les yeux sans nombre sont ouverts sur tous les cli-
« mats, pourra suivre ton vol; à peine ses mille voix pour-
« ront chanter une partie de tes aventures. Qu'elle célèbre
« Alcide et Bacchus; qu'elle vante leurs fabuleux exploits,
« il suffit, pour ta gloire, qu'elle effleure les tiens; un seul
« mot de tes travaux mérite d'occuper les veilles de l'histo-
« rien et du poète. » (Trad. de LEBRUN.)

A ce nom de Lebrun, qui n'éprouverait un sentiment de
douleur et de regret? Il n'est plus, ce doyen de la littérature
française, cet homme d'état, cet homme de bien, à qui nous
nous plaisions, dans une des notes du second chant, à payer
un si juste tribut de reconnaissance et d'admiration. Sévère
pour lui seul, indulgent pour tout le monde, il encourageait,
il pressait nos travaux : *Je n'ai pas le temps d'attendre*, nous
écrivait-il peu de jours avant sa mort. Illustre écrivain! de
grands titres * ont orné le modeste nom que vous aviez
apporté dans la république des lettres; mais aucun de vos
titres, aucune des dignités dont vous avez été revêtu ne
vous a coûté un remords. Vous avez traversé pur une longue
et orageuse révolution dans laquelle tant de vertus ont fait
naufrage; on a pu dire de vous, au moment où vous quit-
tiez la vie :

Rien ne trouble sa fin; c'est le soir d'un beau jour.

---

* Archi-trésorier, duc de Plaisance.

52. Au centre du nouveau continent, etc.

Le poète désigne ici le Brésil, découvert en 1501 par Alvarès Cabral.

53. La terre des Géants.

Les habitants de ce pays sont connus sous le nom de *Patagons.* Les premiers voyageurs en ont fait des géants.

54. Vous les suivrez, nymphes charmantes; vous serez encore leurs compagnes, quand le soleil aura cessé de luire sur le monde.

Dernière preuve, observe avec raison Duperron de Castéra, que les nymphes de l'île enchantée ne sont que les figures de la gloire et des récompenses qui attendent, même au-delà de la vie, la vertu, le courage et la fidélité.

55. Et pour qui chanterais-je encore? La patrie ne m'entend plus.

Pour bien saisir tout le sens de cet épilogue, il faut savoir que le gouvernement était alors tombé entre les mains de deux hommes ambitieux, les frères *da Camara,* l'un, grand inquisiteur du royaume, et l'autre, confesseur du roi. Leur crédit, vainement attaqué par quelques jeunes favoris sans consistance et sans talent, opprimait à-la-fois tous les ordres de l'État. La nation humiliée, mais contrainte au silence par la terrible inquisition, semblait avoir perdu son antique énergie, sa fierté, et jusqu'au goût des lettres et des arts : car les arts et les lettres ne fleurissent que sous les gouvernements modérés. C'est au milieu de ce silence universel, que Camoens ose élever une voix courageuse, et révéler à son roi les souffrances de la patrie. On ne sait ce qu'on doit admirer le plus dans Camoens ou le génie du poète, ou le caractère de l'homme.

56. Plus heureux qu'Alexandre, tu n'auras point à regretter, comme lui, le chantre d'Achille.

Presque tous les poètes ont parlé d'eux-mêmes avec une sorte d'enthousiasme. *Non omnis moriar*, disait Horace; *Jamque opus exegi*, etc., s'écrie l'auteur des Métamorphoses. Laissons les poètes véritablement inspirés jouir au moins de la conscience de leur talent, et dire avec Ovide :

Est Deus in nobis, agitante calescimus illo.

Laissons-les se dédommager ainsi de l'injustice trop ordinaire de leurs contemporains. Camoens, plus que tout autre, a eu besoin de cette noble consolation. Persécuté pendant sa vie, il n'a pas même encore obtenu dans son pays les honneurs d'un monument. Un jour qu'après avoir cherché inutilement à Lisbonne la modeste pierre placée autrefois sur sa cendre par Gonçalo Coutinho, nous nous plaignions de l'indifférence de la nation portugaise pour celui qu'elle appelle son Virgile et son Homère, un Portugais nous répondit :

Entre les noirs cyprès qui bordent ces tombeaux,
Passant, ne cherche point le guerrier dont la lyre
A chanté de Gama les glorieux travaux.
Pourquoi le demander au ténébreux empire ?
Du Temps inexorable il a trompé la faux;
Et près de Virgile et du Tasse,
Le front ceint de lauriers, vainqueur de ses rivaux,
Il règne au sommet du Parnasse.

FIN DES NOTES DU CHANT DIXIÈME ET DERNIER.

SOMMAIRES

DES CHANTS CONTENUS DANS LE TOME SECOND.

●●●●●●●●●●●

CHANT VII. La flotte portugaise est devant Calicut. Digression du poète. Situation politique de l'Europe au moment de l'arrivée des Portugais en Orient. Description de l'Inde en deçà du Gange. Entrée triomphale de Gama à Calicut. Son entrevue avec le Samorin. Le Catual, ou chef des ministres, visite les Portugais sur leur flotte.

CHANT VIII. Le Catual se fait expliquer les traits de courage et d'héroïsme représentés sur les bannières portugaises. Il retourne à Calicut. Jalousie des Maures du pays, excités encore par Bacchus qui apparaît en songe à un ministre de l'Alcoran. Sacrifices magiques des prêtres de Brama. Terreurs du Samorin. Le Catual est corrompu par les Maures. Situation périlleuse de Gama. Il obtient enfin la liberté de retourner à ses vaisseaux.

CHANT IX. Départ de Gama et de ses guerriers : ils vont porter à Lisbonne la grande nouvelle de la découverte de l'Inde. Vénus a placé sur leur route une île flottante où, par les mains de Téthys et des Néréides, elle leur décerne les honneurs de l'apothéose.

CHANT X. Au milieu d'un festin magnifique donné par Téthys aux enfants de Lusus, un chant prophétique leur annonce les hautes destinées des héros qui les suivront dans les mers orientales. Téthys les conduit ensuite au sommet d'une montagne sacrée d'où ils apperçoivent un globe lumineux représentant le grand édifice du monde. La déesse leur explique les divers mouvements des corps célestes ; et les ramenant sur la terre, leur montre les vastes régions que leur courageuse entreprise vient d'ouvrir à l'ancien Monde. Ils remontent sur leurs vaisseaux, traversent rapidement les mers, et le roi Emmanuel à qui le ciel avait promis la découverte de l'Inde, apprend, par leur retour, que les destins sont accomplis.

FIN DES SOMMAIRES DU TOME SECOND.

JUGEMENTS,

PORTÉS PAR DIVERS AUTEURS

SUR LE POEME

DES LUSIADES.

Nous avions d'abord eu l'idée de réfuter au long une partie des jugements portés sur le poëme des *Lusiades* ; mais, outre que cette réfutation se trouve déjà disséminée dans les notes et que les divers jugements que nous citons se rectifient, quelquefois, les uns par les autres, nous avons cru devoir laisser au lecteur le soin de juger lui-même et les éloges et les critiques : toutes les pièces du procès sont sous ses yeux.

JUGEMENTS

PORTÉS PAR DIVERS AUTEURS

SUR LE POÈME

DES LUSIADES.

~~~~~~

RAPIN.

•◦•◦•◦•◦•◦•

Un des plus grands défauts du discours est l'obscurité : c'est en quoi le Camoens, que les Portugais
appellent leur Virgile, est blâmable; car ses vers
sont si obscurs [1], qu'ils pourraient passer pour des
mystères; et les pensées du Dante sont si profondes, qu'il y a de l'art à les pénétrer. La poésie demande un air plus uni et moins incompréhensible.

(Réflexions sur la poétique, pag. 69 , *édit. in-12.)*

C'est un autre obstacle à ce caractère (celui de
la poésie épique), que d'avoir l'esprit trop vaste,

---

[1]. Il est assez curieux de voir le père Rapin accuser d'obscurité les vers d'un poète étranger qu'il n'entendait pas. Les censeurs de Camoens, les plus outrés, n'ont jamais contesté au
poème des Lusiades le mérite du style.

(Note du Traduct.)

parce qu'on ne fait rien de juste dans ces sortes
d'ouvrages dont la principale perfection est la justesse. Ces esprits, qui embrassent tout, sont sujets
à passer les bornes ; l'étendue de leur génie les mène
au dérèglement : ils ne font rien d'exact, parce-
que leur esprit ne l'est pas : tout ce qu'ils disent et
tout ce qu'ils imaginent est toujours vaste : ils n'ont
ni proportion dans le dessein ni justesse dans la
pensée, ni exactitude dans l'expression. La plupart des modernes sont tombés dans ce défaut, et
surtout les Espagnols, comme Diego Ximénès dans
son poëme du Cid Ruy Diaz de Bivar, et le Camoens
dans la conquête des Indes par les Portugais.

(Ibid., pag. 121.)

Sannazar, dans son poëme des Couches de la
Vierge, a mêlé d'une manière peu judicieuse les
fables du paganisme avec les mystères de notre religion ; aussi bien que le Camoens qui parle sans
discrétion de Vénus, de Bacchus et des autres divinités profanes dans un poëme chrétien.

(pag. 150.)

Le Camoens, qui est le seul poète héroïque du
Portugal, n'a pensé qu'à exprimer l'orgueil de sa
nation en son poëme de la conquête des Indes : car
il est fier et fastueux dans sa composition ; mais il
a peu de discernement et peu de conduite.

(pag. 166.)

ADRIEN BAILLET.

Le Camoens passe dans le monde pour le Martial, l'Ovide, l'Horace et le Virgile des Portugais. Ce qu'il a fait d'épigrammes, d'élégies et d'odes a été imprimé in-4° à Lisbonne. On aurait pu le prendre aussi pour le Plaute du pays, s'il suffit d'avoir fait des comédies pour cela.

Mais nous ne le considérerons ici que comme poète héroïque, et comme le véritable Virgile de sa nation, à cause de son célèbre poëme des Lusiades, ou de la conquête des Indes par les Portugais.

Dussé-je m'ecarter un moment de mon institut, je dirai un mot de la fortune du poëme et de l'état du poète, pour n'être pas toujours insensible au goût de ceux de mes lecteurs qui souhaiteraient que j'en usasse partout de la même manière.

Le Camoens, au sortir du collège, alla porter les armes en Afrique, où, ayant perdu un œil contre les Maures, il quitta la garnison de Ceuta ou Septa, sur le détroit de Gibraltar, où il demeurait, pour s'en aller aux Indes. Ce fut dans ces pays éloignés

qu'il composa la plupart de ses poésies, qui lui va-
lurent la bienveillance de son capitaine, et de quelques-uns des Portugais qui avaient quelque teinture
des belles-lettres. Mais ayant piqué par des vers sa-
tiriques et licencieux quelques officiers qui ne connaissaient pas le privilège des poètes, il fut obligé
de se sauver dans la Chine, jusqu'à ce que ses amis
eussent ménagé sa paix. Comme il revenait à Goa,
il fut surpris d'une tempête qui lui fit faire naufrage
et lui fit perdre tout ce qu'il avait. Il ne perdit
pourtant pas le jugement, et il eut l'esprit assez
présent pour sauver son poëme des Lusiades, en le
tenant de la main gauche, tandis qu'il nageait et
qu'il ramait de la droite, comme on dit qu'avait
fait autrefois Jules-César auprès d'Alexandrie.

Notre Camoens, voulant profiter de sa bonne
fortune, obtint son congé pour revenir en Portugal,
dans le dessein de présenter son poëme au jeune
roi, dom Sébastien. Mais le mérite qu'il avait acquis
en travaillant ainsi pour la gloire de son prince et
de sa nation, ne fut pas capable de le mettre à
couvert des insultes et des mauvais traitements de
la marâtre commune des poètes, je veux dire de la
mauvaise fortune qui le poursuivit jusqu'au tombeau;
et qui, non contente de l'avoir réduit à la besace,
ne lui laissa la jouissance et la possession paisible
de sa réputation qu'après sa mort.

Si cette belle-mère ne l'aimait pas, ce n'était

point tant à cause qu'il était rousseau et borgne, qu'il avait un grand nez arrondi en globe par le bout, le front avancé et voûté, que parce qu'elle ne peut souffrir ceux des poètes qui veulent se distinguer et se tirer de la lie des autres.

En effet, le Camoens avait un génie tout-à-fait extraordinaire, il était né poète; il avait l'esprit vif, sublime, net, abondant, aisé et prompt à tout ce qu'il voulait. Dom Nicol-Antonio, qui nous apprend toutes ces circonstances, dit qu'il réussissait parfaitement dans les matières héroïques et galantes; et que, non-seulement les connaisseurs du pays, mais encore toutes les personnes de bon goût répandues dans le monde, lui ont rendu ce témoignage. Il ajoute que ce poète avait un talent particulier pour faire des descriptions des lieux et des portraits des personnes, et qu'il est si juste et si accompli, que son art égale presque la nature. Ses comparaisons sont riches, ses épisodes fort agréables et fort diversifiés, quoiqu'ils ne détournent pas le lecteur du sujet principal de son poëme. Il témoigne partout beaucoup d'érudition, mais elle n'est pas affectée; et l'on trouve qu'il a le goût des anciens, qui est tout le fruit qu'un poète puisse prétendre de retirer de la connaissance de l'antiquité.

Voici les défauts que le père Rapin a remarqués dans ce poëme des Lusiades. Il dit, dans la première partie de ses réflexions, que tout divin que soit le Camoens, au jugement des Portugais, il ne laisse pas d'être blâmable en ce que ses vers sont si obscurs qu'ils pourraient passer pour des mystères. Et dans la seconde partie, il prétend que le dessein de ce poëme est trop vaste, sans proportion, sans justesse d'expression, et que c'est un très-méchant modèle pour le poëme épique. Il ajoute en d'autres endroits, que ce poëte est fier et fastueux dans sa composition; qu'il n'a point de jugement; qu'il parle sans discrétion de Vénus, de Bacchus et des autres divinités profanes dans un poëme chrétien; et qu'il a même peu de discernement et de conduite pour le reste.

Nonobstant tous ces défauts, il est bon de savoir que le public s'est obstiné à demeurer dans l'estime et dans l'amour qu'il a témoigné pour le poëme des Lusiades. C'est ce qui l'a fait passer très-souvent par la presse des imprimeurs. C'est ce qui l'a fait aussi tourner en plusieurs langues. On le mit en français il y a environ cent ans. Il y en a deux versions italiennes; la première par un anonyme, la seconde par Charles-Antoine Paggi, de Gènes, qui parut à Lisbonne, l'an 1659, dédiée au pape Alexandre VII. Il y en a eu quatre traductions espagnoles, c'est-à-dire du Portugais en Castillan; la première, de Benitez Caldera; la deuxième, de Louis Gomez de Tapia, qui y ajouta des notes et des observations. La troisième, d'Henry Garcez; mais Dom Nicol-Antonio

ne nous apprend pas le nom du quatrième traducteur. Enfin, il a été mis en latin par un carme
nommé Thomas de Faria, évêque de Targa en Afrique, lequel, ayant caché son nom et n'ayant pas dit
que c'était une version, a donné lieu à quelques-uns
de croire que l'original des Lusiades avait été composé en latin.

Entre ceux qui ont fait des commentaires sur ce
poëme, outre ce Gomez de Tapia, dont nous avons
parlé, l'on compte Emmanuel Correa, Pierre Mariz,
Louis Sylva de Brito : mais le plus considérable est
sans doute Emmanuel Faria e Souza, dont les commentaires, en langue castillane, furent imprimés à
Madrid, l'an 1639, en deux volumes in - folio, qui
ne laissent pas d'être savants, dit - on, quoiqu'ils
soient un peu gros; avec un autre volume in-folio,
imprimé l'année suivante dans la même ville pour
défendre ces commentaires; sans parler de huit
autres volumes d'observations que le même Faria e
Souza fit sur les poésies diverses du Camoens.

(*Jugements des Savants*, tom. 4.)

VOLTAIRE.

Tandis que le Trissin, en Italie, suivait d'un pas timide et faible les traces des anciens, le *Camouens*, en Portugal, ouvrait une carrière toute nouvelle, et s'acquérait une réputation qui dure encore parmi ses compatriotes, qui l'appellent le Virgile portugais.

Camouens, d'une ancienne famille portugaise, naquit en Espagne dans les dernières années du règne célèbre de Ferdinand et d'Isabelle, tandis que Jean II régnait en Portugal. Après la mort de Jean, il vint à la cour de Lisbonne, la première année du règne d'Emmanuel-le-Grand, héritier du trône et des grands desseins du roi Jean [1]. C'étaient alors les

---

1. Cet alinéa contient autant d'erreurs que de lignes. La reine Isabelle, selon tous les historiens espagnols, mourut le 25 novembre 1504 ; et son mari, Ferdinand, le 23 janvier 1516. Le roi de Portugal, Jean II, était mort dès l'année 1495. Or, Camoens naquit en 1525. Il n'a pu venir non plus à la cour de Lisbonne, la première année du règne d'Emmanuel, ce prince

beaux jours du Portugal, et le temps marqué pour
la gloire de cette nation.

Emmanuel, déterminé à suivre le projet qui avait
échoué tant de fois, de s'ouvrir une route aux Indes
orientales, par l'Océan, fit partir, en 1497, Vasco
de Gama avec une flotte pour cette fameuse entreprise, qui était regardée comme téméraire et im-
praticable, parce qu'elle était nouvelle. Gama, et
ceux qui eurent la hardiesse de s'embarquer avec
lui, passèrent pour des insensés qui se sacrifiaient
de gaîté de cœur. Ce n'était qu'un cri dans la ville
contre le roi : tout Lisbonne vit partir, avec indignation et avec larmes, ces aventuriers, et les pleura
comme morts. Cependant l'entreprise réussit, et fut
le premier fondement du commerce que l'Europe fait
aujourd'hui avec les Indes par l'Océan.

Camouens n'accompagna point Vasco de Gama
dans son expédition, comme je l'avais dit dans mes

---

ayant cessé de régner et de vivre en 1521. Et quant au lieu de
naissance de Camoens, les auteurs portugais qui se sont occupés
de sa personne, ont balancé entre Santarem, Lisbonne et Coïmbre : aucun d'eux ne le fait naître en Espagne. Nous n'attachons
pas à quelques erreurs de dates ou de faits plus d'importance
qu'il ne faut ; mais il est permis de penser que la même légèreté
que l'on remarque dans la partie historique du jugement porté
par M. de Voltaire sur Camoens, a pu dicter certains passages
de la partie littéraire. (*Note du Traducteur.*)

editions précédentes; il n'alla aux grandes Indes
que long-temps après. Un désir vague de voyager
et de faire fortune, l'éclat que faisaient à Lisbonne
ses galanteries indiscrètes, ses mécontentements de
la cour, et surtout cette curiosité assez inséparable
d'une grande imagination, l'arrachèrent à sa patrie.
Il servit d'abord volontaire sur un vaisseau, et il
perdit un œil dans un combat de mer. Les Portugais avaient déjà un vice-roi dans les Indes. *Camouens* étant à Goa, en fut exilé par le vice-roi.
Être exilé d'un lieu qui pouvait être regardé lui-
même comme un exil cruel, c'était un de ces malheurs singuliers que la destinée réservait à *Camouens*.

Il languit quelques années dans un coin de terre
barbare sur les frontières de la Chine, où les Portugais avaient un petit comptoir, et où ils commençaient à bâtir la ville de Macao. Ce fut là qu'il
composa son poëme de la découverte des Indes,
qu'il intitula Lusiade; titre qui a peu de rapport
au sujet, et qui, à proprement parler, signifie la
Portugade.

Il obtint un petit emploi à Macao même, et delà
retournant à Goa, il fit naufrage sur les côtes de la
Chine, et se sauva, dit-on, en nageant d'une main,
et tenant de l'autre son poëme, seul bien qui lui
restât. De retour à Goa, il fut mis en prison; il n'en
sortit que pour essuyer un plus grand malheur, celui de suivre en Afrique un petit gouverneur arro-

gant et avare : il éprouva toute l'humiliation d'en
être protégé. Enfin il revint à Lisbonne avec son
poëme pour toute ressource. Il obtint une petite
pension d'environ huit cents livres de notre monnaie d'aujourd'hui ; mais on cessa bientôt de la lui
payer. Il n'eut d'autre retraite et d'autre secours
qu'un hôpital. Ce fut là qu'il passa le reste de sa
vie et qu'il mourut dans un abandon général. A
peine fut-il mort, qu'on s'empressa de lui faire des
épitaphes honorables, et de le mettre au rang des
grands hommes. Quelques villes se disputèrent l'honneur de lui avoir donné la naissance. Ainsi il éprouva
en tout le sort d'Homère. Il voyagea comme lui ; il
vécut et mourut pauvre, et n'eut de réputation
qu'après sa mort. Tant d'exemples doivent apprendre aux hommes de génie que ce n'est point par le
génie qu'on fait sa fortune et qu'on vit heureux.

Le sujet de la Lusiade, traité par un esprit aussi
vif que le *Camouens*, ne pouvait que produire une
nouvelle espèce d'épopée. Le fond de son poëme
n'est ni une guerre, ni une querelle de héros, ni
le monde en armes pour une femme ; c'est un nouveau pays découvert à l'aide de la navigation.

Voici comme il débute : « Je chante ces hommes
« au-dessus du vulgaire qui, des rives occidentales
« de la Lusitanie, portés sur des mers qui n'avaient
« point encore vu de vaisseaux, allèrent étonner la
« Taprobane de leur audace ; eux dont le courage

« patient à souffrir des travaux au - delà des forces
« humaines, établit un nouvel empire sous un ciel
« inconnu et sous d'autres étoiles. Qu'on ne vante
« plus les voyages du fameux Troyen qui porta ses
« dieux en Italie ; ni ceux du sage Grec qui revit
« Ithaque après vingt ans d'absence ; ni ceux d'A-
« lexandre, cet impétueux conquérant. Disparaissez,
« drapeaux que Trajan déployait sur les frontières
« de l'Inde : voici un homme à qui Neptune a aban-
« donné son trident : voici des travaux qui surpas-
« sent tous les vôtres. Et vous, nymphes du Tage,
« si jamais vous m'avez inspiré des sons doux et
« touchants, si j'ai chanté les rives de votre aimable
« fleuve ; donnez-moi aujourd'hui des accents fiers
« et hardis ; qu'ils aient la force et la clarté de vo-
« tre cours ; qu'ils soient purs comme vos ondes, et
« que désormais le dieu des vers préfère vos eaux à
« celles de la fontaine sacrée. »

Le poète conduit la flotte portugaise à l'embouchure du Gange [1] ; il décrit en passant les côtes oc-

---

1. Tout annonce que M. de Voltaire avait lu bien superficiel-
lement le poëme des Lusiades. Dans la première édition de son
Essai sur la poésie épique, il faisait de Camoens, qu'il appelle
toujours *Camouens*, un des compagnons de Vasco de Gama
qu'il appelait *Velasco*. Dans l'édition *corrigée* de cet *Essai*, il
fait arriver la flotte portugaise à l'embouchure du Gange. Dans
quel endroit des Lusiades a-t-il vu cela ? (*Note du Traducteur.*)

cidentales, le midi et l'orient de l'Afrique, et les différents peuples qui vivent sur cette côte ; il entremêle avec art l'histoire du Portugal. On voit dans le troisième chant la mort de la célèbre Inez de Castro, épouse du roi, dom Pedro, dont l'aventure déguisée a été jouée depuis peu sur le théâtre de Paris. C'est, à mon gré, le plus beau morceau du *Camouens;* il y a peu d'endroits dans Virgile plùs attendrissants et mieux écrits. La simplicité du poëme est rehaussée par des fictions aussi neuves que le sujet. En voici une qui, je l'ose dire, doit réussir dans tous les temps et chez toutes les nations.

Lorsque la flotte est prête à doubler le cap de Bonne-Espérance, appelé alors le promontoire des Tempêtes, on aperçoit tout à coup un formidable objet. C'est un fantôme qui s'élève du fond de la mer ; sa tête touche aux nues, les tempêtes, les vents, les tonnerres sont autour de lui [1]; ses bras s'étendent au loin sur la surface des eaux ; ce monstre, ou ce dieu, est le gardien de cet Océan dont aucun vaisseau n'avait encore fendu les flots ; il menace la flotte, il se plaint de l'audace des Portugais qui viennent lui disputer l'empire de ces mers; il leur annonce toutes les calamités qu'ils

---

1. Il n'y a, dans l'apparition d'Adamastor, ni tempêtes, ni vents, ni tonnerres. (Voir la note 24e du 5e chant.)

doivent essuyer dans leur entreprise. Cela est grand en tout pays sans doute.

Voici une autre fiction qui fut extrêmement du goût des Portugais, et qui me paraît conforme au génie Italien ; c'est une île enchantée qui sort de la mer pour le rafraîchissement de Gama et de sa flotte. Cette île a servi, dit-on, de modèle à l'île d'Armide, décrite quelques années après par le Tasse. C'est là que Vénus, aidée des conseils du père Éternel, et secondée en même temps des flèches de Cupidon, rend les Néréides amoureuses des Portugais. Les plaisirs les plus lascifs y sont peints sans ménagement, chaque Portugais embrasse une Néréide ; Téthys obtient Vasco de Gama pour son partage. Cette déesse le transporte sur une haute montagne, qui est l'endroit le plus délicieux de l'île, et de là lui montre tous les royaumes de la terre et lui prédit les destinées du Portugal.

Camouens, après s'être abandonné sans réserve à la description voluptueuse de cette île, et des plaisirs où les Portugais sont plongés, s'avise d'informer le lecteur que toute cette fiction ne signifie autre chose que le plaisir qu'un honnête homme sent à faire son devoir. Mais il faut avouer qu'une île enchantée, dont Vénus est la déesse, et où des nymphes caressent des matelots après un voyage de long cours, ressemble plus à un musico d'Amsterdam qu'à quelque chose d'honnête. J'apprends qu'un traducteur du *Camouens* prétend que dans ce poëme Vénus signifie la Sainte-Vierge, et que Mars est évidemment Jésus-Christ. A la bonne heure ; je ne m'y oppose pas ; mais j'avoue que je ne m'en serais pas aperçu. Cette allégorie nouvelle rendra raison de tout ; on ne sera plus tant surpris que Gama, dans une tempête, adresse ses prières à Jésus-Christ[1], et que ce soit Vénus qui vienne à son secours. Bacchus et la vierge Marie se trouvent tout naturellement ensemble.

Le principal but des Portugais, après l'établissement de leur commerce, est la propagation de la foi, et Vénus se charge du succès de l'entreprise. A parler sérieusement, un merveilleux si absurde défigure tout l'ouvrage aux yeux des lecteurs sensés. Il semble que ce grand défaut eût dû faire tomber ce poëme ; mais la poésie du style et l'imagination dans l'expression l'ont soutenu ; de même que les beautés de l'exécution ont placé Paul Véronèse parmi les grands peintres, quoiqu'il ait placé des pères bénédictins et des soldats suisses dans des sujets de l'ancien Testament.

Le *Camouens* tombe presque toujours dans de telles disparates. Je me souviens que Vasco, après avoir raconté ses aventures au roi de Mélinde, lui dit :

---

1. Voir la note 9ᵉ du 2ᵉ chant.

« *O roi, jugez si Ulysse et Énée ont voyagé aussi loin que moi, et couru autant de périls;* comme si un barbare africain des côtes de Zanguebar savait son Homère et son Virgile. Mais de tous les défauts de ce poëme, le plus grand est le peu de liaison qui règne dans toutes ses parties; il ressemble au voyage dont il est le sujet. Les aventures se succèdent les unes aux autres, et le poète n'a d'autre art que celui de bien conter les détails : mais cet art seul, par le plaisir qu'il donne, tient quelquefois lieu de tous les autres. Tout cela prouve enfin que l'ouvrage est plein de grandes beautés, puisque, depuis deux cents ans, il fait les délices d'une nation spirituelle qui doit en connaître les fautes.

(Essai sur la Poésie épique.)

LA HARPE.

C'ÉTAIT sans doute un beau sujet de poëme que l'expédition de Gama, quoiqu'il fût moins heureux que celui de la découverte de l'Amérique, qui offrait des scènes plus nouvelles, et un champ plus vaste à la fiction : cependant les Indes, jusqu'alors inconnues aux peuples de l'Europe, et les dangers d'une navigation dont il n'y avait point d'exemple, et à laquelle rien ne pouvait être comparé, semblaient devoir élever assez l'ame et l'imagination du poète pour le soutenir dans la longue carrière de l'épopée. Mais Camoens est bien loin de la remplir; il n'y a dans son poëme ni action ni caractère, et par conséquent point d'intérêt. C'est toute l'histoire du Portugal amenée en épisodes qui se succèdent ennuyeusement, et qui souvent sont mal fondés. Il n'y a ni d'assez grands dangers, ni des situations assez attachantes, ni des personnages assez héroïques pour former la fable d'un poëme. Il manque de l'imagination qui invente [1], mais il a

---

1. L'auteur du songe d'Emmanuel et de la fiction d'Adamastor manque de l'imagination qui invente! (*Note du Traducteur.*)

l'imagination qui peint; et c'est par là qu'il est poëte.
Son style est orné d'images et animé d'une éloquence naturelle, fort éloignée de la déclamation
espagnole et de l'afféterie italienne. Quelques morceaux frappants épars dans la Lusiade, tels que
l'apparition du génie de l'Océan près du cap de
Bonne-Espérance; et l'épisode d'Inez surtout; des
détails heureux, semés dans tous les chants de son
poëme : voilà ses titres dans la postérité, voilà les
beautés qui ont fait vivre son ouvrage. J'avoue que
je préfère ce seul morceau d'Inez à tout ce qu'on
peut admirer dans le Paradis perdu de Milton, qui,
à quelques endroits près, me paraît un ouvrage
extravagant et digne d'un siècle de barbarie.

Un défaut bien palpable de la Lusiade, c'est que
le poëme est fini au septième chant, quand Gama
est arrivé à Calicut; et cette faute n'est pas réparée
à beaucoup près par les récits historiques qui remplissent les derniers livres.

(Notice sur Camoens.)

On a censuré, avec raison, l'emploi des divinités
du paganisme dans un poëme dont le sujet, comme
l'auteur l'annonce lui-même dans son exorde, est
principalement le triomphe et l'établissement de la
religion chrétienne dans des contrées idolâtres. Il
est étrange sans doute de voir Bacchus et Mars
disputer devant Jupiter, pour savoir si un capi-

taine chrétien ira porter la foi de Jésus-Christ aux sectateurs de Mahomet et aux adorateurs de Brama. Il est encore plus étonnant qu'un traducteur de Camoens (Duperron de Castéra) ait voulu justifier cette absurdité monstrueuse. Le Tasse, à qui on a reproché sa magie, a été beaucoup plus conséquent. Il arme les démons contre les anges, et ces agents secondaires sont reçus dans la foi chrétienne. Le magicien Ismen et l'enchanteresse Armide n'avaient rien qui répugnât aux notions religieuses du seizième siècle. Tout ce qu'on peut dire sur cette faute de Camoens, c'est qu'il est bien difficile de se passer de fiction dans un poëme. Il a senti cette difficulté, mais il ne s'en est pas tiré heureusement. Le Tasse et M. de Voltaire ont substitué aux fables anciennes, l'un les sortilèges et la magie, dont il a peut-être abusé ; l'autre des êtres allégoriques, tels que la Discorde, le Fanatisme, etc., dont l'action n'est peut-être pas assez forte ni assez variée. Mais, quoi qu'il en soit, ces fictions sont fort supérieures aux imitations maladroites des fables d'Homère et de Virgile, qu'on trouve dans Camoens.

(*Notes sur le chant premier.*)

Le commencement du huitième chant est une imitation du bouclier d'Énée que Vénus fait forger par Vulcain, et qui devient, sous le pinceau de Virgile, un tableau prophétique de la grandeur de

Rome. Mais cette imitation n'est pas heureuse. On
sent, en lisant le poète latin, combien il y a d'intérêt
et d'art à présenter à Énée, par les mains d'une
déesse, et sur une armure divine, l'histoire de ses
descendants. Énée doit dévorer avidement ces peintures brillantes de la gloire de ses neveux, et il
existe un rapport heureux et nécessaire entre les
merveilles qu'on représente et le personnage qui les
regarde. Toutes ces convenances sont manquées par
le poète portugais. Tous ces secrets de l'art lui
échappent. Il suit toujours le projet de faire entrer
dans son poëme toute l'histoire de son pays, et ce
projet avait ses avantages. Mais il y a bien peu d'a-
dresse à placer sur des tapis et sur des bannières
de vaisseaux une foule d'évènements historiques qui
ne doivent pas exciter beaucoup la curiosité d'un
Malabare. Ce moyen n'est ni noble ni vraisemblable.
Il n'est pas naturel qu'un Indien écoute avec tant
d'empressement les exploits de trente héros portugais qui doivent lui être très-indifférents, ni qu'il
s'embarrasse beaucoup de toutes ces représentations
de combats qui n'ont rien que de fort ordinaire,
et qui ne doivent pas attirer son attention. C'est là
le cas de dire avec Horace :

Unus et alter

Assuitur pannus.

Si Camoens est loin de Virgile dans le plan de

cet épisode, il ne lui est pas moins inférieur dans l'exécution. Virgile saisit les principaux traits de l'histoire romaine, et chaque coup de pinceau est de la main d'un maître. Il a senti que l'ouvrage d'un dieu ne devait offrir rien que de grand et de sublime. Au contraire, l'explication des figures que le poète met dans la bouche de Paul de Gama, n'est qu'un narré fort prolixe de choses qu'il a déja dites, du moins en partie, et dans lequel rien ne frappe, n'émeut ni n'étonne le lecteur. Cet épisode ainsi exécuté ne fait que ralentir le poëme, et n'ajoute rien, ni à l'intérêt de l'action, ni à la grandeur des personnages. Il est bien vrai que le bouclier d'Énée n'est lui-même qu'une imitation du bouclier d'Achille. Mais quelle différence! Virgile est en cet endroit au-dessus d'Homère, presque autant que Camoens est au-dessous de Virgile.

(Extrait des notes sur le chant huitième.)

On prétend que l'île d'Anchédive, pays fertile et délicieux où relachèrent les Portugais en revenant des Indes, a fourni au poète l'idée de son île fabuleuse et allégorique. Cet épisode ne tient en rien à l'action du poëme qui est finie quand l'Inde est découverte, et il ne produit rien que de nouvelles prédictions qui remplissent tout le dixième chant, quoiqu'il y en ait déja trop dans le cours du poëme.

(Extrait des notes sur le chant neuvième.)

2   17

Le Portugal pouvait se glorifier d'avoir donné à l'épopée un poète de plus, Camoens, qui eut à la vérité fort peu d'invention [1], mais qui, dans plus d'un endroit de sa Lusiade, retraça l'élévation d'Homère, et, dans l'épisode d'Inez, l'expression touchante de Virgile. Son poëme, trop au-dessous de son sujet, qui était grand, trop défectueux dans le plan, qui est à peu près historique, se recommandait surtout par l'espèce de beauté qui contribue le plus à faire vivre les ouvrages de poésie, celle du style.

(Cours de littérature.)

---

[1]   Peintre d'Adamastor, honneur sacré du Tage!
 Une riche palette est ton brillant partage:
 La noble *invention* vint broyer tes couleurs,
 Et pour la tendre Inez y mêla quelques pleurs.
                              (Millevoye, Invention poétique.)

L'ABBÉ DELILLE.

Tous les poètes épiques ont cru devoir consacrer un de leurs chants à l'amour [1]. Le Camoens fait aussi débarquer les Portugais dans une île, où les Néréides, enflammées par Vénus et Cupidon, de concert avec le Père éternel, s'efforcent de les retenir. Indépendamment du mélange monstrueux des divinités du paganisme avec la religion chrétienne, cet épisode est écrit avec si peu de ménagement que l'île enchantée de la Lusiade ressemble beaucoup plus à un lieu de débauche qu'au séjour des dieux. Ce serait outrager Virgile, que de lui comparer de pareilles productions.

(Extrait des notes sur le 4e chant de l'Énéide.)

1. Camoens n'a consacré aucun de ses chants à l'amour. Le neuvième n'est qu'un jeu brillant de son imagination, une espèce d'apothéose que Vénus, née du sein de l'onde, décerne aux vainqueurs des flots, par la main de Téthys et des Néréides.

(Note du Traducteur.)

WILLIAM MICKLE,

AUTEUR D'UNE TRADUCTION DES LUSIADES EN VERS ANGLAIS.

Tous les tableaux que présente l'île de Vénus, rappellent les formes pures de la Vénus de Médicis. Les descriptions sont vives et animées, mais chastes comme les premières amours d'Adam et Ève dans Milton; et entièrement dégagées de ces expressions plus que hardies que l'on trouve souvent dans le Dante, l'Arioste, Spenser et Milton lui-même. « Every « thing in the island of love resembles the statue of « Venus de Medicis. The description is warm indeed, « but is it chaste as the first loves of Adam and Eve « in Milton; and entirely free from that grossness « often to be found in Dante, Ariosto, Spenser, and « in Milton him self. »

(Dissertation on the Lusiad.)

M. DE CHATEAUBRIAND.

C'ÉTAIT encore un bien riche sujet d'épopée que
celui de la Lusiade. On a de la peine à concevoir
comment un homme du génie de Camoens n'en a
pas su tirer un plus grand parti. Mais enfin, il faut
se rappeler qu'il fut le premier épique moderne,
qu'il vivait dans un siècle barbare, qu'il y a des
choses touchantes [1] et quelquefois sublimes dans les
details de son poëme, et qu'après tout, le chantre
du Tage fut le plus infortuné des mortels. C'est un
sophisme digne de la dureté de notre siècle, d'avoir

---

1. Néanmoins nous différons encore ici des autres critiques;
l'épisode d'Inez nous semble pur, touchant, mais généralement
trop loué, et bien loin d'avoir les développements dont il était
susceptible. (*Note de M. de Châteaubriand.*)

Bien que, selon nous, M. de Châteaubriand ne rende pas complètement justice à Camoens, nous sommes ici parfaitement de
son avis. Voltaire avait vanté beaucoup l'épisode d'Inez, et
censuré le poëme : la plupart des gens de letres du siècle dernier, fidèles échos de Voltaire, ont censuré le poëme et vanté
l'épisode. (*Note du Traducteur.*)

avancé que les bons ouvrages se font dans le malheur : il n'est pas vrai que l'on puisse bien écrire
quand on souffre. Tous ces hommes inspirés qui se
consacrent au culte des muses, se laissent plus vite
submerger à la douleur que les esprits vulgaires.
Un génie puissant use bientôt le corps qui le renferme; les grandes ames, comme les grands fleuves,
sont sujettes à dévaster leurs rivages.

Le mélange que Camoens a fait de la fable et du
christianisme nous dispense de parler du *merveilleux* de son poëme [1].

(Génie du Christianisme.)

---

1. A part le *merveilleux*, peu d'auteurs venaient autant que
Camoens à l'appui de l'idée qui domine dans le grand ouvrage
de M. de Châteaubriand. La magnifique profession de foi de
Gama devant les Maures de Mozambique, au Ier chant ; la
pieuse et touchante cérémonie qui accompagne son départ de
Lisbonne, au 4e; l'admirable début du 7e, le récit épisodique
du martyre de saint Thomas, au 10e; enfin, le caractère de
Gama, aussi noble, aussi religieux que celui de Godefroy dans
la *Jérusalem délivrée*, pouvaient fournir, ce nous semble, un
beau chapitre de plus au *Génie du christianisme.*

(Note du Traducteur.)

Mme DE STAEL.

Louis Camoens, le plus célèbre des poètes portugais, naquit à Lisbonne en 1517. Son père était
d'une famille noble, et sa mère de l'illustre maison
de Sà. Il fit ses études à Coïmbre. Les hommes qui
dirigeaient l'éducation dans cette ville n'estimaient,
en littérature, que l'imitation des anciens. Le génie
de Camoens était inspiré par l'histoire de son pays
et par les mœurs de son siècle; ses poésies lyriques
surtout, appartiennent, comme les œuvres du Dante,
de Pétrarque, de l'Arioste et du Tasse, à la littérature renouvelée par le christianisme, et à l'esprit
chevaleresque, plutôt qu'à la littérature purement
classique : c'est pourquoi les partisans de cette dernière, très-nombreux du temps de Camoens, n'ap-
plaudirent point à ses premiers pas dans la carrière.
Après avoir fini ses études, il revint à Lisbonne ;
Catherine d'Ataïde, dame du palais, lui inspira
l'amour le plus vif. Les passions ardentes sont souvent réunies aux grands talents naturels. La vie de
Camoens fut tour-à-tour consumée par ses sentiments
et par son génie. Il fut exilé à Santarem, à cause

des querelles que lui attira son attachement pour Catherine. Là, dans sa retraite, il composa des poésies détachées qui exprimaient l'état de son ame, et l'on peut suivre le cours de son histoire par les différents genres d'impressions qui se peignent dans ses écrits. Désespéré de sa situation, il se fit soldat, et servit dans la flotte que les Portugais envoyèrent contre les habitants de Maroc. Il composait des vers au milieu des batailles, et, tour-à-tour, les périls de la guerre animaient sa verve poétique, et la verve poétique exaltait son courage militaire. Il perdit l'œil droit d'un coup de fusil devant Ceuta. De retour à Lisbonne, il espérait au moins que ses blessures seraient recompensées, si son talent était méconnu; mais, quoiqu'il eût de doubles titres à la faveur de son gouverenement, il rencontra de grands obstacles. Les envieux ont souvent l'art de détruire un mérite par l'autre, au lieu de les relever tous deux d'un mutuel éclat. Camoens, justement indigné de l'oubli dans lequel on le laissait, s'embarqua pour les Indes en 1553, et dit, comme Scipion, adieu à sa patrie, en protestant que ses cendres même n'y seraient pas déposées. Il arriva dans l'Inde, à Goa, l'un des établissements les plus célèbres des Portugais. Son imagination fut frappée par les exploits de ses compatriotes dans cette antique partie du monde, et, bien qu'il eût à se plaindre d'eux, il se plut à consacrer leur gloire

dans un poëme épique. Mais la même vivacité d'i-
magination qui fait les grands poètes, rend très-dif-
ficiles les ménagements qu'exige une position dé-
pendante. Camoens fut révolté par les abus qui se
commettaient dans l'administration des affaires de
l'Inde, et il composa sur ce sujet une satire dont
le vice-roi de Goa fut si indigné, qu'il l'exila à Macao.
C'est là qu'il vécut plusieurs années, n'ayant pour
toute société qu'un ciel plus magnifique encore que
celui de sa patrie, et ce bel Orient, justement appelé le berceau du monde. Il y composa sa Lusiade,
et peut-être, dans une situation aussi singulière,
ce poëme devrait-il être d'une conception plus hardie. L'expédition de Vasco de Gama dans les Indes,
l'intrépidité de cette navigation, qui n'avait jamais
été tentée jusqu'alors, est le sujet de cet ouvrage; ce
qu'on en connaît le plus généralement, c'est l'épisode
d'Inez de Castro et l'apparition d'Adamastor, ce
génie des tempêtes qui veut arrêter Gama lorsqu'il
est près de doubler le cap de Bonne-Espérance. Le
reste du poëme est soutenu par l'art avec lequel
Camoens a su mêler les faits de l'histoire portugaise
à la splendeur de la poésie, et la dévotion chrétienne
aux fables du paganisme. On lui a fait un tort de
cette alliance; mais il ne nous semble pas qu'elle
produise dans sa Lusiade une impression discordante;
on y sent très-bien que le christianisme est la réalité
de la vie, et le paganisme la parure des fêtes; et

l'on trouve une sorte de délicatesse à ne pas se servir de ce qui est saint pour les jeux du génie même.
Camoens avait, d'ailleurs, des motifs ingénieux
pour introduire la mythologie dans son poëme. Il
se plaisait à rappeler l'origine romaine des Portugais, et Mars et Vénus étaient considérés non-seulement comme les divinités tutélaires des Romains,
mais aussi comme leurs ancêtres. La fable attribuant
à Bacchus la première conquête de l'Inde, il était
naturel de le représenter comme jaloux de la gloire
des Portugais ; néanmoins cet emploi de la mythologie, et quelques autres imitations des ouvrages
classiques, nuisent, ce me semble, à l'originalité
des tableaux qu'on s'attend à trouver dans un poëme
où l'Inde et l'Afrique sont décrites par celui qui les
a lui-même parcourues. Un Portugais devrait être
moins frappé que nous des beautés de la nature du
Midi ; mais il y a quelque chose de si merveilleux
dans les désordres comme dans les beautés des antiques parties du monde, qu'on en cherche avec
avidité les détails et les bizarreries, et-peut-être
Camoens s'est-il trop conformé, dans ses descriptions, à la théorie reçue des beaux-arts. La versification de la Lusiade a tant de charme et de pompe
dans la langue originale, que non-seulement les
Portugais d'un esprit distingué, mais les gens du
peuple eux-mêmes en savent par cœur plusieurs
stances, et les chantent avec délices. L'unité d'in-

térêt de ce poëme consiste surtout dans le sentiment
patriotique qui l'anime en entier. La gloire nationale
des Portugais y reparaît sous toutes les formes que
l'imagination peut lui donner. Il est donc naturel
que les compatriotes du Camoens l'admirent encore
plus que les étrangers. Les épisodes ravissants dont
la *Jérusalem* est ornée lui assurent un succès universel, et quand il serait vrai, comme l'ont prétendu
quelques critiques Allemands, qu'il y ait dans la
Lusiade une couleur historique plus forte et plus
vraie que dans le Tasse, les fictions du poète italien
rendront toujours sa réputation plus éclatante et
plus populaire.

Camoens fut enfin rappelé de son exil à l'extrémité du monde; en revenant à Goa, il fit naufrage
à l'embouchure de la rivière Mécon, en Cochinchine, et se sauva à la nage, en tenant à la main
hors de l'eau les feuilles de son poëme, seul trésor
qu'il dérobait à la mer, et dont il prenait plus de
soin que de sa propre vie. Cette conscience de son
talent est une belle chose, quand la postérité la con-
firme : autant la vanité sans fondement est misérable,
autant est noble le sentiment qui vous garantit ce
que vous êtes, malgré les efforts qu'on fait pour
vous accabler. En débarquant sur le rivage, il com-
menta, dans une de ses poésies lyriques, le fameux
psaume des filles de Sion en exil (*Super flumina*
Babylonis). Camoens se croyait déja de retour dans

son pays natal, lorsqu'il touchait le sol de l'Inde où
les Portugais étaient établis; c'est ainsi que la patrie
se compose des concitoyens, de la langue, de tout
ce qui rappelle les lieux où nous retrouvons les souvenirs de notre enfance. Les habitants du Midi
tiennent aux objets extérieurs, ceux du Nord aux
habitudes; mais tous les hommes, et surtout les
poètes bannis de la contrée qui les a vu naître, sus-
pendent, comme les filles de Sion, leurs lyres aux
saules de deuil qui bordent les rives étrangères.
Camoens, de retour à Goa, y fut persécuté par un
nouveau vice-roi, et retenu en prison pour dettes;
cependant quelques amis s'étant engagés pour lui,
il put s'embarquer et revenir à Lisbonne en 1569,
seize ans après avoir quitté l'Europe. Le roi Sébastien, à peine sorti de l'enfance, prit intérêt à Camoëns. Il accepta la dédicace de son poëme épique,
et, prêt à commencer son expédition contre les
Maures en Afrique, il sentit mieux qu'un autre le
génie de ce poète, qui aimait, comme lui, les périls,
quand ils pouvaient conduire à la gloire. Mais on
eût dit que la fatalité, qui poursuivait Camoens,
renversait même sa patrie pour l'écraser sous de
plus vastes ruines. Le roi Sebastien fut tué devant
Maroc, à la bataille d'Alcacer, en 1578. La famille
royale s'éteignit avec lui, et le Portugal perdit son
indépendance. Alors toutes ressources, comme toute
espérance, furent perdues pour Camoens. Sa pauvreté

était telle, que pendant la nuit, un esclave qu'il avait ramené de l'Inde, mendiait dans les rues pour fournir à sa subsistance. Dans cet état, il composa encore des chants lyriques, et les plus belles de ses pièces de vers détachées contiennent des complaintes sur ses misères. Quel génie que celui qui peut puiser une inspiration nouvelle dans les souffrances mêmes qui devraient faire disparaître toutes les couleurs de la poésie! Enfin le héros de la littérature portugaise, le seul dont la gloire soit à la fois nationale et européenne, périt à l'hopital, en 1579, dans la soixante-deuxième année de son âge[1].

(Extrait de la Biographie de Michaud.)

---

1. Camoens n'avait à sa mort que 54 ans. Il était né en 1525. Madame de Stael a été trompée, comme la plupart des biographes français, par Manoel Correa qui le fait naître en 1517.

(Note du Traducteur.)

M. LEMERCIER,

DE L'ACADÉMIE FRANÇAISE.

Avant que le retentissement des croisades eût fait éclore la *Jérusalem délivrée* d'un cerveau tout poétique, l'essor du commerce et ses découvertes sur des mers et des terres lointaines avaient inspiré le chantre des argonautes de la Lusitanie. Le Jason du Tage, moins brillant que le Jason d'Iolcos, agit moins qu'il ne raconte, et l'on s'étonne qu'étant né sous l'empire du christianisme, ce héros historique marche favorisé de la fabuleuse Cypris; que Cupidon et les Néréides tentent de le séduire, et que Bacchus, irrité de son entreprise et jaloux de lui fermer l'Asie, conjure sa perte dans l'Inde orientale. Cette étrange conception signale le danger de la servile imitation des meilleurs modèles anciens, lorsqu'on traite les sujets modernes; elle dénote que la littérature portugaise n'était encore qu'à sa naissance au moment où parut la Lusiade; elle accuse le goût peu formé de son auteur, qui, sans égaler la beauté virgilienne et l'heureuse régularité du plan et des justes fictions qui soutiennent l'*Argonautique* de Valerius Flaccus, se laissa partout entraîner à l'usage de ces moyens antiques, déplacés dans un fait récent. Peignant quelquefois des lieux et des mœurs de convention poétique, il ne caractérise pas assez les habitudes de ses navigateurs, et ne détermine pas nettement leurs aventures dans les contrées qu'ils parcourent : néanmoins, soutenu par de touchants épisodes, riche de détails fournis par une érudition maniée avec art, plein de nobles sentences, et enflammé par les véritables sentiments de la gloire et des vertus, il respire dans sa haute poésie l'esprit industrieux, ardent, fier et guerrier de sa nation. Son style, partout clair, concis et coulant, s'élève à une extraordiniare sublimité toutes les fois qu'il exprime le constant amour de l'auteur pour la patrie. On put douter, avant de posséder uue vie exacte de cet illustre chantre des expéditions de Vasco de Gama, qu'étant près d'être englouti dans la mer par un orage, il sauva son poëme, qu'il tint au-dessus des flots en nageant; mais on ne doutera pas que, dans sa belle et originale fiction du *Cap des tempétes*, le géant Adamastor, qu'il créa, n'ait, malgré les défauts qui opposaient tant d'écueils à sa réputation, ravi sa Lusiade au naufrage de l'oubli.

(Introduction au Cours de littérature.)

Un traité d'enseignement ne peut être utile qu'autant que les applications des axiômes didactiques y sont rigoureusement faites : tout démonstrateur est contraint, en comparant les ouvrages, à une sévérité plus grande que celle de la multitude qui les juge, et s'il tend au progès de l'instruction, il doit, fidèle aux règles de l'art, les opposer à toutes sortes de prestiges et de séductions, et se défendre même de les faire céder aux propensions de son propre goût. L'exactitude de l'analyse ne se prête ni aux partialités ni à l'indulgence : en littérature, il faut examiner les opérations de l'esprit avec le même scrupule que les sentiments du cœur en morale ; et dans l'une blâmer les défauts, comme dans l'autre on censure les faiblesses ou les vices. Cette nécessité, qui ne m'a pas permis de déguiser les défectuosités de notre poëme national, malgré la renommée de Voltaire, excuse suffisamment, envers la gloire de Camoens, mes remarques sur les imperfections d'un poëme étranger qui manque, selon mon avis, à la condition du merveilleux convenable au sujet et à celle de l'invocation. Je ne crains pas pourtant que mes arguments puissent être allégués contre la supériorité de l'auteur portugais. Ses qualités prévalent sur ses fautes : elles ne sont imputables qu'à son temps, et qu'à l'esprit des vieilles écoles, qui n'admettaient d'autre merveilleux que le mythologique ; mais ses beautés originales sont dignes

des meilleurs âges littéraires. Il devança le Tasse; il
lui servit de modèle; et le chantre italien déclara lui-
même qu'il doutait de pouvoir l'égaler. Quel titre
qu'un pareil éloge! C'est le génie jugé par le génie.
Je me suis donc abstenu de prononcer sur lui aucune sentence avant que des confrontations avec
les anciens m'aient acquis des certitudes contre les
choses que j'y trouvais à condamner. Mais si je n'a-
joutais aux louanges que j'ai trop succinctement
données au mérite de ce grand poète, ne risque-
rais-je pas de paraître injuste, après avoir reçu les
clartés que vient de répandre M. de Souza sur sa
vie et sur ses ouvrages? Comme la noblesse de l'une
révèle bien les causes de la sublimité des autres!
Comme son existence explique bien son poëme!
Comme elle m'offre bien la preuve du principal
axiôme sur lequel je fondais tout mon cours de
littérature! Comme elle temoigne en effet que les
sources du suprême génie ne découlent que des
hauts degrés de la vertu! Cet exemple est trop favorable au système philosophique par lequel je cor-
roborai la puissance des préceptes de l'art d'écrire,
pour que je néglige d'en appuyer mes maximes.
Quiconque voudrait me nier leur vérité, sentira ses
motifs atténués par la lecture du docte travail que
M. de Souza divise en deux parties: dans la première, il expose le destin de l'auteur, et dans la seconde, il discute les matières de ses poésies: ingé-

2   18

nieux rapprochement qui, mettant en regard les qualités personnelles et les talents de Camoens, nous aide à les évaluer ensemble, et les fait mutuellement reluire du plus vif éclat.

La vie du poëte est écrite avec ordre, naturel, simplicité, sans autre ornement que ce qu'exige le bon goût, et sans autre appareil que le vrai nettement constaté. L'examen de la Lusiade est intéressant, précis, animé, soutenu par des autorités irrécusables, enrichi de détails instructifs, et de remarques fines ou savantes. La raison, la sensibilité, la justice du noble éditeur n'omettent rien ni de touchant ni d'utile, ne vous laissent rien ignorer de ce qui vous fait apprécier à-la-fois l'homme et le chef-d'œuvre.

La date de la naissance de Camoens en un siècle illétré, dans une nation agitée par la guerre et par les entreprises de commerce, nous apprend combien son génie fut inventeur, et combien il eut à combattre l'ignorance générale. Sa bonne éducation, seul avantage que lui laissa son père, noble et sans biens, nous enseigne qu'il puisa dans la langue d'Homère et de Virgile les éléments par lesquels il perfectionna et fixa le style poétique dans sa langue maternelle; langue que les Portugais érudits assurent n'avoir pas changé jusqu'à nos jours, depuis qu'en y versant des hellénismes heureux et les richesses empruntées du latin, il en constitua la force et l'invariabilité. Son amour pour la belle Catherine d'Ataïde, parente d'un favori du roi, amour contrarié par une puissante famille, cause de son premier exil de la cour, origine de ses longs malheurs, cet amour ardent, fidèle et tendre, nous découvre les sources des graces voluptueuses, de la verve brûlante, et de la mélancolie profonde qui répandent dans ses vers tantôt la suavité, tantôt le feu qu'on y admire. On est touché d'entendre l'expression sensible de l'éditeur, qui se plaint dans ses recherches, de ce que la sécheresse des historiens et des commentateurs n'a pas recueilli les moindres circonstances de cette amoureuse passion qui précipita le poète dans l'infortune. Il s'embarque; il paraît en soldat au milieu des batailles, il signale sa jeunesse par des actes de valeur, et revient solliciter le prix de ses services et de ses blessures dans une cour dont l'ingratitude le rebute, où des persécutions l'attendaient encore. Un second bannissement l'éloigne de sa terre natale, qu'il méditait déja d'illustrer par ce poëme, son seul objet de consolation; aussi retrouvons-nous le sentiment de sa vive ardeur martiale empreint dans la plupart de ses chants, qui partout étincellent d'un héroïsme enflammé par le souvenir des combats qu'il avait vus; aussi respire-t-il en ses vers cette indignation du génie courroucé par la perversité des grands, et par la brutalité des petits; c'est elle qui lui dicte les éloquentes ac-

18.

cusations qu'il élève contre ses oppresseurs et contre l'injustice du vulgaire. Transporté sur le bâtiment de Francisque Alvarès Cabral, il traverse les mers, et descend sur le théâtre des conquêtes portugaises dans les Indes. C'est là qu'il veut chanter l'expédition de Vasco de Gama; mais c'est là que les barbaries, les cupidités d'un gouverneur des naissantes colonies arrachent à son humanité une satire intitulée: *Disparates da India*, pleine de l'image sanglante des extorsions qu'il déplore. Cette satire, générale et non personnelle, irrite la vengeance d'un moderne Verrès, qui lui fait imputer un libelle, et le condamne à errer indigent et proscrit à Malaca, aux Moluques, à Macao. Son courage résiste à ces détresses durant trois années. Le vice-roi Constantino de Bragance survient et le rappelle, après lui avoir confié une administration peu lucrative dans l'un des séjours de son misérable exil. Enfin il obtient son retour à Goa. L'espérance du repos lui sourit : il part; mais il semble n'échapper aux cruautés des hommes que pour tomber sous la fureur des éléments : son vaisseau fait naufrage; le peu qui lui reste s'y engloutit, et forcé de se dépouiller d'un dernier vêtement pour trouver son salut dans les eaux, son manuscrit est le seul bien qu'il sauve à la nage des horreurs de la tempête qui le jette nu sur la côte de Camboja.

Tant de traverses et de courses pénibles lui ap-

prennent à explorer la terre, les mers, et les côtes
de l'Afrique et de l'Asie : de là, ses descriptions géographiques, si exactes, si riches, si vivantes. Tant
de périls lui font mesurer tout ce que peut affronter et vaincre la constante fermeté d'ame, dont il
imprime le caractère dans un grand nombre de ses
poétiques octaves. Tant de peuplades qu'il a visitées,
de régions qu'il a parcourues, multiplient, sous sa
plume, la variété des images, les peintures des
mœurs, et les analogies brillantes par lesquelles l'a-
bondance de sa verve embellit ses comparaisons.
Tant de négociations, dont il fut l'agent ou le
témoin, lui fournissent des connaissances diploma-
tiques dont les mystères se retracent ingénieusement
dans les scènes où son héros traite avec le Samorin et
les chefs des Maures. Enfin, tant d'angoisses et de
misères lui dictent ces nobles complaintes qu'il
adresse à sa muse et aux nymphes du Tage, que sa
fierté veut avoir, dit-il, pour seules protectrices ;
complaintes qui mêlent au charme, à l'élévation de
sa poésie, une tristesse, un pathétique dont l'impression fait couler des larmes.

Il ne manquait encore à ses adversités que d'é-
prouver les tourments de l'innocence accusée : on
lui impute des malversations dans ses charges ; et la
porte d'une prison se ferme sur lui : elle se rouvre
par l'effet d'une justification solennelle, lorsqu'un
de ses cruels compatriotes le retient au cachot pour

une dette de deux cents croisades, valeur de cinq cents francs, acquittée enfin par le vice-roi; une épigramme historique a transmis la mémoire de ce fait, et le nom du créancier dégradé.

« A ce vil prix furent vendus la personne de Ca-« moens, et l'honneur de Pedro Bareto. »

Ce fut en 1569, après seize ans d'absence et de calamités, que Camoens revint de Mozambique à Lisbonne, où régnaient deux fléaux, la peste, et le gouvernement insensé du jeune dom Sébastien. L'année 1572 devint célèbre par la publication de la Lusiade. Son auteur languit oublié, sans récompense, sans autre grace du ministère qu'une somme de cent francs, dont encore on le réduisit à faire annuellement renouveler le mandat, dénué de secours alimentaires, et méconnu de la propre famille du héros qu'il avait chanté. Un seigneur n'eut pas honte de lui reprocher sa lenteur à finir une paraphrase des psaumes qu'il lui avait promise; et Camoens lui répondit avec douceur que, détourné de la poésie par l'indigence, il ne songeait qu'à trouver *le moyen d'acheter un peu de charbon qui lui manquait*. Son Ataïde, ses amis n'étaient plus: il ne lui restait qu'un serviteur indien qui descendait chaque soir quêter dans l'ombre pour la nourriture de son maître. M. de Souza conserve ce touchant souvenir avec celui des hommes puissants qui furent ingrats ou cruels envers l'illustre poète. Rien ne signale au-

tant l'équité naturelle de l'éditeur, et ne donne mieux
le secret de sa délicatesse que son soin exemplaire de
consacrer au mépris et au respect de la postérité, les
désignations exactes des persécuteurs et du conser-
vateur d'une vie retracée en son précieux écrit, où
le nom du domestique Antonio est un titre plus noble que tous les titres des grands qu'il lui a suffi de
nommer pour les flétrir.

M. de Souza laisse éclater à ce sujet sa juste indignation contre les cours et les princes qui, en hu-
miliant le mérite, en lui refusant le prix de ses œuvres, en dédaignant l'honneur qu'ils en reçoivent,
se déshonorent eux-mêmes de leur vivant, et dans
l'avenir. Il démontre avec chaleur que le plus remarquable principe des hautes inspirations de Camoens,
fut l'amour brûlant de la patrie et de la vraie gloire.
C'est ce beau sentiment qui le passionne pour son
auteur : c'est cette qualité rare qui le distingue émi-
nemment à ses yeux parmi les autres poètes. Il voit
dans sa fierté incapable de faiblesse, d'adulation et
d'intérêt vulgaire, il voit dans sa constance inébranlable aux coups du sort, il voit surtout dans
son extrême attachement à son pays, les grands
caractères de ce génie, qui forma le plan d'une épopée, dans laquelle le poète rassemble, comme en
un vaste tableau, tous les faits mémorables de son
Histoire nationale. S'il attribue à sa verve créatrice
les belles fictions du Gange et de l'Indus, fleuves

apparaissant sous les traits de deux personnages augustes dans le songe du roi Emmanuel, et celle du géant levé sur le *cap des Tourmentes*, il rapporte aussi justement à sa sagesse les prophéties du vieillard qui menacent l'embarquement de Vasco de Gama, sur le rivage où les mères, les épouses poursuivent les Portugais de leurs pleurs et de leurs derniers adieux : morceau vraiment admirable! Il rapporte à son courage de lui avoir suggéré la sublime harangue de Nuno Alvarès, qui reproche à ses concitoyens de *rester abattus et foulés aux pieds par les ennemis, que tant de fois ils tinrent dans les fers.* Il nomme éloquemment son ouvrage, où sont inscrites les annales des familles portugaises, *les archives de l'héroïsme.* Il ne commente l'œuvre que par les propres sentiments de l'auteur; et l'on reconnaît qu'il en éprouve la noble sympathie. Il s'attendrit à ses adversités : son esprit paraît le confident du sien; son cœur, l'ami de son cœur; il recueille jusqu'à ses fragments d'écrits, jusqu'à ses moindres lettres où Camoens, malade dans un hôpital, exprime *son étonnement que la nature fasse du lit d'un pauvre le théâtre de tant de divers supplices.* Il le pleure; il entend sa dernière exclamation à la nouvelle de la bataille d'Alcacer-Quivir, bataille où succombèrent le roi dom Sébastien et toutes les forces du Portugal ruinées dans l'Afrique. « *Ah !* s'écria Camoens, qui avait présagé le désastre de sa patrie, *au moins je meurs avec elle!* Parole digne des héros de l'antiquité, parole que suivit bientôt sa mort.

Ainsi périt, en 1579, dans le dernier abandon, celui qu'on surnomma le *Prince des poètes*, après l'avoir abreuvé d'amertume, et couvert d'opprobre de son vivant.

Le fameux tremblement de terre de Lisbonne fit disparaître, en 1755, la pierre funéraire du chantre Lusitanien, tandis que par le même fléau périssait, à Cadix, un des fils de Racine. On ne songea pas à rétablir cet humble monument, en réédifiant l'église renversée où l'inscription de Camoens avait été détruite, comme si le sort l'eût voulu dépouiller même après son trépas.

La générosité de M. de Souza n'a rien épargné pour réparer ces rigueurs des hommes et du destin. Il provoque les doctes littérateurs à faire, pour Camoens, ce qu'Adisson a fait pour Milton. L'obligation sacrée de payer un double tribut à l'héroïsme, joint au génie, autorise le ton apologétique sur lequel il le loue : nous ne l'accuserons pas d'exagération à l'égard d'un auteur qui, fort au-dessous, à nos yeux, des chantres de l'Odyssée et de l'Énéide, n'en est pas moins, comme créateur de la poésie épique et du style dans le Portugal, l'Homère de la Lusitanie. Au surplus, nous lui devons un hommage reconnaissant pour avoir fait contribuer les arts de la France à la publication du chef-d'œuvre portugais. Le luxe, la beauté des caractères typographiques, soutenus d'un tirage égal et pur, et sortis de l'imprimerie de Firmin Didot, l'élégance et la correction des gravures exécutées sur des dessins dirigés par le goût exquis de Gérard, l'un de nos grands peintres, la vie du poète, et le commentaire du poëme, recommandent cet ouvrage aux yeux comme à la pensée. Ce don que M. de Souza fait à sa nation, et aux corps savants de la nôtre, est une belle action qui rend désormais inséparables les noms de l'auteur et de l'éditeur : et quelle consolation plus douce pour les hommes dévoués aux vertus et aux muses, que de voir, après deux cent trente-huit ans, le zèle patriotique, ému par le génie d'un poète patriote, qui n'avait ni statue, ni même de tombeau, lui ériger cette édition monumentale [1]?

(*Cours de Littérature.*)

---

1. L'ouvrage de M. de Souza, dont M. Lemercier nous présente ici l'analyse, se trouvera à la fin de ce volume, comme résumé général et raisonné de toutes les pièces du procès qui existe depuis long-temps entre les admirateurs et les censeurs de Camoens : il était difficile de rencontrer un rapporteur plus instruit que M. de Souza des faits de la cause, et plus en état de les apprécier. (*Note du Traducteur.*)

M. GILIBERT DE MERLHIAC[1].

On a reproché à Camoens d'avoir fait usage d'un
merveilleux absurde, en entremêlant les divinités du
Paganisme avec les objets révérés du culte des chrétiens; mais je crois que l'on verra, en y réfléchissant
bien, que cette question, sur laquelle on a déja tant
disputé, sans la pouvoir résoudre, n'est au fond
qu'une dispute de mots. La théologie du Christianisme, pure comme son divin auteur, ne décernant
l'immortalité et une participation directe aux attributs du Tout-Puissant, qu'à des vertus austères, et,
loin de déifier nos faiblesses et nos erreurs, les dé-
pouillant de tous prestiges, présente, quoi qu'on en
dise, peu de ressources à la poésie d'action. L'épopée surtout, dont le principal ressort est le conflit

1. M. de Merlhiac a publié une traduction de l'*Araucana*,
poëme espagnol, qui n'était guère connu en France que par
l'*Essai sur la Poésie Épique* de M. de Voltaire. Cette traduction, moins répandue qu'elle ne mérite de l'être, est précédée
d'une dissertation savante et lumineuse dont cet article est extrait. (*Note du Traducteur.*)

de passions héroïques, mais souvent criminelles ou blâmables, ne peut les personnifier dans le ciel des chrétiens, ni partager les dieux, suivant l'expression de Racine, et rendre la catastrophe ou le dénouement d'autant plus sublimes, qu'ils deviennent incertains et sont long-temps suspendus entre des chances égales. La poésie épique sera donc réduite à aller chercher dans les Enfers les Dieux de nos passions; mais un pareil choix, sur lequel Boileau a déja jeté un juste ridicule, termine ou indique seul le dénouement de l'épisode ou de l'action; tous les mugissements de l'Enfer, toute l'armée de Satan, ne feront pas réussir un héros, s'il a pour adversaires un élu de Dieu ou un protégé de Marie. Cela est écrit et cela est vrai; on sait donc d'avance à quoi s'en tenir, et le merveilleux se réduit alors à plaire à l'imagination, sans satisfaire l'esprit, sans ajouter un degré de plus à l'intérêt. Tout le fracas du Pandémonium, dans Milton, les formidables armées de Satan, ne nous étonnent pas du tout; les batailles des Anges contre les diables n'inspirent aucune inquiétude sur l'issue de la catastrophe; chacun sait bien que le Très-Haut peut, d'un coup d'œil, anéantir tous ses ennemis. Milton en prévient lui-même son lecteur, en faisant dire à l'Éternel qu'il a permis ces combats, ces succès, long-temps balancés entre les Anges fidèles et les rebelles, afin de leur apprendre, qu'abandonnés à leurs propres forces, ils n'ont aucun avantage les uns sur les autres ; personne ne l'ignore, et c'est une allusion à la doctrine de la grâce. Le Christ se charge seul de vaincre ses ennemis ; il monte sur son char qui roule dans les cieux, comme l'ouragan et la tempête ; un seul carreau de la foudre précipite dans l'abîme Satan et ses légions. Ce morceau est un des plus beaux du Paradis perdu ; mais, quels que soient les moyens dont le poète se sert pour amener cette péripétie, elle était certaine et bien connue d'avance.

Le merveilleux d'Homère est, sous ce rapport, bien supérieur au nôtre. L'ambition, la valeur, la jalousie, l'amour, sont des Dieux, des habitants du ciel, qui se partagent les intérêts de la terre, sur laquelle ils sont adorés. Jupiter même prend le parti des Troyens contre Junon et Neptune. Tous ces Dieux essayent de se concilier une autre divinité aveugle et incertaine, le Destin, dont les arrêts sont immuables, il est vrai, mais que l'on peut éluder. La protection ou la haine de ces habitants de l'Olympe ne jette aucune défaveur sur les héros qui en sont l'objet, ne les rend point odieux, et n'indique pas d'avance quel doit être leur sort. Leur intervention ajoute au sublime de l'action, suspend la péripétie, et donne au merveilleux épique des proportions nobles et gracieuses à la fois. Les passions personnifiées, dans les dieux d'Homère, forment, à mon avis, la ressource la plus féconde, et j'oserai dire la plus raisonnable de l'épopée. Cette mythologie, à la considérer dans son acception métaphysique, est réellement le beau, ou, si l'on veut, le gracieux idéal et positif. Une fois que l'esprit humain est parvenu, dans un genre quelconque, à la vérité positive, il doit toujours s'y tenir et s'en contenter : tous ses efforts pour aller au-delà ne le conduisent qu'à l'absurde ou au ridicule. Voltaire qui blâme Camoens d'avoir personnifié, sous les noms des dieux de la fable, les passions et les vertus, qui s'opposent ou concourent aux desseins de la Providence, Voltaire, dis-je, a fait un essai bien malheureux, dans sa Henriade, du merveilleux purement allégorique. Ces êtres intellectuels qui, sous les noms de la Politique, de l'Ambition, etc., s'interposent entre les ligueurs et Henri IV, sont froids et arides, comme toutes les idées simplement métaphysiques. La poésie et surtout l'épopée doivent être un tableau animé, rempli d'illusions, propres à émouvoir nos cœurs et à charmer nos esprits. Rien n'est moins capable de produire cet effet qu'un être de raison extrait du dédale obscur de la métaphysique, et qui n'a ni corps, ni figure, ni attributs. L'imitation des anciens est et sera toujours, en ce genre, notre guide le plus sûr ; trois mille ans d'expérience établissent cette vérité d'une manière incontestable. En vain objecterait-on que le Parnasse et l'Olympe sont bien rebattus et surannés ; ce Parnasse et cet Olympe forment la véritable langue poétique; les divers idiomes de l'Europe sont aussi déja fort anciens, on ne cessera pas encore, cependant, de les parler, de les écrire long-temps, et le génie saura toujours en tirer de nouvelles richesses. La mythologie de l'Edda et celle des Indous pourraient-elles remplacer les fables d'Homère, et donner quelque satisfaction à ce désir effréné de nouveauté qui nous dévore? Je ne le crois pas. Nos classiques, nos modèles littéraires ne se trouvent point dans les langues des Scandinaves et des Brames; ces peuples n'ont point été nos prédécesseurs immédiats dans les arts et dans la civilisation; nous ne sommes pas familiarisés avec leur goût littéraire, avec leurs mœurs et leurs institutions politiques. Tous ces antécédents nous viennent, par une succession directe, des Grecs et des Romains. Régénérés dans l'urbanité et la philosophie de ces deux peuples célèbres, nous ne sommes plus Sicambres, et il y a long-temps que l'on a dit à nos ancêtres: *Incende quod adorasti.* La férocité sanguinaire des dieux de l'Edda, les monstrueuses allégories de la mythologie Indienne, ne peuvent convenir à la littérature d'aucun peuple policé; ces fictions, trop étrangères à nos mœurs, pourraient les faire rétrograder, et ne sauraient, par conséquent, s'allier à notre poésie. Les dieux d'Homère, seuls, sont en rapport avec les passions de tous les hommes et de tous les temps. Cette mythologie gracieuse et calquée sur toutes les sensations de notre cœur, est seule digne de la poésie d'une nation savante et policée; elle est donc à la fois l'allégorie la plus poétique des vérités métaphysiques, et, comme je l'ai déja dit, le beau idéal positif.

Camoens n'est donc point à blâmer d'avoir employé, dans le merveilleux de son poëme, les fictions de la fable; la Discorde, la Politique et l'Ambition, mis en scène comme personnages allégoriques, sont, il me semble, tout aussi disparates avec le christianisme, que Bacchus, Mars, Apollon, etc. Pourquoi donc alors hésiterait-on à rendre ces êtres intellectuels plus poétiques, plus utiles au merveilleux de l'épopée, en leur donnant le nom, le langage, la forme et les attributs de ces dieux? Il n'y a donc ici, comme je l'ai observé, qu'une vaine dispute de mots.

Ce n'est plus la vapeur qui produit le tonnerre;
C'est Jupiter armé pour effrayer la terre.

Je trouve Camoens très-supérieur à Voltaire, dans l'emploi très-modéré des fictions purement allégoriques. On peut dire que le poète portugais a su créer de nouveaux Dieux, tandis que le philosophe français, malgré tout son talent, n'a pu vaincre la sécheresse de ce genre, et produire quelque illusion, avec les fantômes métaphysiques qui forment le merveilleux de son épopée. Le mérite de Camoens consiste à avoir créé plutôt des êtres d'imagination que de raison. Il a personnifié, non la crainte, l'enthousiasme, l'envie, ce qui eût été très-froid, comme on peut s'en convaincre dans Voltaire, mais les effets que ces passions doivent produire sur notre ame, selon les circonstances où nous sommes placés. La Théogonie devient alors aussi naturelle que brillante, puisque l'imagination ou l'esprit déja préoccupés d'avance par de grands intérêts et par des circonstances extraordinaires, sont disposés à voir, à adopter toutes les images, toutes les illusions relatives aux sensations qu'ils éprouvent. Ce genre d'allégorie est bien mieux indiqué, offre un merveilleux bien plus poétique, plus séduisant que ces passions personnifiées, qui viennent saisir l'esprit à froid et sans préoccupation. Camoens prouve, en plusieurs endroits, qu'il connaissait ce secret de l'art. Le roi Manuel, absorbé dans les vastes desseins qu'il médite pour la prospérité du Portugal, voit en songe les fleuves du Gange et de l'Indus sous la forme de deux vieillards couronnés de plantes inconnues. L'on sait que, du moment où il fut question, à Lisbonne, de la découverte des Indes, l'opinion publique s'y montra contraire, et accusa la Cour de sacrifier Vasco de Gama et l'élite de la nation dans une expédition inutile et périlleuse ; Camoens personnifie cette rumeur populaire avec un talent remarquable. Au moment du départ de la flotte, un personnage allégorique, qui est la figure du peuple, s'avance sur le rivage, et menace ceux qui se dévouent au voyage de l'Asie des plus grands dangers; il les conjure, avec une tendresse paternelle, de ne point priver la patrie de ses plus illustres enfants. Le cap de Bonne-Espérance était déja connu sous le nom de cap des Tempêtes. Les soldats de Gama devaient redouter ce terrible passage, et c'est aussi dans ces parages orageux que leur apparaît le géant Adamastor, cet effroyable gardien de l'Océan; allégorie sublime et qui est, vraiment, une inspiration du génie. Camoens n'eût produit aucun effet si, au lieu de suivre les sensations naturelles de ses héros, et d'en agrandir les résultats avec le prisme magique de l'imagination, il avait assemblé dans les airs ou dans le tartare les génies de la crainte, de l'ambition, de la tempête, pour s'occuper des moyens de seconder ou de contrarier les Portugais. Le héros principal et le sujet de l'épopée seraient restés indifférents ou dépouillés de toute illusion au milieu de ces êtres allégoriques, agissant à leur insçu.

Puisque Camoens, en se servant du ressort de la mythologie du paganisme, n'a fait autre chose que d'employer la langue des poètes et le seul merveilleux qui convienne à l'épopée, il reste à examiner s'il n'en a pas abusé, et s'il a su le mettre en contact avec le merveilleux emprunté au christianisme,

sans choquer la décence et la raison. Le morceau
sur lequel Voltaire a exercé sa plus sévère critique
est la description de l'*île de Vénus*. Voltaire ne
voit dans ce passage que le tableau d'un *Musico*
d'Amsterdam, et cette expression nous paraît aussi
injuste que déplacée. Il n'y a qu'à lire le texte portugais, pour se convaincre que jamais la poésie n'a
peut-être offert rien de si gracieux, de plus noble
et de plus séduisant que cette fiction, et qu'elle
n'offense aucun sentiment délicat. C'est d'abord une
très-heureuse idée, et surtout très-poétique, que
de faire concourir toutes les divinités protectrices
du Portugal, telles que Vénus, Téthys, les Graces
et les Amours, à égarer sur les mers la flotte de
Gama, et à conduire ce héros, fatigué d'une longue
navigation, dans une île délicieuse, où il est attendu
par ces aimables Immortelles; il ne s'agit pas d'enchaîner sa valeur, et d'amollir son courage au sein
du repos et des plaisirs, mais de lui procurer un
relâche aussi agréable qu'utile, et d'enflammer son
cœur pour la gloire, en lui dévoilant les hautes destinées que les ciel réserve à sa patrie. « Gama, » dit
M. Mickle, traducteur anglais de la Lusiade, « et les
« héros, ses compagnons, apprennent de la bouche
« de Téthys même, les triomphes de leurs successeurs
« dans la conquête de l'Inde. Cette déesse montre
« aux yeux de Gama tout le monde oriental, et dé-
« crit avec les couleurs les plus vraies, les plus poé-

19.*

« tiques, chaque région, chaque pays, en assurant
« que ces terres, découvertes et conquises par la
« valeur des Portugais, seront désormais l'apanage
« de l'occident. On ne peut terminer une épopée
« d'une manière plus sublime. »

(*Discours préliminaire de la traduction de* l'Araucana).

En justifiant Camoens du reproche d'avoir employé un merveilleux emprunté à la fable, et en
prouvant, je crois, que ce genre est indispensable
à l'épopée, je n'ai pas prétendu affranchir le poète
de toute règle et de toute mesure dans l'exercice de
ce privilège. Je pense, au contraire, que le goût,
d'accord avec la morale, lui prescrivent une sage
réserve. Les vérités et les dogmes du christianisme
ne nous ont pas été révélés pour servir de jouets
à notre imagination, et la poésie ne peut les faire
concourir à notre but que dans un sens toujours
louable et dans un cadre bien distinct de celui où
agissent les êtres fictifs du merveilleux mythologique. Une des premières règles à suivre est donc
de ne point faire figurer ensemble les éléments de
ces deux branches du merveilleux épique, et de ne
pas offrir à l'esprit un monstrueux mélange du Paradis et de l'Olympe.

Chaque fois que Camoens ne s'écarte pas de la
règle que je viens de rappeler, son imagination et
son style enchantent. Je citerai particulièrement le

deuxième chant dans lequel Camoëns nous offre
à peu de distance, une preuve de génie et les écarts
d'un goût faux et absurde. Vénus implore Jupiter
en faveur des Portugais. Le portrait de la déesse,
ses discours et l'episode entier sont très-remarqua-
bles. Grâce dans les images, harmonie dans la versification, tout concourt à embellir ce morceau. En
le lisant, on croirait à peine qu'il est du même poète
qui vient de tracer la plus bizarre fiction qu'un esprit malade ait jamais pu se permettre. Je veux
parler du passage où Camoëns fait arriver les Portugais à Monbaze. Il suppose que Bacchus, constant
à les persécuter, veut les attirer dans cette île, où
il leur a tendu un piège. Des rapports perfides ont
persuadé à Gama que Monbaze est, en partie, ha-
bitée par des chrétiens; l'amiral portugais se félicite
de cette heureuse rencontre, qui lui promet des
secours prompts et un asile assuré pour sa flotte;
mais ne voulant rien donner au hasard, il expedie
à terre deux émissaires, pour constater la vérité.
Bacchus, afin de mieux tromper les envoyés de
Gama, s'établit dans une maison remarquable de la
ville; il y dresse un autel, qu'il couvre des ornements les plus riches, et sur lequel il place la représentation du Saint-Esprit, celle de douze Apôtres, l'image de la Sainte-Vierge, etc. Les émissaires
portugais sont conduits dans cette maison, et ils y
trouvent Bacchus, qui a revêtu la forme humaine et

qui, prosterné au pied de l'autel, fait brûler en l'honneur du vrai Dieu des parfums exquis. On ne peut rien imaginer de plus ridicule; il y a même, dans cette fiction, quelque chose qui répugne [1]. Malheureusement Camoens tombe quelquefois dans cet abus qui était, du reste, le défaut capital des poètes de son temps.

(*Ibid.*)

---

1. Du moment que vous admettez l'intervention d'une divinité malfaisante, qui, sous un nom tiré de l'ancienne mythologie, s'oppose à l'arrivée des Portugais en Orient, que trouvez-vous de *répugnant* à voir cette divinité se déguiser sous les vêtements d'un chrétien pour tromper les émissaires de Gama? Cette fiction de Camoens a d'ailleurs un fondement historique. Voir la note troisième du chant second. (*Le Traducteur des Lusiades.*)

M. PARSEVAL-GRANDMAISON.

Quel poète le suit? c'est le cygne du Tage;
Le chant mélodieux fut son brillant partage.
Il n'a pas toutefois par ce talent flatteur
Toujours de son sujet égalé la hauteur;
Mais lorsque, dans ses chants, Vasco, maître de l'onde,
Le premier sut franchir les limites du monde;
Quand le cap africain, sous les traits d'un géant,
Sentinelle hideux du dernier océan,
Au fracas des rochers, des flots noirs d'épouvante,
Fit hurler en fureur sa montagne vivante,
Tout le Pinde applaudit à ces terribles airs,
Et d'Homère inspiré crut entendre les vers.

(Amours Épiques, chant Ier.)

C'est particulièrement à ce charme, à cette pureté de diction, si recommandée par Boileau, que
le Camoens doit l'avantage de figurer dans la première classe des poètes épiques. Son ouvrage pouvait
être bien mieux conduit, ses fictions plus riches,
ses caractères mieux dessinés; mais un style divin
a gravé ses vers dans la mémoire de ses compatriotes,

et lui a mérité l'honneur d'être regardé par le Tasse comme le seul de ses contemporains dont le talent pût rivaliser avec le sien [1].

(*Ibid. Note du chant* **VI.**)

---

1. Dans les vers que nous venons de citer, M. de Grandmaison fait masculin le mot de *sentinelle*. Il est justifié par l'exemple de Voltaire, de M. de Fontanes et de M. l'abbé Delille. Voir l'excellent dictionnaire de l'abbé Gattel. (*Note du Traducteur.*)

MONTESQUIEU.

LA découverte de Mozambique, de Mélinde et
de Calicut, a été chantée par le Camoens, dont
le poëme fait sentir quelque chose des charmes de
l'Odyssée et de la magnificence de l'Énéide [1].

(*Esprit des Lois, liv. XXI, chap. 17.*)

---

[1]. Ce n'est point sans intention que nous avons réservé pour le
dernier le *jugement* rapide et concis de Montesquieu, qui nous
a déjà servi d'épigraphe. Ce passage dit tout sur Camoens. Si
nos lecteurs ne ressentent point la double impression qu'éprouvait Montesquieu, la traduction sera jugée : elle n'aura point
rendu l'original.

Il ne nous reste plus, pour remplir toutes les promesses de
notre préface, qu'à donner l'intéressante notice publiée en portugais par M. de Souza sur la personne de Camoens et sur ses
ouvrages. Nous l'avons traduite en entier, sauf quelques notes
dont elle est accompagnée, et qui se rapportant à des points
controversés de biographie ou de philologie portugaise, n'auraient
pas pour les lecteurs français le même intérêt que pour les compatriotes de M. de Souza. La première partie de cette notice
rectifiera les erreurs de fait répandues dans les biographies cou-
rantes, et la seconde complétera la défense de Camoens.

Au moyen de tous les documents que nous avons pris soin de rassembler, jamais auteur étranger n'aura été mieux connu, et nous pourrons dire avec Jean Soárès de Brito : *Et nos, ab omni erroris aut minimi lapsûs notâ, pro temporis ac virium mensurâ, vindicavimus', haud passi inultam tanti viri errare umbram.* (Theatrum Lusitaniæ litterarium.)

.(*Note du Traducteur.*)

NOTICE

SUR CAMOENS ET SUR SES OUVRAGES,

Par D. Jose-Maria de SOUZA-BOTELHO,

MEMBRE DE L'ACADÉMIE ROYALE DES SCIENCES DE LISBONNE;

Mise en français, pour la première fois, par le traducteur des Lusiades.

NOTICE

SUR CAMOENS ET SUR SES OUVRAGES.

PREMIÈRE PARTIE.

De Camoens.

Il existe entre les écrits de hommes célèbres et les circonstances particulières de leur vie, une liaison si marquée, que rien de ce qui se rapporte à leur existence ne peut nous être indifférent. On est curieux de savoir par quels moyens, par quelles études, leur talent s'est développé; quels ont été leur caractère, leurs mœurs, leurs habitudes, et surtout si leurs actions répondaient aux sentiments élevés qui se manifestent dans leurs ouvrages.

Lorsque nous rencontrons, dans l'objet de nos recherches, l'heureuse alliance d'un beau génie et d'une belle âme, nous nous plaisons à entourer de respect et d'amour l'homme supérieur que nous avons été forcés d'admirer. Si nous remarquons en outre qu'il ait été, pendant toute sa vie, en butte à des malheurs qu'il n'avait ni provoqués, ni mérités, si nous le voyons lutter avec un courage inébran-

lable contre les rigueurs du sort, ou contre la méchanceté des hommes; si le génie, en un mot, a
reçu la consécration du malheur, alors notre admiration devient une espèce de culte : *Ecce specta-
culum deo dignum; vir fortis cum malâ fortunâ
compositus!* Et ce spectacle, digne des regards de
la divinité, devient, pour les hommes, une leçon
vivante de philosophie pratique, de grandeur d'âme
et de fermeté.

Tel est l'aspect sous lequel Louis de Camoens se
présente à nos yeux. L'amour de son pays, la noble
fierté, l'héroïque dévouement, toutes les vertus qu'il
recommande dans son livre immortel, se reproduisent
dans ses actions. Supérieur à l'ingratitude de sa patrie qu'il a servie et illustrée, il n'a cessé de la chérir. L'adversité n'a point flétri son âme : en proie à
la plus affreuse indigence, il est resté riche d'honneur, de courage et d'indépendance.

Les principaux traits de sa vie sont épars sans
méthode et sans ordre dans les ouvrages de Diogo do
Couto, de Manoel Correa, ses contemporains, et
dans ceux de Pedro de Mariz, Manoel Severim de
Faria, et Manoel de Faria e Souza, qui écrivaient
trente ou quarante ans après. Il est facile de reconnaître que tout ce qui tient à la personne de
Camoens n'était pour eux qu'un accessoire peu
important du travail qu'ils nous ont laissé. En ras-
semblant leurs témoignages, j'ai eu soin de les vé-

rifier, de les confronter exactement, de n'adopter que les faits authentiques ou vraisemblables. C'est Camoens lui - même, c'est la lecture attentive de ses œuvres qui m'a fourni mes plus sûrs moyens de contrôle : la vie des grands écrivains se retrouve presque toujours dans leurs écrits.

La famille des Camoens est originaire de la Galice. Elle tire son nom du château de Camoens, situé près du cap Finistère. Le premier de cette famille qui passa en Portugal fut Vasco Pirès de Camoens, qui, en 1370, embrassa le parti du roi dom Fernand contre dom Henri, roi de Castille. A en juger par la dotation qu'il reçut de son nouveau souverain, il dut être considéré comme une acquisition précieuse pour le Portugal. Il épousa la fille de Gonçalo Tenreiro, général des armées navales, et eut de ce mariage Gonçalo Vaz de Camoens, João Vas de Camoens, et Constance Pirès de Camoens.

De l'aîné descendent plusieurs grandes familles du royaume. Le second épousa Inez Gomez da Sylva, et eut pour fils Antonio Vaz de Camoens. Celui-ci, marié avec Guiomar Vaz da Gama, fut le père de Simon Vaz de Camoens, qui eut d'Anne de Macedo (des Macedo de Santarem), le célèbre auteur des Lusiades.

Loin de moi la pensée de lui faire de cette généalogie un titre d'illustration. C'est lui qui par son génie et ses hautes qualités a véritablement illustré sa famille. Sans le poëme des Lusiades, le nom de Camoens, répandu dans toute l'Europe, n'eût point dépassé les frontières du Portugal.

La fortune de ses parents devait être médiocre; car ils sortaient d'une branche cadette, et l'on sait que les cadets, en Portugal, sont généralement mal partagés dans l'héritage du père. Sachons gré à Simon Vaz de Camoens des sacrifices qu'il s'imposa pour procurer au jeune Louis l'éducation brillante et soignée qui fit éclore un si beau talent, et donna un poète épique de plus à la littérature européenne.

Plusieurs villes se sont disputé l'honneur d'avoir vu naître le chantre de Gama. L'opinion la plus accréditée est qu'il naquit à Lisbonne; et cette opinion est fondée sur un extrait des registres de la *Maison des Indes*, découverts par Manoel de Faria, et dans lesquels sont notés l'âge de Camoens et l'époque de son entrée au service d'outre-mer.

Il n'avait que douze ans, lorsque ses parents l'envoyèrent continuer ses études à Coïmbre. Dom Jean III venait de transférer dans cette ville l'université de Lisbonne, et d'y appeler, sans distinction de pays, les professeurs qui avaient le plus de célébrité dans le monde littéraire. On peut se faire une idée de son ardeur pour l'étude et de la rapidité de ses progrès par les connaissances et l'érudition dont il fait preuve dans ses ouvrages, et par la supériorité qu'il acquit dès-lors et qu'il conserva constamment sur tous ses contemporains. Déja le jeune adepte des Muses faisait des vers, et ses premiers essais annonçaient un talent marqué pour la poésie, et une étude approfondie des bons modèles. En sortant de Coïmbre, il parut à la cour où les jeunes seigneurs étaient dans l'usage de se montrer pendant quelque temps, avant de passer aux grandes écoles militaires d'Afrique et d'Asie.

Doué d'une physionomie attachante, d'un rare génie, d'une imagination romanesque et d'un cœur sensible et passionné; l'esprit orné de tous les avantages que peuvent donner la nature et l'éducation, il se fit autant d'amis qu'il y avait à la cour d'amis des lettres. Mais, comme il le dit lui-même, *Comment échapper aux pièges qu'Amour nous sait tendre*[1]? Il vit Catherine d'Ataïde, modèle de grâce et de beauté, si nous en croyons le portrait qu'il nous en a laissé. Il conçut pour elle un amour tel qu'il était capable de le sentir et tel qu'il le peint dans des vers où respire encore la passion qui les dicta. Cet amour décida du destin de sa vie, et fut la première cause de ses malheurs. Catherine était dame du palais[2], et vraisemblablement parente de dom Antoine

---

1.   . . . . . Quem pode livrar-se por ventura
Dos laços que amor arma brandamente?
(Canto III.)

2. Il l'a chantée sous le nom de *Dinamene*, de *Violante*, et

d'Ataïde, premier comte de Castanheira, favori du
roi dom Jean III. La naissance de Camoens était
égale à celle de Catherine, mais il était sans fortune,
et l'on peut présumer que les Ataïdes s'efforcèrent
de prévenir une union qu'ils regardaient comme dé-
savantageuse; et qu'en aggravant une faute excu-
sable, ils appelèrent sur le coupable la rigueur des
lois, alors très-sévères contre ceux qui entretenaient
des amours au palais. Camoens fut exilé à Santarem.
Il s'en plaint dans sa troisième élégie, où il se compare à Ovide déplorant les peines de l'absence et
les rigueurs d'un injuste châtiment.

L'étude et la poésie vinrent adoucir ses chagrins.
C'est dans ce premier exil qu'il composa une grande
partie de ses poésies légères intitulées *Rimas,* probablement aussi ses comédies, et qu'il conçut le plan
de son poème dont, selon Manoel de Faria, il commença à s'occuper de très-bonne heure.

On ignore l'époque de son retour à Lisbonne,
celle de son départ pour l'Afrique, et jusqu'au motif de cette seconde sortie de la cour. Était-il
condamné à un nouvel exil, ou se l'imposait-il
lui-même? était-ce un sacrifice qu'il faisait à la

---

plus souvent, de *Natercia,* anagramme inexacte de *Catharina.*
Ce n'est qu'après la mort de Camoens que Manoel de Faria dé-
couvrit, dans une élégie dédiée aux mânes de Catherine d'Ataïde,
le véritable nom de l'objet secret d'une passion si vive et si
malheureuse.

tranquillité de Catherine d'Ataïde ? On est fondé à croire, d'après l'esprit chevaleresque du temps, que, désespérant de lui consacrer sa vie, il voulut du moins s'honorer à ses yeux par quelques actions d'éclat, et participer à la gloire que les Portugais acquéraient alors dans toutes les parties du monde.

Il passa à Ceuta, où commandait alors dom Pèdre de Menesès, nommé gouverneur de cette place, en 1549, et se distingua dans un combat naval où il reçut un coup de feu qui le priva de l'œil droit. Il reparut à Lisbonne avec cette honorable blessure ; mais elle ne fut pas mieux récompensée que ses talents. Poussé par les mêmes motifs qui l'avaient conduit en Afrique, et dégoûté plus que jamais des injustices de la cour et de la méchanceté des hommes, il résolut définitivement de passer aux Indes, *à cette région lointaine, et pourtant si désirée*,

> Où, plus fort que le malheur,
> Noblement se réfugie
> Celui qui dans sa patrie
> A tout perdu, fors l'honneur [1].

En sortant du port de Lisbonne, il s'écria comme Scipion : *Ingrata patria, non possidebis ossa mea.*

---

[1]. Aquella desejada, e longa terra
De todo pobre honrado sepultura.
(Eleg. 1.)

20.

Tant son cœur avait été abreuvé d'amertume et de chagrin! Et cependant, malgré tout ce qu'il a souffert, il ne s'éloigne de son ingrat pays que pour le servir encore, et chercher une gloire qu'il ne devra qu'à son courage [1].

Quels combats il dut éprouver, quand il forma la résolution de s'arracher pour toujours à cette terre natale, où il laissait plus que la moitié de lui même, et de si chers souvenirs!

> Adieu, palais dorés, adieu verte prairie,
> Échos qui répétiez le nom de Natercie,
> Lieux qu'elle embellissait, signaux mystérieux,
> De deux cœurs séparés langage ingénieux!
> Adieu, graces, talents, adieu, tendre folie,
> Amitié dont la flamme épurait mon amour!
> Charmes divins, ô vous qui consoliez ma vie,
> Faut-il, hélas! faut-il vous quitter sans retour [2]?

On regrette de ne pas savoir avec plus de détail, comment et pour quel motif il rompit de si doux nœuds, et s'exposa au supplice d'une longue absence,

---

[1].   . . . . Buscar co' o seu forçoso braço
As honras que elle chame proprios seus.
(Canto VI.)

[2].   Os campos, as passadas, os signais,
A vista, a neve, a rosa, a formosura,
A graça, a mansidaõ, a cortezia,
A singela amizade que desvia
Toda a baixa tençaõ, terrena, impura.
(Canção XI.)

ou d'une éternelle séparation. Les obstacles qui s'opposaient à son bonheur étaient-ils invincibles? Et s'ils l'étaient en effet, pourquoi ces espérances qui le suivirent jusque dans les Indes, et qu'il ne perdit qu'à la mort de Catherine? Nos froids et secs biographes semblent avoir craint ou s'être fait un scrupule de parler des amours de Camoens qui, de son côté, par un sentiment de délicatesse, bien digne d'un âme telle que la sienne, ne s'expliqua jamais qu'en termes vagues ou mystérieux sur l'objet de sa passion.

Il partait sur un des quatre vaisseaux qui composaient l'escadre expédiée pour les Indes, en 1553, sous le commandement d'Alvarès Cabral. Ce vaisseau fut le seul qui parvint à sa destination, les autres n'ayant pu résister à la tempête dont ils furent assaillis au passage du cap Bonne-Espérance.

L'Inde était gouvernée par le vice-roi dom Alphonse de Noronha. Camoens, impatient de se signaler, l'accompagna dans une expédition contre le roi de Pimenta, et contribua beaucoup au succès de l'entreprise. Il raconte ce fait d'armes avec une simplicité d'expression et une modestie qui caractérisent la véritable valeur.

De Pimenta le tyran déloyal,
D'un roi voisin, l'ami du Portugal,
Avait naguère usurpé l'héritage,
Et sans remords gardait le bien d'autrui ;

Mais nos guerriers marchèrent contre lui,
Et le succès fut le prix du courage [1].

Dans cette même année, il perdit son meilleur ami, dom Antonio de Noronha qui fut tué par les Maures de Tétuan, le 18 avril, dans un combat donné près de Ceuta. Ce ne fut qu'un an après que Camoens apprit la perte de son ami : il la déplora dans des vers pleins de tendresse et de sensibilité.

En 1555, dom Pèdre de Mascarenhas succéda, en qualité de vice-roi, à dom Alphonse de Noronha. Le premier acte de son autorité fut d'envoyer Manoël de Vasconcellos croiser avec une escadre à l'entrée de la Mer-rouge, pour attendre et combattre les vaisseaux des Maures. Camoens fut de l'expédition; mais l'escadre portugaise, après avoir vainement attendu les ennemis, alla passer l'hiver à Ormuz, dans le golfe Persique. C'est pendant cette longue et fatigante station, en face du cap Guardafu, au milieu d'une mer souvent agitée, que Camoens, toujours poursuivi par le souvenir de Catherine d'Ataïde, soupira ce chant si mélancolique et si tendre:

Près d'un mont sans verdure, escarpé, sourcilleux, etc [2].

---

1.   Huma ilha, que o Rei de Porca tem,
       E que o Rei de Pimenta lhe tomara
       Fomos tomar lha, e succedeo-nos bem.
                         (Elegia I.)
2.   Junto de hum secco, duro e esteril monte, etc.
                         (Canção X.)

Il rentra dans Goa, au mois d'octobre de l'année suivante. Dom Pedre de Mascarenhas était mort, et déja remplacé par dom Francisco Barreto. Indigné des mœurs dissolues, de la perversité et de la bassesse de la plupart des dominateurs de l'Inde (fatale conséquence des conquêtes lointaines, de la soif de l'or et de l'abus du pouvoir), Camoens exhala sa verteuse indignation, dans une satire qu'il intitula, *Disparates da India, Sottises de l'Inde.* Cette satire fut traitée de *libelle* par tous ceux qui crurent se reconnaître dans les tableaux du poète, et l'accusation a été répétée par plusieurs de nos écrivains. Comment n'ont-ils pas remarqué que Camoens ne nommait personne dans ses vers, et que son écrit satirique ne contenait que la censure générale des vices? Si l'on prend la peine de lire le *Soldado pratico* de Diogo do Couto, et ce qu'il dit dans sa dixième décade, livre II, chapitre 3, de la corruption des Portugais dans l'Inde, on avouera que Camoens était un censeur modéré. Et quel homme d'honneur, quel homme de bien, ne serait pas profondément indigné de cette dégénération de nos anciennes mœurs, et de l'avilissement du caractère portugais?

A la même époque fut jeté dans le public un écrit mêlé de prose et de vers, dirigé contre quelques habitants de Goa, qui, pour flatter le nouveau gouverneur, avaient célébré son installation par des fêtes ridicules, où ils s'étaient montrés dans un état d'ivresse indécent. On ne manqua pas d'attribuer cet écrit à l'auteur des *Disparates*; mais la preuve qu'il n'était pas de lui, c'est qu'on n'y retrouve ni son talent poëtique, ni sa prose originale et piquante, et que d'ailleurs, en aucun temps, notre auteur n'a laissé apercevoir de penchant à la satire personnelle.

Barreto, homme vain et orgueilleux, choqué peut-être de la peinture trop vraie des désordres qu'il autorisait par son exemple, ou qu'il ne savait pas réprimer, exila le satirique prétendu aux îles Moluques. Vivement irrité d'un tel abus de pouvoir, Camoens obéit au décret d'exil; mais il n'accepta point le déshonneur attaché à la peine des bannis :

> O toi qui comblas ma misère
> Et qui crois m'avoir outragé,
> Que mon exil gravé sur l'airain, sur la pierre,
> Soit connu de la terre entière,
> Et mon honneur sera vengé[1].

Et remarquons que, dans sa colère même, il est encore assez généreux pour ne pas nommer son

---

[1].   A pena deste desterro
Que en mais desejo esculpida
Em pedra, ou em duro ferro.
(*Obras varias.*)

tyran. C'est à l'historien courageux, tout en ap-
prouvant la grandeur d'âme de l'opprimé, à dé-
noncer l'oppresseur à la postérité, à noter d'infamie
le persécuteur d'un grand homme indignement méconnu. Il est bien coupable et bien lâche, ce Manoel Severim de Faria qui, pour atténuer le crime
de Barreto, s'est permis de calomnier la victime.

Camoens erra, pendant plus de trois ans, de
Malaca aux Moluques, et des Moluques à Macao.
Il le dit, dans sa sixième *Cançao*, où il décrit Ternate; et dans la dixième, où il se plaint de sa pénible
et douloureuse existence. On sent que sa mélancolie
augmente, à mesure qu'il s'éloigne de celle qu'il a
tant aimée, et dont le souvenir, toujours plus vif,
lui inspire ces douces complaintes qui encore aujourd'hui trouvent des échos dans nos cœurs.

L'arrivée du vice-roi, dom Constantin de Bragance, lui fournit l'occasion de demander justice,
et de se prévaloir auprès de lui d'anciennes liaisons
d'amitié. Le vice-roi, sans le rappeler à Goa, lui
fit remise de la peine, et, dans la vue d'améliorer
son sort, le nomma *curateur des successions* à
Macao. Camoens passa dans cette ville les dernières années d'un exil devenu supportable, partageant sa journée entre ses fonctions nouvelles et la
composition de son poëme. C'est une tradition constante, qu'il allait souvent travailler des heures entières dans une grotte que l'on montre encore à

Macao, et que l'on nomme la *grotte de Camoens*. Quelle vigueur de génie, quelle force de caractère avait-il donc reçues de la nature, puisqu'il a pu, au milieu de tant de souffrances, et sous un ciel dévorant, trouver en lui-même assez d'énergie pour se livrer à une composition si large et si variée dans ses tableaux !

Il obtint enfin du vice-roi la permission de revenir à Goa; mais sa mauvaise fortune voulut que le navire qui le portait, fît naufrage sur la côte de Camboge, près de l'embouchure du fleuve Mécom.

Fleuve secourable! un jour tes bords hospitaliers sauveront du naufrage un poétique trésor, déja trempé de l'onde amère; seul débris échappé aux écueils d'un océan perfide, aux tempêtes, aux dangers sans nombre, a toutes les misères qui accableront cet exilé dont la lyre harmonieuse aura plus de gloire que de bonheur[1].

Il perdit dans ce naufrage tout ce qu'il possédait. A peine put-il se sauver à la nage, appuyé sur une

---

1.   Este receberá placido e brando,
        No seu regaço, os cantos, que molhados
        Vem do naufragio triste, e miserando,
        Dos procellosos baixos escapados;
        Das fomes, dos perigos grandes, quando
        Será o injusto mando executado
        Naquelle, cuja lyra sonorosa
        Será mais affamada que ditosa.
                                    (Canto X.)

planche brisée, et n'emportant avec lui que le manuscrit des *Lusiades*, son plus cher trésor : disons le nôtre aussi, puisque cette admirable épopée, en immortalisant Camoens, a consacré la gloire du Portugal.

Arrivé à Goa en 1561, il adressa au vice-roi, son bienfaiteur, des vers imités de la belle épître d'Horace à Auguste,

> Tandis que de l'état sur sa base ébranlé,
> Tu soutiens le fardeau, sans en être accablé, etc[1].

Sans nommer Francisco Barreto, il trace une esquisse rapide des abus de son gouvernement, et de leur funeste influence sur la conduite des Portugais de Goa,

> Peuple indiscipliné, de qui la turbulence
> D'un pouvoir avili hâtait la décadence[2],

et loue dom Constantin d'avoir réprimé les désordres qui s'étaient introduits dans l'armée et dans la

---

1.   Como nos vossos hombros taõ constantes, etc.
                    (Estancias a D. Const. de Bragança.)

2.   . . . . Povo indomito
        Costumado á largueza, e á soltura
        Do pezado governo que acabava.
                            (Ibid.)

cité. Les historiens ont confirmé les témoignages du poète.

Dans le peu de temps qui s'écoula avant l'expiration de la vice-royauté de Constantin de Bragance, Camoens vécut tranquille à l'ombre de sa protection. C'est dans ce temps que, rendu tout-à-fait à la culture des lettres, il réunit dans un banquet poétique plusieurs *fidalgues* [1] de ses amis, et leur offrit à chacun, pour premier service, un léger tribut de sa muse ressuscitée.

Mais cet intervalle de tranquillité fut trop court. Constantin partit pour Lisbonne dans la même année, après avoir remis le gouvernement au comte de Redondo.

Sous le nouveau vice-roi, qui d'ailleurs ne se montra pas moins favorable à Camoens que son prédécesseur, les ennemis du poète se réveillèrent; il fut accusé de malversation dans son emploi de *curateur des successions* à Macao, poursuivi, incarcéré et mis en jugement. Il sortit pur de cette calomnieuse accusation; mais, au moment de recouvrer sa liberté, il fut retenu en prison pour une dette de deux cents crusades, par un fidalgue

---

1. Ce mot correspond en français à celui de *gentilhomme*. *Fidalgo* est une contraction de *figlio de alguem*, *fils de quelqu'un*. Être *fils de quelqu'un*, c'est avoir ce que nous appelons de la naissance. (*Note du Traducteur.*)

de Goa, nommé Michel Rodriguez Coutinho, plus connu par le surnom de *Fios Seccos*.

C'est la seule fois qu'il ait eu recours à la générosité du vice-roi. Il le fit sans bassesse, et, grâce au comte de Redondo, il appaisa le terrible *Fios Seccos*,

> Ce héros parfois un peu grec,
> Michel, dont la vaillante épée,
> Au revers tranchant, au *fil sec*,
> Pourfendrait César et Pompée [1].

Sorti de prison, il resta encore quelques années dans l'Inde, passant l'hiver à Goa, livré à l'étude et à la composition de ses ouvrages; et au retour du printemps, prenant parti dans les expéditions maritimes et s'y distinguant par son courage. Poète et soldat, c'est à juste titre qu'il a pu dire au roi Sebastien, à la fin du dixième chant :

J'ai, pour vous servir, un bras fait aux armes; pour vous chanter, une voix chère aux Muses [1].

---

[1].   Que diabo ha taõ danado,
>   Que naõ tema a cutilada
>   Dos *fios seccos* da espada
>   Do fero Miguel armado? etc.
> (Redondilhas a Miguel Rodriguez Coutinho de alcunha *fios seccos*.)

[1].   Para servir-vos, braço ás armas feito,
>   Para cantar vos, mente ás musas dada.
>   (Canto X.)

Ce témoignage de valeur , qu'il se donne à lui-même, mérite la plus grande confiance : car il a été confirmé par tous ses compagnons d'armes qui, à leur retour en Portugal, vantaient son courage autant que son esprit ; et l'on sait, dit Manoel Severim, que le Portugais, en général, est si peu disposé à se laisser prévenir en faveur de ses compatriotes, que, *loin de leur accorder le mérite qu'ils n'ont pas, il a bien de la peine à reconnaître celui qu'ils ont.*

Le comte de Redondo fut remplacé par dom Antaõ de Noronha. Ce fut à-peu-près à cette époque que la sensibilité de Camoens fut mise à la plus rude des épreuves, par la mort de Catherine d'Ataïde, à l'existence de laquelle il avait attaché ses dernieres espérances.

Le poëme des Lusiades était achevé; c'était désormais son unique ressource. Il résolut donc de revenir en Portugal, dans l'espoir qu'un ouvrage aussi important , entrepris en l'honneur de son pays, le recommanderait à la munificence du souverain.

Comme il manquait d'argent pour le voyage , il consentit, sous les promesses les plus séduisantes, à suivre Pedro Barreto , qui venait d'être nommé gouverneur à Sofala. Il paya cher ce fatal service. Ce Barreto , qui n'avait vu en lui qu'un serviteur à gages, abusa si cruellement de la dépendance où il l'avait mis, que Diogo do Couto et quelques officiers de marine, anciens amis de Camoens, ayant relâché à Mozambique, le trouvèrent réduit à la plus affreuse misère, et vivant des secours de quelques Portugais presque aussi pauvres que lui. Camoens, pour se délivrer d'un pareil esclavage, voulut s'embarquer avec Diogo; mais l'avare gouverneur subordonna son départ au remboursement d'une somme de deux cents crusades, qu'il prétendait avoir dépensée pour lui dans la traversée de Goa à Mozambique. Diogo do Couto ouvrit une souscription dont le produit désintéressa l'impitoyable créancier [1]. *A ce vil prix*, dit Manoel de Faria, *furent vendus la personne de Camoens et l'honneur de Barreto.*

Les vers qu'il composa pendant sa captivité (et quel autre nom pourrions-nous donner au séjour qu'il fit sur la rive inhospitalière de Mozambique?) annoncent combien son âme était attristée de la perversité des hommes, et combien la vie lui pesait. Quelle mélancolie! quels accents! On assiste à ses souffrances, on croit l'entendre gémir.

Il s'embarque enfin avec ses généreux amis, et

---

[1]. Les principaux souscripteurs furent Hector da Sylveira, Antonio Cabral, Luis da Veyga, Duarte de Abreu, Antonio Sarraõ, et Diogo do Couto.

rentre à Lisbonne après seize ans d'absence, de
fatigues et de travaux, dans le moment où cette
ville était en proie à toutes les horreurs de la peste.

Dom Sébastien régnait alors, ou pour mieux dire,
ses favoris régnaient sous son nom. Il avait successivement, et à leur instigation, retiré les rênes de
l'état, d'abord à la reine Catherine d'Autriche, son
aïeule, puis à son oncle, le cardinal Henri. Séparé
ainsi de ses augustes parents, et dans l'âge de l'inexpérience et des passions, il se trouva livré à la
discrétion de ses ambitieux favoris. Afin de l'isoler
encore plus de sa famille, ils prirent occasion de
la peste qui désolait Lisbonne pour le faire voyager
dans les provinces. Il était difficile à Camoens, en
de pareilles circonstances, de parvenir jusqu'au roi,
et plus encore d'avoir accès auprès des ministres.
L'auteur d'un poëme où respire d'un bout à l'autre
l'amour de la patrie et des lois, l'auteur courageux
de cette belle invocation où il donne à son roi des
conseils si nobles, devait les trouver peu disposés
à le servir. On peut juger de leur bienveillance
envers lui, par la récompense qu'il reçut d'eux,
lorsqu'il eut enfin présenté son poëme à dom
Sebastien.

Camoens employa deux ans à mettre en ordre
ses *Lusiades*, et à chercher le moyen de les faire
imprimer. L'ouvrage fut enfin publié en 1572. Le
monde littéraire l'accueillit avec enthousiasme. C'é-

tait le premier poëme épique qui eût paru depuis
la renaissance des lettres. Mais la nation qui se
trouvait doublement illustrée et par cette circonstance et par le sujet du poëme, les Portugais qu'il
célébrait dans ses vers, les descendants eux-mêmes
de ce Vasco de Gama, dont il chantait la glorieuse
navigation, demeurèrent insensibles à tant d'honneur; aucun d'eux ne se déclara le protecteur de
Camoens. Et ce qu'il y a de plus honteux encore,
c'est que le gouvernement, pour seize ans de services militaires, et pour prix d'un ouvrage qui, en
immortalisant la gloire du Portugal, faisait époque
dans le règne de dom Sébastien, lui donna une misérable pension de quinze mille reis [1], en lui imposant l'obligation de ne point quitter Lisbonne,
et de faire renouveler tous les six mois le décret
royal [2] en vertu duquel il jouissait de cette pension.

---

1. Monnaie de compte en Portugal. *Quinze mille reis* corres-
pondent à peine à *dix mille centimes*, ou *cent francs*. En supposant que l'argent, à cette époque, représentât une valeur en
denrées, cinq fois plus grande qu'à présent, c'est à cinq cents
francs d'aujourd'hui qu'il faudrait évaluer la pension de Camoens. (*Note du Traducteur.*)

2. En portugais, *Alvará*. Cet *Alvará* obligeait Camoens à rési-
der *na corte, dans la ville où la cour réside*. Les biographes
français, trompés par le mot de *corte*, ont dit, et M. de La Harpe
l'a répété dans la Vie de Camoens, placée en tête de sa traduction, que le roi Sébastien donna à l'auteur des Lusiades une

2   21

N'accusons point ici le roi dom Sébastien : il n'avait alors que seize ans. Le fait appartient tout entier à ses indignes favoris, aux deux frères *da Camara*, Louis Gonsalves, son confesseur, et Martin Gonsalves, son ministre dirigeant. Ne craignons pas de les nommer; il est juste qu'ils subissent, devant la postérité, la honte de leurs actes. L'histoire les a déja signalés comme les auteurs de la mésintelligence qui éclata entre le prince et son aïeule, et qui conduisit au tombeau cette vénérable princesse. Ce sont eux qui, en exaltant la fierté d'un caractère naturellement ombrageux, l'amenèrent à éloigner de sa personne et des conseils de l'état son vertueux gouverneur, dom Alexis de Menesès, et poussèrent ensuite l'infortuné prince à cette guerre d'Afrique, où il consomma sa ruine et la nôtre. La fausse politique des ministres, le tourbillon d'intrigues, dans lequel ils enveloppaient la cour, les préparatifs de l'expédition, qui épui-

---

pension de *quinze mille reis*, à condition qu'il ne quitterait plus la cour. *C'était mettre*, ajoute-t-il, *bien de la grace dans un bienfait*. Quelle grace et quel bienfait ! Camoens, avec ses quinze mille reis pour toute ressource, était, en quelque sorte, aux arrêts dans Lisbonne, suivant l'expression très-juste de M. Gilibert de Merlhiac qui, dans le discours préliminaire de sa traduction de l'*Araucana*, a trouvé l'occasion de relever l'erreur de M. de La Harpe. (*Note du Traducteur.*)

saient les finances du royaume, les impôts toujours
croissants, toutes ces mesures astucieuses ou vio-
lentes qui tenaient le peuple dans une continuelle
agitation et absorbaient toutes ses pensées, peuvent seuls expliquer l'inexcusable abandon du pauvre
Camoens. Il n'est pas un Portugais qui, au souvenir
des souffrances que ce grand homme endura pendant les sept dernières années des sa vie, n'en ait
le cœur serré et n'en rougisse pour la nation. La
misère où le réduisit l'ingratitude de ses compatriotes fut telle, qu'un Javanais, nommé Antonio,
qu'il avait amené de l'Inde, plus humain et plus
sensible qu'eux au mérite de Camoens, parcourait
le soir les rues de Lisbonne, implorant pour son
illustre maître la charité des passants.

C'est à cette époque qu'un fidalgue, appelé Ruy
Dias da Camara, qui lui avait commandé une traduction des psaumes de la pénitence, vint le trouver
dans son humble réduit, pour lui reprocher de ne
l'avoir pas encore terminée. « Quelle lenteur, lui
« dit-il durement, de la part d'un si grand poëte ! »
Camoens lui répondit avec douceur : « Quand je
« faisais des vers, j'étais jeune, bien portant, amou-
« reux, entouré d'amis et chéri des belles, cela me
« donnait de la verve et de la chaleur; aujourd'hui
« je n'ai plus d'esprit, je n'ai le cœur à rien. Voici
« mon Javanais qui me demande deux *moedas* pour
« m'acheter un peu de charbon, et je ne puis les

« lui donner [1]. » Lecteur, comparez le fidalgue Ruy
Dias et le serviteur Antonio!

Il habita, pendant les dernieres années de sa vie,
une petite chambre d'une maison voisine de l'église
de Santa-Anna, dans la petite rue qui conduisait au
couvent des Jésuites. Son unique distraction était
d'aller passer la soirée au monastère de Saint-Domi-
nique, où il trouvait à converser avec quelques
religieux instruits.

Les biographes ont conservé les fragments de
deux lettres qu'il écrivit peu de jours avant sa mort.
On y retrouve le tableau déchirant de sa misère,
et l'expression touchante de ce patriotisme inalté-
rable qui semblait se fortifier au sein du malheur, et
qui le suivit dans la tombe.

Vit-on jamais, dit-il dans sa première lettre,
*un pauvre grabat devenir le théâtre d'aussi gran-
des infortunes? Et, loin d'accuser les rigueurs du
sort, je prends son parti contre moi, je lui abandonne sa victime. Il y aurait trop d'orgueil à
vouloir résister à tant de maux* [2].

---

1. Quando eu fiz aquelles cantos, era mancebo, farto, namo-
rado, e querido de muitos amigos, e damas, o que me dava calor
poetico : agora não tenho espirito, nem contentamento para
nada : ahi está o meu jáo que me pede duas moedas para car-
vão, e eu não as tenho para lhas dar.

2. Quem jamais ouvio dizer que em tão pequeno theatro, como

Dans la seconde il disait : *Enfin je vais cesser de vivre : on saura que j'ai tant aimé ma patrie, que non-seulement je me trouve heureux de mourir dans son sein, mais encore de mourir avec elle* [1].

Ce sentiment si noble et si généreux s'était déja échappé de son ame à la nouvelle qu'il reçut du fatal résultat de l'expédition d'Afrique. Couché sur son lit de douleur, accablé de l'ingratitude de son pays, il apprend la perte de la bataille d'Alcacer, la mort du roi dom Sébastien, et le triste sort qui menaçait la patrie. *Ah!* s'écrie-t-il, *ah! du moins je meurs avec elle!* mot sublime et comparable aux plus généreuses paroles des héros de l'antiquité. Camoens avait eu des forces pour supporter ses propres malheurs; il n'en eut point pour supporter les malheurs de son pays. Ses infirmités habituelles devinrent plus graves, et, pour comble de maux, il perdit son fidèle Javanais. On le porta alors à l'hôpital des pauvres malades, où il expira en 1579,

---

o de hum pobre leito, quizesse a fortuna representar tão grandes desaventuras? E eu, como se ellas não bastassem, me ponho ainda da sua parte; porque procurar resistir a tantos males pareceria desavergonhamento.

1. Emfim acabarei a vida, e verão todos que fui tão affeiçoado á minha patria, que não somente me contentei de morrer nella, mas de morrer com ella.

tellement oublié, qu'on ignore le jour et le mois de son décès. Il est probable qu'il mourut au commencement de l'année, quelques mois après le désastre d'Alcacer, arrivé le 4 août, 1578.

Telle fut la fin de Louis de Camoens, selon Diogo Barbosa. Son témoignage est confirmé par une note écrite de la main du *frère Joseph l'Indien*, sur un exemplaire qu'il légua aux religieux du Mont-Carmel, à Guadaxalara, et que lord Holland, à qui cet exemplaire appartient aujourd'hui, a bien voulu me communiquer.

« Quoi de plus déplorable que la manière dont « fut récompensé un si grand génie! J'ai vu mourir « Camoens dans un hôpital de Lisbonne. Il n'avait « pas un drap pour se couvrir, lui, qui avait si vail-« lamment combattu dans l'Inde orientale, et fait « plus de cinq mille cinq cents lieues en mer! Quelle « leçon pour ceux qui se fatiguent à travailler nuit « et jour avec aussi peu de succès que l'araignée « ourdissant une toile où ne s'arrêteront que des « mouches [1]! »

---

1. Que cosa más lastimosa que ver un tan grande ingenio mal logrado! yo lo hi morir en un hospital en Lisboa, sin tener una sauana con que cubrirse, despnes de auer triunfado en la India oriental y de auer nauegado 5500 leguas por mar : que auiso tan grande para los que de noche y de dia se cançan estudiando sin provecho como la araña en urdir tellas para cazar moscas!

Je transcris cette note en entier, d'abord parce qu'elle me paraît utile à conserver, et ensuite parce que j'aime à me persuader que ce bon religieux l'assista dans ses derniers moments, et reçut de lui le précieux exemplaire que je ne touche qu'avec respect, en pensant que Camoens l'a tenu dans ses mains.

D. Francisco de Portugal donna, dit-on, le linceul où Camoens fut enseveli. On l'enterra dans l'église de Santa-Anna, à l'entrée de la porte à main gauche; mais on négligea de marquer la place de sa sépulture. Peu de temps après, dom Gonzalo Coutinho parvint à la reconnaitre, et la fit couvrir d'une pierre tumulaire sur laquelle fut gravée cette épitaphe :

Ci gît Louis de Camoens, le prince des poètes de son temps : il vécut pauvre et malheureux, et mourut de même en 1579.

Honneur et gloire à D. Gonzalo Coutinho ! Mais que dirons-nous des Portugais qui n'ont point relevé ce modeste monument, détruit avec l'église même, par le tremblement de terre de 1755? L'église a été reconstruite ; mais personne ne s'est souvenu de la tombe de Camoens.

Ses contemporains nous ont du moins conservé son portrait. Manuel Correa le possédait ; il fut gravé sur cuivre, et placé en tête de la vie de Camoens, publiée par Manoel Severim de Faria.

«Louis de Camoens, dit ce commentateur, avait la
« taille moyenne, le visage plein, le front un peu
« avancé, le nez aquilin, les cheveux d'un blond sa-
« frané, l'abord riant et gracieux, surtout dans sa
« jeunesse, et avant qu'il eût perdu l'œil droit. » Il
était doux et facile dans le commerce de la vie, et
conserva même de la gaîté jusqu'au moment où
l'excès du malheur le jeta dans une insurmontable
mélancolie. Ses poésies, et cette passion si délicate
et si vive qu'il ressentit pour Catherine d'Ataïde,
annoncent assez combien il était né tendre et sensible; mais le sentiment qui l'emportait en lui sur tous
les autres, était l'amour de la patrie; et, pour trouver
à qui le comparer sous ce rapport, il faut remonter
aux plus beaux temps de la Grèce et de Rome. Sa
valeur, son désintéressement, la noblesse de son
caractère, rappelaient les beaux jours de la chevalerie du moyen âge. Sa fermeté dans l'infortune, ce
courage d'esprit, qui n'appartient qu'aux hommes
véritablement supérieurs, le feront toujours distinguer parmi les plus beaux caractères de tous les
siècles anciens et modernes. Jamais un mot d'adulation ou de lâcheté ne sortit de sa bouche; jamais
la souffrance ne lui arracha une plainte qui décélât
la moindre faiblesse. Son génie était aussi élevé que
son ame : ses *Lusiades* l'ont placé près d'Homère
et de Virgile; ses élégies, ses sonnets le mettent à
côté de Pétrarque, et des autres poètes élégiaques
du premier ordre.

Voilà Camoens : le voilà tel qu'il se montra constamment dans ses actions comme dans ses écrits. Les Portugais, pour le distinguer de tous les poètes de leur nation, lui donnèrent, après sa mort, le nom de *grand :* titre accordé quelquefois aux oppresseurs de l'humanité, et qui ne devrait l'être qu'à ceux qui la consolent ou l'éclairent.

Tout Portugais qui voudra exciter en lui-même et dans les autres, l'ardent amour de la patrie ; quiconque voudra se pénétrer de ces sentiments héroïques qui disposent aux grandes actions, enrichir son ame des principes les plus purs de la morale et de la vertu, s'armer de force et de constance pour supporter l'injustice et l'ingratitude des hommes ; quiconque enfin voudra trouver des consolations dans l'infortune, n'a qu'à lire, étudier, méditer Camoens, et le relire encore. Combien de fois n'ai-je pas été forcé, par des larmes, d'interrompre la lecture de son admirable ouvrage ! Combien de fois, accablé moi-même de chagrins et de dégoûts, n'ai-je pas cherché du soulagement dans son livre ou dans le souvenir du courage avec lequel il endurait ses maux ! Eh ! qui pourrait se plaindre des hommes ou se dire malheureux, en pensant à l'infortuné Camoens ? O mes concitoyens ! qu'il soit toujours votre lecture favorite dans les loisirs de la paix, votre consolateur dans la disgrace, votre Tyrtée dans les combats. Rappelez-vous qu'au siége de

Colombo, où brillèrent les derniers rayons de la
valeur portugaise en Asie, nos soldats, excédés de
fatigue et de besoins, charmaient leurs peines et
ranimaient leurs courage, en répétant en chœur les
stances de Camoens. Et quel est celui d'entre nous
qui ne se réveillerait aux mâles accents de ce
Nuno-Alvarès Pereira, dont la brûlante éloquence
fit courir nos ancêtres à la défense de la patrie?

Si, en racontant la vie de Camoens, j'ai fait
passer dans l'ame de ceux qui la liront l'admiration
profonde qu'il m'inspire; si j'ai démontré qu'au
milieu de malheurs sans exemple, toujours noble,
toujours grand, il a le plus approché de la perfection dont la nature humaine est capable, mes
vœux seront remplis. Si j'ai manqué mon but,
je prie les lecteurs indulgents de n'attribuer mon
défaut de succès qu'à mon insuffisance.

Encore un vœu, et ce sera le dernier : c'est que
ma nation s'occupe enfin d'ériger, en l'honneur d ı
poète, à qui elle est redevable d'une partie de sa
gloire, un mausolée ou tout autre monument digne
d'elle et de Camoens. Les Portugais pourraient-ils
ne pas accueillir ce vœu par acclamation[1], au moment surtout où ils viennent de prouver, à la face
du monde entier, qu'ils savaient défendre cette

---

1. Le vœu que le noble auteur exprimait en 1816, n'était
pas encore accompli en 1824. (*Note du Traducteur.*)

antique indépendance portugaise, que Camoens a si noblement célébrée?

His saltem accumulem donis, et fungar inani
Munere!

DEUXIÈME PARTIE.

Des ouvrages de Camoens.

Cette notice sur Camoens serait incomplète, si je n'ajoutais à ce que j'ai dit de sa personne quelques détails sur ses ouvrages. Les productions d'un auteur sont la partie essentielle de sa vie ; ce sont elles qui nous mettent dans le secret de son caractère et de ses principes, et qui justifient sa réputation.

Divers écrivains, nationaux et étrangers, ont publié des dissertations critiques sur le poëme des Lusiades. Les meilleures, à mon avis, sont celles de Manoel Severim de Faria et de M. Mickle ; mais j'avoue que je ne suis entièrement satisfait d'aucune. Parmi les juges de Camoens, les uns, tout en admirant son génie, l'ont apprécié d'après les opinions de leur siècle et les règles de l'art qu'ils avaient adoptées. Les autres, sans l'avoir lu dans l'original, trompés par des traductions infidèles [1], et entraînés

---

1. Le poëme des *Lusiades* a été traduit dans toutes les langues cultivées de l'Europe ; mais aucune des traductions que je connais, ne donne une idée du style tour-à-tour sublime ou gra-

par diverses préventions, l'ont critiqué avec une
rigueur sans excuse : aussi est-il à souhaiter qu'un
de nos écrivains, réunissant à l'amour des lettres,
l'amour de la patrie et de Camoens, entreprenne
sur les *Lusiades* un travail semblable à celui d'Addisson sur le *Paradis perdu*. Je n'ai point la prétention de remplir cette lacune de notre littérature,
ni de satisfaire complètement aux vœux du public
éclairé; mais il entre dans mes devoirs de biographe
d'exprimer le jugement dont ce poëme me paraît
susceptible, et de faire voir que, sous le double rapport de l'invention et de l'exécution, il doit être,
pour les étrangers, un des premiers poëmes épiques
connus, et pour les Portugais, le premier.

---

cieux, abondant où pressé, toujours pur, toujours pittoresque,
de Camoens. Celle de *Tapia*, la première et la plus estimée de
celles qui ont été faites en espagnol, est prosaïque, quoique ver-
sifiée, et infidèle, quoique littérale. J'en dis autant de celle de
Paggi en italien. La traduction anglaise de *Mickle* est une paraphrase du poëme; et bien qu'elle me paraisse préférable à toutes
les autres, elle est loin de reproduire exactement l'original. On
le retrouve moins encore dans la version italienne de *Nervi*.
M. *Bouterwek* avoue qu'il n'existe pas en allemand une seule
bonne traduction des Lusiades. Celles de *Fanshaw* en vers anglais, et de *Duperron de Castéra* en prose française, sont ridicules; celle de *M. de La Harpe* est bien écrite, mais inexacte;
et l'on est tout surpris d'entendre un homme qui, de son propre
aveu, ne savait pas le portugais, prononcer en maître sur le style
et sur le mérite de Camoens. (*Note de M. de Souza.*)

Dans une matière que tant d'autres ont traitée avant moi, il est difficile que je trouve à dire beaucoup de choses neuves; mon but unique est de fixer l'attention sur les points les plus importants, principalement sur ceux qui ont été controversés, et de mettre sur la voie d'autres personnes plus capables que moi de compléter un travail que je ne donne que pour un essai.

Camoens était très-jeune encore, lorsqu'il conçut le plan de son poëme; et, comme je l'ai dit plus haut, il en avait déja composé une partie, quand il s'embarqua pour l'Inde en 1553. Il le rapporta terminé en 1570. Ce sont des dates qu'il faut retenir : elles assurent à Camoens la gloire d'avoir été le premier des modernes qui ait composé une épopée digne de ce nom.

Il est vrai que le *Dante* avait déja publié sa *Divine Comédie*, et que le *Pulci* et le *Bojardo* avaient, par leurs ouvrages, donné naissance à un nouveau genre de poëme que l'*Arioste* a illustré par son fameux roman de chevalerie, *Orlando furioso*; mais aucune de ces compositions, belles dans leur genre, ne peut être mise en comparaison avec les anciennes épopées. Le *Trissin*, qui essaya d'imiter Homère et Virgile, resta tellement au-dessous de ses modèles, qu'à peine se souvient-on de son *Italia liberata*, que personne ne lit, ou qu'on ne peut lire plus d'une fois. Le Tasse et Milton ne sont venus qu'après Camoens.

L'épopée, d'après la définition d'Aristote et des plus célèbres critiques, est une narration en vers d'aventures héroïques.

L'action de l'épopée doit être *une*, *grande* et *entière*. Le *jugement* détermine l'ordonnance et la conduite du poëme : l'*imagination* l'embellit. Le style doit être majestueux, grave, animé et plein de cet enthousiasme qui a fait donner à la poésie le nom de langage des dieux.

« Telles sont, à peu près, les principales règles « que la nature dicte à toutes les nations qui culti-« vent les lettres ; mais la machine du merveilleux, « l'intervention d'un pouvoir céleste, la nature des « épisodes, tout ce qui dépend de la tyrannie de la « coutume et de cet instinct qu'on nomme *goût* ; « voilà sur quoi il y a mille opinions et point de « règles générales. » (Voltaire, sur la *poésie épique*.)

Les grands préceptes de l'art sont exactement suivis dans le poëme des Lusiades. Ceux-là seuls qui l'ont mal lu, ou qui ne l'ont point lu en portugais, pourront lui refuser ce mérite. On ne lui contestera pas du moins le plus rare de tous, celui de réunir l'*utile à l'agréable*.

L'épopée est regardée généralement comme la plus noble production des beaux-arts : elle exige dans le poète un assemblage de talents dont un seul suffirait pour exécuter convenablement toute autre composition. Son objet est de donner aux hommes les plus importantes leçons, et de leur faire aimer la vérité, en la parant des graces de la poésie. Le citoyen, l'homme d'état, les rois eux-mêmes, doivent y trouver le genre d'instruction qui leur convient à chacun [1].

Camoens ne chercha point hors du Portugal le sujet de son poëme. Une nation qui de son berceau s'était élancée à la conquête du pays occupé par les Maures ; qui, après avoir fondé sa monarchie sur les champs de bataille et l'avoir maintenue contre toutes les forces de la Castille, avait rejeté dans les déserts de l'Afrique l'antique ennemi des chrétiens ; qui, bravant enfin les fatigues et les tempêtes, était allée, à travers des mers inconnues, élever un empire en Orient : une telle nation dut exciter puissamment l'enthousiasme d'un poète qui adorait sa patrie. Il résolut de transmettre à la

---

[1]. Descends du haut des cieux, auguste Vérité,
Répands sur mes écrits ta force et ta clarté :
Que l'oreille des rois s'accoutume à t'entendre ;
C'est à toi d'annoncer ce qu'ils doivent apprendre.
. . . .
Viens, parle ; et s'il est vrai que la fable autrefois
Sut à tes fiers accents mêler sa douce voix,
Si sa main délicate orna ta tête altière,
Si son ombre embellit les traits de ta lumière,
Avec moi sur tes pas permets-lui de marcher,
Pour orner tes attraits et non pour les cacher.
(VOLTAIRE, Henriade)

postérité le souvenir de ces glorieux événements,
et de donner au nom portugais un éclat qu'aucun
autre nom n'avait encore obtenu. Ce n'est plus un
héros qu'il va célébrer, c'est *un peuple de héros*,
c'est la race entière de Lusus, *os Lusiadas*, les
Portugais, aussi grands dans la navigation qu'ils
l'avaient été dans les batailles.

Je chante les enfants de Lusus : Mars et Neptune ont marché
devant eux [1].

Il a choisi, pour sujet de son poëme, le fait le
plus mémorable de l'histoire du Portugal, la découverte de l'Inde par Vasco de Gama et ses braves
compagnons. Autour de ce grand fait, il rassemble,
comme parties intégrantes du sujet, les actions écla-
tantes qui conduisirent graduellement la nation portugaise à l'établissement du vaste empire qu'elle devait
fonder en Asie. Tout ce qui pouvait rehausser la gloire
de son pays entrait dans son plan, et s'y rattachait
sans détruire l'unité de l'action principale qu'il annonce en ces termes :

Je chanterai les combats, et ces hommes courageux qui, de
la rive occidentale de la Lusitanie, portés sur des mers que la proue
n'avait pas encore sillonnées, franchirent les plages de la Ta-

---

[1].   Eu canto o peito illustre Lusitano,
        A quem Neptuno e Marte obedeceram.
                    (Canto I. Est. III.)

probane, déployèrent au milieu des périls et des batailles une force plus qu'humaine, et parmi des peuples lointains, fondèrent si glorieusement un nouvel empire [1].

Si l'on considère l'état des connaissances nautiques en Europe, à l'époque de la découverte de l'Inde, les terreurs qu'avaient inspirées jusqu'alors aux plus intrépides navigateurs les vastes mers situées au-delà du cap *Boyador*, le peu d'étendue et de population du Portugal, la faiblesse même de l'expédition de Gama (il n'avait que trois vaisseaux et cent cinquante hommes d'équipage), cette expédition est certainement une des entreprises les plus héroïques que les hommes aient jamais tentées. Son importance, quand on réfléchit à ses résultats, est, selon moi, supérieure à celle des croisades. Tous ceux qui savent l'histoire avoueront que les conquêtes des Portugais en Orient affaiblirent la puissance des musulmans qui menaçaient de donner des fers à l'Europe, et que l'ouverture des mers

---

1. As armas, e os barões assinalados,
    Que da occidental praia Lusitana,
    Por mares nunca d'antes navegados;
    Passáram ainda além da Taprobana:
    Que em perigos e guerras esforçados,
    Mais do que promettia a força humana,
    Entre gente remota edificáram
    Novo reino, que tanto sublimáram.
                        (Canto I, Est. I.)

orientales et le commerce de l'Asie ont singulièrement influé dans l'ancien monde sur l'accroissment
des richesses, sur les progrès de la civilisation et
sur la liberté des peuples, effet nécessaire de ces
deux causes réunies.

Qui donc ne serait pas curieux de remonter à la
source d'événements aussi extraordinaires, d'en observer le principe et les développements, de connaître enfin les *temps héroïques*, si je puis parler
ainsi, d'une monarchie à laquelle l'Europe entière
est redevable des immenses avantages résultant de
la découverte de l'Inde ? Les hommes et les choses,
tout est fait, dans cette étonnante histoire, pour
exciter un vif intérêt.

Telle fut sans doute la pensée de Camoens. A
peine a-t-il exposé le sujet principal du poëme, qu'il
s'empresse d'ajouter :

Je dirai les vertus héroïques de ces princes qui soumirent
à leur domination les contrées infidèles de l'Afrique et de l'Asie,
et sur d'impurs débris établirent le règne de la foi. Je dirai ces
guerriers que leur valeur a rendus immortels. Si l'art et le génie
me secondent, leur renommée remplira l'univers[1].

Ainsi, dans le plan de l'auteur, toutes les actions
d'éclat qui ont préparé et suivi le grand événement

---

[1].   E tambem as memorias gloriosas
        Daquelles reis, que foram dilatando

de la découverte de l'Inde, complèteront l'action
principale. Les premières conditions de l'épopée
sont remplies : l'action est *une, grande et entière*.
Examinons maintenant l'ordonnance et la conduite
de l'ouvrage.

A l'époque littéraire où Camoens écrivait, la
mythologie était l'âme de la poésie; et l'on ne con-
cevait pas surtout que l'épopée pût se passer des
grandes allégories que présente la fable. Camoens,
se conformant aux idées reçues de son temps,
adopta ce genre de merveilleux; et cependant,
comme s'il eût prévu l'objection des critiques, il y
répondit d'avance par cette explication aussi gracieuse que spirituelle, qu'il met dans la bouche de
Téthys parlant à Gama :

Jupiter et Junon, Saturne, Janus et moi-même, nous ne
sommes que des divinités fantastiques inventées par les poètes.
Fidèles à l'art charmant qui nous donna la naissance, nous
n'avons point quitté la terre. Le ciel ne nous connut jamais, et
cet Olympe où nous régnons n'est qu'un rêve brillant du génie.

L'éternelle Providence, dont Jupiter n'est que la poétique

A fé, o imperio; e as terras viciosas
De Africa, e de Asia, andáram devastando:
E aquelles que por obras valerosas
Se vaõ da lei da morte libertando;
Cantando espalharei por toda parte,
Se a tanto me ajudar o engenho, e arte.

(Canto I, Est. II.)

22.

image, gouverne l'univers par mille et mille intelligences. Homère
en a fait des dieux. Ministres de colère et d'amour, ils protègent
ou persécutent. Apollon, Mars et Vénus combattent pour Hector;
Junon, Neptune et Pallas ont conjuré sa perte.

L'épopée, qui nous charme et nous instruit tour-à-tour, la
noble épopée a recueilli l'héritage d'Homère : elle a conservé ses
divinités et leurs noms. Les génies protecteurs, les génies malfaisants, se retrouvent jusques dans les livres sacrés. La muse
antique des Hébreux a revêtu de formes divines les anges de
lumière; et, dans son langage inspiré, Moloch lui-même, l'affreux Moloch est un dieu [1].

---

1.   . . . . Eu Saturno, et Juno,
            Jupiter, Juno, fomos fabulosos,
            Fingidos de mortal, e cego engano :
            So para fazer versos deleitosos
            Servimos : e se mais o trato humano
            Nos pode dar, he só que o nome nosso
            Nestas estrellas poz o engenho vosso.

            E tambem porque a sancta Providencia,
            Que em Jupiter aqui se representa,
            Por espiritos mil, que tem prudencia,
            Governa o mundo todo, que sustenta.
            Ensina-lo a prophetica sciencia,
            Em muitos dos exemplos, que apresenta :
            Os que saõ bons, quando favorecem;
            Os maos, em quanto podem nos empecem.

            Quer logo aqui a pintura que varia,
            Agora deleitando, ora ensinando,
            Dar-lhe nomes, que a antigua poesia

Mais pourquoi n'employa-t-il pas de préférence les bons anges et les démons, comme le Tasse le fit quelques années après, au lieu des divinités païennes qui, au premier coup-d'œil, nous paraissent si déplacées dans un poëme dont les héros professent les dogmes du christianisme? Je répondrai d'abord que vraisemblablement il ne jugea pas ce merveilleux aussi poétique que celui des anciens, et qu'en cela il se trouve d'accord avec Boileau et avec tous les critiques qui ont discuté sans prévention cette question littéraire. J'oserai en donner une autre raison qui frappera, ce me semble, toutes les personnes qui n'ont point perdu de vue certaine époque de notre histoire, où les accusations de magie et de sortilège peuplaient les souterrains de l'Inquisition. Une parole mal interprétée, un jeu innocent de l'imagination du poète, pouvaient le conduire à ce redoutable tribunal. Et pense-t-on qu'alors il eût, comme le Tasse, la liberté d'introduire dans son poëme un affidé du Démon décrivant des cercles magiques, évoquant les puissances

---

A seus deoses já dera fabulando :
Que os anjos de celeste companhia
Deoses o sacro verso está chamando ;
Nem nega que esse nome preeminente
Tambem aos maos se dá, mas falsamente.
(Canto X.)

de l'enfer, et bouleversant la nature [1]? Je répondrai encore, en m'adressant aux gens de lettres : messieurs, vous ne croyez pas plus à la magie noire et aux opérations des esprits infernaux qu'aux dieux du paganisme. En lisant le Tasse, comme en lisant Homère et Virgile, vous vous transportez par la pensée au temps où les opinions qui servent de fondement aux machines épiques employées pas ces poètes, étaient généralement répandues. Car autrement pourriez-vous sentir les beautés qui naissent de l'un ou de l'autre de ces genres de merveilleux? Trouveriez-vous sans cela du plaisir à voir dans Homère les dieux partager la querelle des Grecs et des Troyens, et, dans le Tasse, les esprits infernaux lutter contre le pouvoir céleste? Eh bien! ce que vous faites pour Homère, faites-le pour Camoens : prêtez-vous à l'illusion. L'intervention des dieux du paganisme dans les Lusiades produit des beautés égales à celles qui se rencontrent dans les anciennes épopées. Jugez le poète portugais avec les opinions littéraires de son siècle, et ne soyez pas plus sévères envers lui que vous ne l'êtes envers Milton, envers le Tasse, à qui vous pardonnez, avec raison, d'avoir employé dans leurs chrétiennes épopées des expressions et des images de l'ancienne mythologie.

---

1. Voir la note 18 du premier chant.

Mais en supposant que Camoens se soit trompé
dans le choix de son merveilleux, quel est donc le
poète sans défaut? Homère dort quelquefois [1]; on
blâme sa métamorphose des dieux en chats-huants.
Les dieux de Virgile n'ont pas la grandeur, la majesté de ceux d'Homère; on goûte peu ses harpies
et la métamorphose des vaisseaux troyens en nymphes de l'océan; l'intérêt baisse et décroît dans les
derniers livres de l'Énéide. Si les deux maîtres de
l'art ont failli quelquefois, n'en accusons que la
nature qui n'a pas voulu que rien de parfait sortît
de la main des hommes. Au lieu donc de critiquer
avec amertume le merveilleux de Camoens, admirez
le parti prodigieux qu'il en a tiré, la manière même
dont il l'introduit et le motive; admirez enfin l'extrême habileté avec laquelle il a su lier au genre
antique et élever à la hauteur de l'épopée les mœurs
de la chevalerie et des temps modernes.

Une analyse rapide des Lusiades, le simple som-
maire des dix chants, dégagé des épisodes, va nous
faire sentir que, de toutes les épopées modernes, il
n'en est point qui se rapproche davantage de la simplicité des grands modèles, sans en être pourtant
la servile imitation.

Le poète expose noblement son sujet, invoque

---

1.   . . . . . Quandoque bonus dormitat Homerus.
                                    (Horat.)

les nymphes du Tage, se recommande au roi Sébastien, et, à l'exemple d'Homère et de Virgile,
transporte sur-le-champ ses lecteurs au milieu de
l'action. La flotte portugaise, sous les ordres de
Gama, a déja doublé le cap des Tempêtes : elle
marche à la découverte de l'Inde. Les dieux tiennent
conseil sur les destinées de l'Orient; Bacchus, *l'ancien conquérant de l'Asie*, s'oppose au succès de
l'entreprise des Portugais. *Il déteste en eux des rivaux* [1]. Vénus se déclare en leur faveur : *Elle a vu
leur valeur éclater sur la rive Tingitane; elle
aime à retrouver dans les Lusitaniens les vertus
héroïques des Romains, qui lui furent si chers,
et jusqu'au langage à peine altéré de ces anciens maîtres du monde* [2]. Mars unit sa voix à
celle de Vénus : *La cause des héros devait être
la sienne* [3]. Jupiter se range de leur avis, et la flotte

---

1.   . . . . conhecendo
      Que esquecerão seus feitos no oriente,
      Se là passar a Lusitana gente.
                         (Canto I , Est. XXX.)

2.   Por quantas qualidades via nella
      Da antigua taõ amada sua Romana :
      Nos fortes corações, na grande estrella
      Que mostraram na terra Tingitana;
      E na lingua, na qual quando imagina,
      Com pouca corrupçaõ crê que he a latina.
                         (Canto I, Est. XXXIII.)

3.   Porque a gente forte o merecia.
                         (Ibid., Est. XXXVI.)

arrive à Mozambique. Elle est visitée par les Maures,
dont le chef, à l'instigation de Bacchus, forme le
projet de la détruire par la force. Il échoue dans son
entreprise, et, recourant à la ruse, donne aux Portugais un pilote qui, nouveau Sinon, captive leur
confiance et les conduit au rivage de Monbaze.

Bacchus est dans la cité. Sous les vêtemens d'un
chrétien, il se joue de la crédulité de deux émissaires
de Gama. Trompé par leur récit, Gama se dispose à
entrer dons le port; mais Vénus, qui aperçoit le
danger des Portugais, implore en leur faveur le secours de Jupiter. Mercure est chargé d'avertir Gama
de s'éloigner de Monbaze. Le héros obéit, et se dirige vers Mélinde. Il aborde. Le roi, que la Renommée a pris soin d'instruire des grandes actions des
Portugais, les accueille avec enthousiasme : il veut
connaître leur origine, leur histoire, les exploits de
leurs ancêtres, tous les événements qui ont préparé
l'entreprise héroïque qu'ils exécutent en ce moment.
Fais-moi, lui dit-il, *le tableau fidèle du pays qui
fut ton berceau, de la grande région dont il fait
partie. Raconte-moi l'origine de ta nation, ses
guerres, ses victoires. Voyons par quels degrés
elle est arrivée à tant de gloire et de puissance* [1].

---

[1].   Mas antes, valeroso Capitaõ,
         Nos conta lhe dizia, diligente,
         Da terra tua o clima, e regiaõ

Gama, pour satisfaire aux désirs du roi de Mélinde, lui fait la description générale de l'Europe,
et le tableau particulier de la péninsule du midi.
Après un coup d'œil rapide sur les temps antérieurs
à la fondation de la monarchie portugaise, il raconte, en style héroïque, l'histoire de la Lusitanie,
depuis le comte Henri, premier souverain du Porto,
jusqu'au roi Emmanuel, qui ordonna l'expédition
d'Orient.

Le récit de la navigation de Gama remplit le
cinquième chant.

Au sixième, la flotte portugaise remet à la voile.
Un pilote mélindien la dirige vers l'Inde; elle va
toucher enfin cette terre tant désirée, lorsque Bacchus reparaît sur la scène, et va tenter un dernier
effort pour anéantir les vaisseaux de Gama. Il descend au palais de Neptune, les dieux marins se
rassemblent, et Bacchus les harangue. *Lorsque les
Argonautes osèrent se frayer un chemin dans
votre empire, Borée, Notus, Aquilon, tous les
enfants d'Éole se soulevèrent d'indignation. Et
vous, divinités de l'Océan, vous, que de vils
mortels viennent outrager jusqu'à l'entrée de vos*

Do mundo onde morais, distinctamente;
E assi de vossa antigua geraçaõ,
E o principio do reino taõ potente.

(Canto II, Est. CIX.)

palais, vous tardez encore à les punir [1] *!* La colère de Bacchus se communique à toutes les divinités de la mer. Une tempête horrible s'élève; mais
elle est apaisée par Vénus, le génie tutélaire des
Lusitaniens.

La flotte portugaise est devant Calicut. Ici le
poète, par la bouche d'un Maure que la fortune a
transporté des rivages de l'Afrique aux bords de l'Indus, nous peint, à grands traits, le gouvernement,
la religion et les mœurs de l'Asie. Le Samorin, pré-
venu de l'arrivée de Gama, envoie à sa rencontre le
principal ministre de l'empire, le Catual. Gama,
reçu en audience solennelle par le Samorin, lui pro-
pose l'amitié d'Emmanuel, et l'union de l'Europe et
de l'Asie par les liens du commerce.

Le Catual va visiter la flotte de Gama. Frappé des
scènes guerrières qu'il voit représentées sur les bannières portugaises, il en demande l'explication, la
reçoit de Paul de Gama, et remporte à Calicut une
haute idée des guerriers du Tage. Mais les Maures

---

1.   Eu vi que contra os minyas, que primeiro
       No vosso reino este caminho abriram,
       Boreas injuriado, e o companheiro
       Aquilo, e os outros todos resistiram :
       Pois se do ajuntamento aventureiro
       Os ventos esta injuria assi sentiram,
       Vòs, a quem mais compete esta vingança,
       Que esperais? Porque a pondes em tardança?
                        (Canto VI , Est. XXXI)

qui, depuis long-temps, sont en possession du commerce de l'Inde, ont conçu de la jalousie. Ils circonviennent le Catual et les autres ministres, les trompent, ou les corrompent. Les prêtres de Brama, les ministres de l'Alcoran, unissent leurs fureurs contre les Portugais. Le Samorin s'épouvante; la liberté est ravie à Gama, sa vie est en danger. A force de prudence et de courage, il recouvre la liberté et regagne ses vaisseaux.

La flotte triomphante va porter à Lisbonne la grande nouvelle de la découverte de l'Inde, et trouve sur sa route une île flottante, une espèce d'Élysée, où, par les mains de Téthys et des Néréides, Vénus leur décerne les honneurs de l'apothéose.

Au milieu d'un festin magnifique, donné par Téthys aux enfants de Lusus, un chant prophétique leur annonce les grandes destinées des héros qui les suivront dans les mers orientales : c'est l'histoire des vice-rois, depuis François d'Almeida jusqu'à Jean de Castro. Téthys les conduit ensuite au sommet d'une montagne sacrée, d'où elle leur montre les vastes régions qui formeront un jour l'empire portugais en Asie. Les Portugais quittent l'Élysée des héros, traversent rapidement les mers, et le grand Emmanuel, à qui le Ciel avait réservé l'empire d'Orient, apprend par leur retour que les destins sont accomplis.

Tel est le plan des *Lusiades*. Il me semble qu'il était difficile d'en imaginer un qui fût plus simple et plus grand, plus sage et plus hardi, enfin plus régulier dans toutes ses parties. Les épisodes l'embellissent, sans nuire à l'action principale, comme ces effets d'harmonie qui ornent le chant, sans l'étouffer.

Si l'on ne rencontre pas dans le poëme de Camoens des caractères aussi bien dessinés, aussi nombreux, aussi variés que dans l'Iliade, on peut faire le même reproche à l'Énéide. Et, à tout prendre, les caractères d'Alphonse I, de Jean I, d'Égas Moniz, de Pachéco, d'Alphonse d'Albuquerque, etc, valent bien ceux du brave Gyas, du brave Cloanthe et d'Évandre [1].

Le langage de Camoens, celui de ses héros, tous les sentiments qu'ils expriment sont élevés comme le sujet. Pas une pensée qui ne soit morale, généreuse, héroïque; point de basse flatterie, point d'éloge qui ne s'adresse au véritable mérite. Le poète portugais a vérifié cette maxime d'un célèbre moraliste français, que *les grandes pensées viennent du cœur*.

---

1. Oui, mais les caractères de Turnus et de Camille, de Mézence et de Lausus, de Nisus et d'Euryale, sont admirables, et nous sommes forcés de faire remarquer ici à M. de Souza que sa juste admiration pour Camoens le rend injuste envers Virgile.

Note du Traducteur.)

Quant au style, il est naturel sans affectation, noble et quelquefois sublime. *Donnez à mes vers,* avait-il dit aux Nymphes du Tage, *une harmonie si brillante et si pure que le dieu du Pinde abandonne pour vos ondes les flots de l'Hippocrène* [1] ; et l'on sent que les Muses l'ont pleinement exaucé. Sir William Jones, aussi versé dans la littérature, proprement dite, que dans la connaissance des langues, caractérise ainsi l'auteur des Lusiades : *Camoensium Lusitanum, cujus poësis adeò venusta est, adeò polita, ut nihil esse possit jucundius; interdùm verò adeò elata, grandiloqua, ac sonora, ut nihil fingi possit magnificentius.* « Camoens, Portugais, dont la poésie est si gracieuse « et si pure, qu'il n'est rien de plus agréable; et « quelquefois si élevée, si noble et si harmonieuse, « qu'on ne peut rien imaginer de plus magnifique. »

Et c'est de ce style pur, harmonieux et facile, qu'est écrite, en entier, l'épopée portugaise. Les images en sont admirables. Les comparaisons, quand le poète les invente, sont aussi brillantes que justes; quand il les imite d'Homère ou de Virgile, on dirait

---

1.   Dai-me agora hum som alto, e sublimado,
        Hum estylo grandiloquo, e corrente :
        Porque de vossas agoas Phebo ordene
        Que naõ tenham inveja ás de Hippocrene.
                (Canto I, Est. IV.)

qu'elles sont à lui. La description des sites, des combats et des scènes navales, est d'autant plus vraie, qu'il ne fait que peindre ce qu'il a vu. Doué d'une grande énergie et d'une exquise sensibilité, il montre tour-à-tour, dans ses tableaux, la vigueur et la noblesse de Michel-Ange et de Raphael, la grâce et le coloris de l'Albane et du Corrège. La langue poétique lui doit de nombreux exemples d'harmonie imitative, et l'art délicat d'ennoblir par l'expression, les choses communes et vulgaires. Deux siècles et demi ont passé sur la cendre de Camoens, et aucune des locutions dont il s'est servi, aucun des mots dont il a enrichi la langue portugaise, n'a vieilli. Enfin, sous quelque rapport que l'on examine le poëme des Lusiades, il n'est inférieur, soit pour l'invention, soit pour l'exécution, à aucun des meilleurs poëmes épiques. Je dis cela pour les étrangers; car il n'est point de Portugais qui, ainsi que moi, ne le trouve supérieur à tous. On aurait tort d'attribuer cette opinion à une ridicule vanité nationale : il y a mieux que de la vanité dans la préférence que nous accordons, en général, aux hommes et aux choses de la patrie, et, en particulier, aux hommes qui l'ont illustrée.

Les Lusiades sont un monument élevé à la gloire du Portugal. Ce livre doit être aussi précieux pour nous, que l'Iliade pour les Grecs. Si Homère a chanté les temps héroïques de la Grèce, Camoens a chanté les exploits de nos ayeux. Les Lusiades sont les *archives de l'héroïsme* : chaque famille noble y retrouve son nom et les belles actions de ses ancêtres. Chaque ville ou chateau s'y trouve mentionné. Les Portugais vivront dans la postérité par Camoens, comme les Grecs par Homère, et les Romains par Virgile. Qui d'entre nous n'éprouverait pas pour ce grand poète un enthousiame de reconnaissance ? Les Anglais l'éprouvent pour Shakespear au point de ne pouvoir souffrir qu'on lui découvre un défaut, qui affaiblirait l'admiration qu'ils ont pour lui. Johnson, aristarque plus que sévère, dit en parlant du *Paradis perdu* : *Quel Anglais pourrait se plaire à y chercher des fautes? Retrancher quelque chose à la réputation de Milton, c'est diminuer d'autant la gloire de notre patrie.*

Je pourrais, à l'exemple d'Addisson, justifier mon admiration pour mon auteur par de nombreuses et longues citations; mais, forcé de me renfermer dans les bornes d'une simple notice, je me contenterai de signaler les endroits les plus remarquables des Lusiades, travail inutile pour mes compatriotes, mais utile pour les étrangers, et facile pour moi : entre tant de beautés, je n'aurai que l'embarras du choix. Voltaire répondit à un homme de lettres qui lui demandait pourquoi il ne faisait pas un commentaire sur Racine : L'ouvrage est fait, écrivez au bas de chaque page, *admirable, pathétique, su-*

blime. Cette réponse me paraît parfaitement applicable à Camoens; on m'excusera donc si, dans l'indication des passages qui me frappent le plus dans son poëme, je reproduis souvent les mêmes formules d'éloge.

CHANT I. L'exposition est noble, majestueuse et animée de ce patriotisme qui vivifie tout le poëme. L'invocation aux muses du Tage et le discours au roi Sébastien sont un développement du même sentiment, exprimé en beaux vers.

Oui, c'est à la patrie que je consacre ma lyre. On ne me verra point demander à la fortune le prix de mes travaux ; j'ose l'attendre de la postérité [1].

En parlant au jeune Sébastien des princes qui l'ont précédé sur le trône, et des hommes célèbres de la nation, il l'invite à se montrer le digne héritier des vertus de ses ancêtres, et le digne souverain d'un tel peuple.

Apprends à connaître les hommes que le ciel a soumis à ton empire; et dis-moi s'il n'est pas plus beau de régner sur eux que de commander au reste du monde [2].

---

[1].   Vereis amor da patria, não movido
         De premio vil; mas alto, e quasi eterno.
                                 (Canto I , Est. X.)

[2].   Ouvi; vereis o nome engrandecido
         Daquelles de quem sois senhor superno:

2   23

Comparez ce noble langage à celui que Virgile et Lucain tiennent aux Césars, et l'Arioste et le Tasse aux princes de la maison d'Est.

Camoens entre dans son sujet à la manière des anciens poètes épiques. Les dieux sont rassemblés dans l'Olympe : leur délibération donne aux héros du poëme une plus grande importance, et fait espérer au lecteur des actions dignes d'une si haute intervention.

La majesté du maître du tonnerre, sa supériorité sur tous les autres dieux, sont marquées admirablement.

Sur un trône resplendissant d'étoiles parait le dieu qui lance la foudre. Le diamant jette moins de feux qu'il n'en jaillit de son sceptre et de sa couronne. Une majesté sévère est empreinte dans ses traits. De son front s'exhale une vapeur divine : le mortel qui l'aurait ressentie deviendrait semblable aux dieux [1].

E julgareis qual he mais excellente,
Se ser do mundo rei, se de tal gente.
(Ibid.)

1.   Estava o padre allí sublime, e dino,
Que vibra os feros raios de Vulcano,
N'hum assento de estrellas crystallino,
Com gesto alto, severo, e soberano :
Do rosto respirava hum ar divino,
Que divino tornara hum corpo humano ;
Com huma coroa, e sceptro rutilante,
De outra pedra mais clara que diamante.
(Est. XXII.)

Bacchus se déclare l'ennemi des enfants de Lusus : on craint déja pour eux les effets de sa profonde jalousie. Vénus, qui prend leur défense, est bien dans le caractère que lui donnent les poètes. Mars s'exprime avec la véhémence du dieu des batailles; il se montre *iracundus*, *inexorabilis*, *acer*, et porte sa fierté jusqu'aux pieds du trône de Jupiter.

D'un bras terrible, il soulève sa lance. Sa lance en retombant, frappe les marches du trône. Le ciel en trembla; Apollon effrayé laissa un instant pâlir ses rayons [1].

Si le caractère des antiques divinités est exactement reproduit dans les Lusiades, les mœurs des peuples de l'Asie et de l'Afrique, et celles de la chevalerie européenne, au quinzième siècle, n'y sont pas retracées avec moins de fidélité, comme on peut en juger par la première entrevue de Gama avec les Maures de Mozambique. Il est impossible à la poésie de peindre la nature avec plus de vérité.

Le tableau d'une belle nuit et du matin qui lui

---

[1].   Por dar seu parecer se poz diante
De Jupiter, armado, forte, e duro :
E dando huma pancada penetrante,
Co'o conto do hastaõ, no solio puro,
O ceo tremeo; e Apollo de torvado,
Hum pouco a luz perdeo, como enfiado.
(Est. XXXVII.)

23.

succède est plein de grâce et d'élégance. Camoens, imitant Virgile, comme Virgile a imité Homère, s'est fait un genre descriptif qui n'est qu'à lui. La comparaison qui précède le combat est aussi neuve que juste, naturelle et brillante.

La description du combat place les deux partis sous les yeux du lecteur. On suit leurs mouvements variés et rapides., on entend siffler dans les airs le plomb meurtrier [1].

CHANT II. Pour prévenir les effets de la trahison que préparent à Gama les Maures de Monbaze, Vénus descend sur les flots. *Fille de l'onde, elle commande en souveraine aux jeunes déités qui l'habitent. A sa voix, les Néréides quittent leur palais d'azur,* et toutes ensemble, ayant Vénus à leur tête, enveloppent la flotte portugaise, *appuyent contre les flancs des navires leur poitrine délicate, et les détournent du rivage :* fiction neuve et charmante, qui annonce, comme tant d'autres, que le génie d'invention était loin de manquer à l'auteur.

La comparaison des *fourmis* qui *traînent péniblement vers leur cité souterraine le lourd butin qu'elles ont rassemblé pour la saison des*

---

1.   A plumbea pella mata, o brado espanta,
Ferido o ar retumba e assovia.
(Canto 1.)

frimas, et que l'on voit *ardentes, infatigables, s'agiter à l'entour, et déployer une vigueur inattendue*, est tout-à-fait dans le style homérique. Elle est aussi dans le goût d'Homère, celle que Camoens emploie pour peindre les Maures fuyant à travers les flots :

Telles ces bruyantes peuplades, monument de la colère de Latone : elles reposaient imprudemment sur les bords d'un marais solitaire ; mais un bruit soudain les alarme : elles bondissent de frayeur, se replongent dans l'onde émue, et réfugiées, dans leur commun asyle, ne montrent plus à la surface de l'eau que leurs têtes humides [1].

Effrayée du péril qui menace encore les Lusitaniens, Vénus monte au sixième ciel pour implorer Jupiter en leur faveur. C'est un des plus beaux endroits du second chant. Le portrait de la déesse, ainsi que son discours au maître des dieux, sont d'une beauté d'images, d'une harmonie de versification et d'une chaleur de style telles, que le Tasse

---

1.   Assi como em selvatica alagoa
     As rãas, no tempo antiguo Lycia gente,
     Se sentem por ventura vir pessoa,
     Estando fóra da agua incautamente,
     Daqui e dalli saltaudo, o charco soa,
     Por fugir do perigo que se sente ;
     E acolhendo-se ao couto que conhecem,
     Sós as cabeças na agua lhe apparecem.
                              (Canto II, Est. XXVII)

lui-même, si j'ose le dire, ne l'a pas égalé, dans le portrait très-beau, très-brillant, mais un peu trop étudié de son Armide. Il y a, dans le discours de Vénus au souverain de l'Olympe, une grâce, une douceur, qui prouvent combien Cambens excellait dans l'expression des sentiments tendres et délicats.

La réponse de Jupiter qui prédit à la déesse la grandeur future des enfants de Lusus, excite vivement la curiosité du lecteur. Remarquons dans ce morceau la cinquante-troisième octave, dans laquelle le poète s'est emparé très-heureusement d'un trait saillant de la description du bouclier d'Énée.

Les mers de Leucate et les rochers d'Actium virent éclater moins d'audace et de fureur dans la bataille sanglante où l'heureux Octave triompha de ce capitaine romain qui, vainqueur de l'Euphrate et du Nil, des enfants de l'Aurore et du Scythe infatigable, revenait chargé de riches dépouilles, mais vil esclave d'un amour si fatal à sa gloire [1].

La flotte arrive à Mélinde. On peut citer comme

---

1.   Nunca com Marte instructo, e furioso,
Se vio ferver Leucate, quando Augusto
Nas civis Actias guerras animoso,
O capitão venceo Romano injusto;
Que dos povos de Aurora, e do famoso
Nilo, e do Bactra Scythico, e robusto,
A victoria trazia, e presa rica,
Preso da Egypcia linda, e não pudica.
(Est. LIII.)

modèle de l'art oratoire, le discours de l'envoyé de Gama. Le monarque mélindien est tel que le peint Osorius : *In omni sermone princeps ille non hominis barbari specimen dabat, sed ingenium et prudentiam eo loco dignam præ se ferebat.*

(De rebus Emmanuelis, lib. VII.)

Ce passage d'Osorius répond à la critique peu judicieuse de Voltaire, qui reproche à Gama de parler d'Ulysse et d'Énée à un barbare africain qui ne pouvait les connaître. On a lieu de s'étonner qu'un homme aussi instruit ne sût point que le roi de Mélinde était arabe ; que les Arabes possédaient dans leur langue des traductions des meilleurs ouvrages de l'antiquité, et un grand nombre de livres de science et d'histoire. On s'étonne encore plus d'entendre un pareil reproche de la part d'un poète qui fait dire à Zopire, parlant à Mahomet :

> En Égypte Osiris, Zoroastre en Asie,
> Chez les Crétois Minos, Numa dans l'Italie,
> A des peuples sans mœurs, et sans culte, et sans rois,
> Donnèrent aisément d'insuffisantes lois.

Dans le récit de l'entrevue du roi de Mélinde avec Vasco, on reconnaît le talent du poète à relever par le style les détails les moins favorables à la poésie : tout ce tableau est si vif et si naturel, que l'on croit voir ce qu'on lit.

CHANT III. On préfère généralement, dans l'É-

néïde, les quatrième et sixième livres à tous les
autres : si j'osais choisir entre les dix chants des
Lusiades, je donnerais la préférence aux troisième
et quatrième, qui renferment l'histoire de la monarchie portugaise. Tous les genres de beautés s'y
trouvent réunis [1].

La description de l'Europe, par laquelle s'ouvre
le récit, et que certains critiques étrangers regardent
comme un détail aride, peut servir à donner une
juste idée du talent poétique de l'auteur. Les traits
caractéristiques des divers climats, les allusions historiques rendent cette description aussi instructive
que pittoresque. Si cette peinture des lieux nous
plaît tant dans Homère, pourquoi ne nous plairait-
elle pas dans Camoens? Rien de plus touchant
que les quatre vers qui terminent la description
particulière du Portugal.

C'est mon pays, mon cher pays. Puisse le ciel y ramener mes
heureux navires! Puissé-je, à la fin de ma laborieuse entreprise,
revoir ses doux rivages, les fouler encore et mourir [2]!

---

1. On aura, sans doute, observé que l'auteur de la Notice, dans
l'examen des beautés des Lusiades, passait de l'une à l'autre, sans
marquer les transitions. M. de Souza a dû supposer que ses lecteurs
connaissaient d'avance le poëme, ou qu'ils l'avaient sous les yeux.
(Note du Traducteur.)

2.   Esta he a ditosa patria minha amada ;
       Aqual se o ceo fne dá que eu sem perigo

Ainsi, pauvre exilé, tu mettais dans la bouche de Gama les sentiments qui remplissaient ton cœur, lorsqu'aux bords de l'Indus, ou aux rivages de Macao, tu élevais à la gloire de ta patrie un éternel monument.

La manière dont Camoens amène le récit de la bataille d'Ourique, époque de la fondation de la monarchie portugaise, est digne d'un sujet si grand. L'apparition de la croix miraculeuse, l'enthousiasme qui saisit les soldats d'Alphonse, le projet qu'ils conçoivent et qu'ils exécutent d'élever leur prince sur le pavois, leurs cris de joie, présages de la victoire, appartiennent à la plus haute épopée. Vient ensuite le récit, ou plutôt la peinture de la bataille, et c'est là qu'on peut voir combien le poète soldat, qui peint ce qu'il a vu, est supérieur au poète de cabinet qui imite ou copie les histoires ou les romans. Les traits du tableau sont vifs, rapides, naturels et propres à donner une juste idée de ces épouvantables scènes, dont Camoens avait été si souvent le témoin.

Forcé de passer rapidement sur un grand nombre de beautés, j'appelle l'attention des lecteurs sur les quatre-vingt-troisième et quatre-vingt-quatrième oc-

---

Torne, com esta empreza já acabada,
Acabe-se esta luz alli comigo.
(Canto III, Est. XXI.)

taves, où le poète fait mention de la mort du grand Alphonse, notre premier roi, et de la douleur de ses sujets.

Alphonse se voyait couronné de toutes les faveurs de la fortune, quand ce vainqueur de tant de peuples fut à son tour vaincu par l'âge. Là pâle mort vint toucher, de sa main glacée, le corps affaibli du monarque; il paya le tribut qu'il devait à la nature.

Les hauts promontoires le pleurèrent. Les fleuves attristés roulèrent des larmes dans leur cours, et de leurs flots gémissants couvrirent au loin les campagnes. Le souvenir de ses vertus était dans tous les cœurs, son nom dans toutes les bouches; et les échos de la Lusitanie répétaient : Alphonse, Alphonse!... Le héros n'était plus [1].

---

1.   De tamanhas victorias triumphara
        O velho Afonso, principe subido,
        Quando quem tudo emfim vencendo andara,
        Da larga e muita idade foi vencido.
        A pallida doença lhe tocava
        Com fria mão o corpo enfraquecido;
        E pagaram seus annos deste geito,
        A triste Libitina seu direito.

        Os altos promontorios o choraram;
        E dos rios as aguas saudosas
        Os semeados campos alagaram,
        Com lagrimas correndo piedosas.
        Mas tanto pelo mundo se alargaram
        Com fama suas obras valerosas,
        Que sempre no suo reino chamarão,
        Afonso, Afonso, os eccos: mas em vão!

Le discours de la reine Marie est parfait dans son genre; et bien que la situation de cette princesse soit à peu près la même que celle de Vénus implorant Jupiter, au second chant, les deux discours ont chacun la couleur et l'expression qui conviennent à la circonstance et au caractère des personnages.

O mon père (dit Vénus) j'étais heureuse de ton amour, de la préférence que tu m'accordais sur tous les Dieux. Tant de bonheur me semblait devoir durer toujours. Aveugle que j'étais! Vénus, sans l'avoir mérité par aucune offense, Vénus est devenue l'objet de ton courroux. Tu l'abandonnes; tu la hais; Bacchus l'emporte sur ta fille : il triomphe et je pleure [1]!

Tout ce que l'Afrique a enfanté de peuples barbares (dit la reine Marie) est descendu sur nos bords. Le tyran de Maroc est à leur tête. Jamais, depuis que l'Océan embrasse la terre de ses flots, jamais on ne vit une armée plus formidable. L'outrage et la fureur l'accompagnent; les vivants pâlissent d'effroi, les morts se troublent dans leurs tombeaux [2].

---

[1].   Sempre eu cuidei, ó padre poderoso,
Que para as cousas, que eu do peito amasse,
Te achasse brando, affabil e amoroso,
Postoque a algum contrario lhe pezasse :
Mas pois que contra mi te vejo iroso,
Sem que merecesse, nem te errasse,
Faça-se como Baccho determina;
Assentarei emfim que fui mofina.

[2].   Quantos povos a terra produzio
De Africa toda, gente fera e estranha,
O grão rei de Marrocos conduzio,

Le discours de Marie entraîne le roi de Portugal. Il vole au secours du roi de Castille, et les deux princes réunis rencontrent, dans les plaines de Tariffe, les armées de Maroc et de Grenade. Le poète, après la description de la bataille gagnée par les chrétiens sur les Maures, amène d'une manière très-heureuse l'épisode d'Inez de Castro, cet épisode dont Voltaire a dit : *Il y a peu d'endroits dans Virgile plus attendrissants et mieux écrits.* Qu'ajouterions-nous à un pareil éloge? Nous prendrons seulement occasion de ce morceau des Lusiades, pour faire remarquer que, dans aucun poëme, on ne trouve aussi souvent l'éloge de la beauté. Camoens avait connu toutes les félicités et toutes les douleurs de l'amour : il aime à reproduire sous toutes les formes les transports et les tourments qui ont tour-à-tour agité son cœur. Et cependant, malgré cette vive sensibilité qui pouvait le porter à excuser la vengeance barbare exercée par dom Pèdre sur les meurtriers d'Inez, Camoens, toujours philosophe, blâme sévèrement le pacte inhumain, par lequel ce prince et l'autre dom Pèdre firent entre eux un horrible échange de victimes.

Para vir possuir a nobre Hespanha :
Poder tamanho junto não se vio,
Despois que o salso mar a terra banha :
Trazem ferocidade, e furor tanto,
Que a vivos medo, e a mortos faz espanto.

CHANT IV. De l'épisode d'Inez, si pur et si touchant, l'auteur passe à la description de la guerre sanglante qui s'éleva entre Jean I et la reine Léonor, aidée d'une partie de la nation réunie aux Castillans. C'est là que Camoens enseigne, en vers admirables, à quiconque aime encore son pays, à défendre l'indépendance nationale, et à repousser toute force étrangère qui tenterait de la violer. Ces grandes leçons politiques, que mes compatriotes ont si bien pratiquées dans la lutte qu'ils ont eue à soutenir contre les armées de Napoléon, ne peuvent être affaiblies par les notes du commentateur Faria sur ce passage; notes indignes d'un bon Portugais, et qui justifient pleinement le mot de Voltaire, que *les commentateurs sont toujours un peu les ennemis de leur pays.* Il ne faut donc pas être surpris que Faria ne fût point touché de la belle harangue de Nuno-Alvarès à l'assemblée de Coïmbre :

Quoi! des rangs portugais, gloire de l'Hespérie,
Sort un lâche refus de servir la patrie[1]!
Quoi donc! des nations la première aux combats
Aura vu de son sein sortir des fils ingrats,

---

1. Cette traduction en vers de la harangue de Nuno nous a été fournie par M. Hippolyte Lefebvre dont nous parlons dans notre préface. Elle a le mérite d'une grande difficulté vaincue : car elle est, en quelques endroits, plus littérale que la traduction en prose. Voir le premier volume, chant quatrième, pag. 227. (*Note du Traducteur.*)

Qui, de leur noble mère abjurant la défense,
Abjurent foi, courage, amour, honneur, vaillance,
Et qui, libres encor, brûlent de se ranger,
Sans remords, sans pudeur, sous un joug étranger !

Quoi ! des fiers Portugais n'êtes-vous plus la race ?
Ne vous sentez-vous plus la généreuse audace
Qui sur les étendards de ces mêmes rivaux
Faisait du grand Henri triompher les drapeaux,
Alors que, leurs exploits condamnant à la fuite
De tant de nations la belliqueuse élite,
Sept comtes entraînés prisonniers de l'honneur,
D'un immense butin dotèrent le vainqueur ?

Ces rivaux, dont l'aspect aujourd'hui vous étonne,
De Denis, de son fils, illustrant la couronne,
Sous quel bras tombaient-ils, terrassés devant eux,
Si ce n'est sous le bras de vos vaillants aïeux ?
Ah ! puisque d'un Fernand la coupable mollesse
Vous a pu rabaisser à sa lâche faiblesse,
Qu'un nouveau roi du moins vous rende à la vertu :
Un grand roi change tout chez un peuple abattu.

Et ce roi, vous l'avez ; son sceptre est votre ouvrage.
Laissez-vous embraser au feu de son courage,
Et tout cède à vos vœux : ceux-là de toutes parts
Fuiront, que déja même ont vu fuir vos regards.
Mais si l'honneur en vous ne retrouve sa place,
Si rien ne peut changer cet effroi qui vous glace,
Courbez-vous sous les fers : moi seul de l'étranger
J'irai, bravant le joug, faire tête au danger.

Seul avec mes guerriers, et celle-ci (l'épée
Sortait de son fourreau, presque entière échappée)

J'irai, je défendrai contre un injuste essor
Cette terre héroïque, et du joug vierge encor.
Moi seul, fort de mon roi, de ma patrie en larmes,
Fort de la loyauté qu'outragent vos alarmes,
J'irai combattre, vaincre et nos fiers ennemis
Et quiconque à mon roi porte un cœur insoumis [1].

---

[1].   Como, da gente illustre Portugueza,
Ha de haver quem refuse o patrio Marte?
Como, desta provincia, que princeza
Foi das gentes na guerra em toda parte,
Ha de sahir que negue ter defeza,
Que negue a fé, o amor, o esforço e arte
De Portuguez; e por nenhum respeito,
O proprio Reino queira ver sujeito?

Como? não sois vós inda os descendentes
Daquelles, que debaixo da bandeira
Do grande Henriques, feros e valentes,
Vencestes esta gente tão guerreira:
Quando tantas bandeiras, tantas gentes,
Puzeram em fugida, de maneira,
Que sete illustres condes lhe trouxeram
Presos, afora a presa que tiveram?

Com quem foram contino sopeados
Estes de quem o estais agora vos,
Por Diniz, e seu filho sublimados,
Senão co' os vossos fortes pais, e avós?
Pois se com seus descuidos, ou peccados,
Fernando em tal fragueza assi vos poz,
Torne-vos vossas forças o Rei novo;
Se he certo que co' o rei se muda o povo.

Rei tendes tal, que se o valor tiverdes
Igual ao rei que agora alevantastes,

Les préparatifs de la guerre, et tout ce qui précède immédiatement la mémorable journée d'Aljubarota, dont le résultat, comme celui de la journée d'Ourique, fut d'affermir notre indépendance, sont présentés avec un rare talent; mais tout cède à la description de la bataille. Justesse d'images, harmonie de style, poésie imitative, scènes terribles et variées, rien ne manque à la perfection du tableau. Camoens a décrit trois batailles, celles d'Ourique, de Tariffe et d'Aljubarota : chacune d'elles a son mérite particulier; dans chacune d'elles, le poète est toujours vrai. C'est en cela qu'il me paraît inimitable.

Rien n'est, en effet, plus digne de remarque que l'exactitude avec laquelle il a suivi, dans tout le

Desbaratereis tudo o que quizerdes,
Quanto mais a quem já desbaratastes :
E se com isto emfim vos não moverdes
Do penetrante medo que tomastes,
Atai as mãos a vosso vão receio,
Que eu só resistirei ao jugo alheio.

Eu só com meus vassallos, e com esta
(E dizendo isto arranca meia espada)
Defenderei da força dura, e infesta,
A terra nunca de outrem sobjugada :
Em virtude do rei, da patria mesta,
Da lealdade já por vós negada,
Vencerei, não só estes adversarios,
Mas quantos a meu rei forem contrarios.

cours de son poëme, une des premières règles de l'épopée : celle qui consiste à peindre fidèlement les mœurs de l'époque à laquelle se rattache l'action du poëme. D'un bout à l'autre des Lusiades, on voit briller cet esprit militaire et chevaleresque, cette valeur aventureuse, cet amour de gloire, cet enthousiasme, qui animaient alors toute la nation, et qui faisaient de chaque Portugais un héros. L'imagination du lecteur, ainsi disposée, se prête sans effort aux prodiges de valeur racontés par le poète.

C'est à la fin du quatrième chant que commence ce qui tient plus particulièrement à l'*action* des Lusiades, c'est-à-dire, à la grande expédition préparée par Jean II, et ordonnée enfin par Emmanuel. « Toutes les circonstances de l'entreprise, dit « M. Mickle, sont admirablement exposées. Le roi « Jean II conçoit le projet d'ouvrir à ses flottes, par « le cap de Bonne-Espérance, un passage en Orient; « et d'avance il envoie, par terre, des messagers « qu'il charge d'explorer l'état et le commerce de « l'Inde : leur voyage est raconté à la manière d'Ho- « mère. Mais Jean II n'aura pas l'honneur de cette « heureuse découverte; la providence le réserve à. « Emmanuel, successeur de ce prince. Le Gange et « l'Indus, personnifiés, apparaissent en songe au « nouveau roi, et l'avertissent d'entreprendre la « conquête de leurs rivages. Cette imposante fiction, « le discours d'Emmanuel à Gama, la réponse du

2 24

« héros, sont dignes des plus grands maîtres de
« l'art. L'enthousiasme des guerriers, la pieuse so-
« lennité qui accompagne leur départ, leur noble
« fermeté au moment de l'embarquement; le tableau
« des mères, des épouses, des amis, qui accourent
« désolés sur la plage, croyant voir pour la dernière
« fois ces hommes courageux, qu'ils regardaient
« comme des victimes de l'héroïsme et de l'amour
« de la patrie; l'indignation philosophique du vieil-
« lard, qui prédit de lointains désastres et accuse
« l'ambition de tous les malheurs de l'humanité,
« enfin toute cette scène du départ est d'un pathé-
« tique, d'une magnificence, qu'aucun des classiques
« n'a surpassé, et dont l'invention appartient tout
« entière à Camoens : il n'y a rien de pareil à cela,
« ni dans l'Énéide, ni dans l'Odyssée. »

CHANT V. Ici commence le récit de la navigation de Gama. Le heros rencontrera bientôt le génie des tempêtes, cet éternel gardien des mers aus-
trales, qui, suivant la belle expression d'un poète
français [1],

Reposé assis sur la borne du monde.

Mais, avant d'aborder cette fiction si généralement admirée, je citerai quelques-unes des beautés
répandues à profusion dans le cinquième chant.

---

1. M. Parseval-Grandmaison.

Commençons par faire remarquer une difficulté heureusement vaincue. Il s'agissait d'indiquer en style d'épopée la date précise du départ de Gama.

L'astre du jour s'approchait alors du lion de Némée. Le monde, chargé d'années, poursuivait languissamment le cours de son sixième âge. Il y comptait quatorze fois cent révolutions du soleil, et quatre-vingt-dix-sept autres encore, lorsque nos vaisseaux s'élancèrent sur l'Océan 1.

Il était difficile de dire d'une manière plus poétique et plus claire, que la flotte portugaise était sortie du port de Lisbonne, l'an 1497 de l'ère chrétienne 2.

---

1.   Entrava neste tempo o eterno lume
No animal nemeäo truculento;
E o mundo, que com tempo se consume,
Na sexta idade andava enfermo e lento.
Nella vê, como tinha por costume,
Cursos do sol quatorze vezes cento,
Com mais noventa e sete, em que corria,
Quando no mar a armada se estendia.
(Canto V, Est. II.)

2. L'auteur de l'Araucana, poëme épique espagnol, voulant raconter un prodige arrivé le 23 avril 1554, ne cherche ni périphrase, ni circonlocution; il écrit dans un style très-différent de celui de Camoens :

A veinte i tres de abril......
. . . .
El año de quinientos i cincuenta
Y quatro sobre mil, por cierta cuenta.
(Note du Traducteur.)

24.

La troisième octave est belle et touchante.

Monts paternels, terre chérie, bords fortunés du Tage, nous vous quittions, mais nos cœurs et nos tristes pensées vous restaient. Cintra fuyait dans l'éloignement; ses riantes collines s'effaçaient peu à peu; nos yeux ne pouvaient s'en détacher. La terre enfin s'évanouit entièrement : nous ne vîmes plus que le ciel et les eaux [1].

La côte d'Afrique que longeaient les Portugais, les phénomènes marins qui frappaient successivement leurs regards, leur première rencontre avec les peuplades africaines, sont représentés d'une manière si pittoresque et si naturelle, que le lecteur se croit transporté sur un des vaisseaux de Gama. Tous les récits de Camoens sont des tableaux; et tout ce qu'il peint, il l'a vu. Si, aujourd'hui même que les progrès de la navigation ont mis à décou-

---

[1].   Já a vista pouco e pouco se desterra
          Daquelles patrios montes que ficavam :
          Ficava o charo tejo, e a fresca serra
          De Cintra, e nella os alhos se alongavam.
          Ficava-nos tambem na amada terra
          O coração, que as magoas lá deixavam;
          E já despois que toda se escondeo,
          Naõ vimos mais em fim que mar e ceo.
                              (Canto V.)

Cette stance est une de celles dont il nous a été impossible de faire passer tout le charme dans notre langue. Comment rendre cet *alongavam* qui termine le quatrième vers? Nous avons tâché de dissimuler la faiblesse de la traduction par l'apostrophe du commencement : *Monts paternels*, etc. (*Note du Traduct.*)

vert les différentes régions observées par Gama, la relation poétique de son voyage nous inspire tant d'intérêt, quelle impression ne dut-elle pas faire sur tous les esprits, à une époque qui n'était pas éloignée de plus de quatrevingts ans, de celle où les Portugais entreprirent leur expédition !

L'aventure de Velloso est agréablement racontée. La saillie qui échappe à ses compagnons, et sa joyeuse repartie, sont tout-à-fait dans le caractère du soldat, et n'ont rien de contraire à la dignité de l'épopée. Homère et Virgile n'ont point dédaigné ce moyen de jeter de la variété dans leurs compositions.

La peinture du *scorbut*, maladie particulière aux longs voyages maritimes, n'offre pas un trait qui puisse offenser le goût le plus délicat. Loin de nous rebuter, l'auteur nous pénètre de compassion pour ces infortunés, *dont les ossements blanchiront sur une terre étrangère.*

Des guerriers, qui si long-temps avaient partagé nos périls et nos travaux, succombèrent sur cette plage ignorée. Ils y dor_ ment d'un éternel sommeil. Oh ! que l'homme aisément trouve ici-bas sa dernière demeure ! Un peu de sable remué sur le rivage, quelques vagues fugitives, reçoivent indistinctement la dépouille mortelle d'un héros, et les restes d'un obscur soldat[1].

---

1 .   . . . . . Nesta incognita espessura
Deixamos para sempre os companheiros,
Que em tal caminho, e em tanta desventura,

Les neuf dernières stances sont aussi belles de pensée que d'expression : le poète y parle comme le chœur dans les tragédies des anciens. Seulement il est triste de penser que les contemporains de Camoens, et même les descendants de Gama, eussent mérité de sa part des reproches aussi sévères.

Mais le morceau le plus remarquable de ce chant, est, sans contredit, la fiction d'Adamastor, la plus étonnante, la plus sublime, je ne crains pas de le dire, qu'aucun poète ait jamais inventée. *Elle doit réussir,* dit Voltaire, *dans tous les temps, et chez toutes les nations.* Le style est à la hauteur du sujet : tout ce que je pourrais en dire serait au-dessous de l'effet que produit sur un esprit cultivé la lecture de cet admirable morceau [1].

Foram sempre comnosco aventureiros.
Quão facil he ao corpo a sepultura !
Quaesquer ondas do mar, quaesquer outeiros
Estranhos, assi mesmo como aos nossos,
Receberão de todo o illustre os ossos.
(Canto V.)

1. Voici comment M. Parseval-Grandmaison s'exprime sur la fiction d'Adamastor (*Amours épiques,* notes du sixième chant) : « Si le reste de l'ouvrage était comparable à ce magnifique épi- « sode, Milton, le Tasse et Virgile seraient éclipsés, et le su- « blime Homère aurait lui-même bien de la peine à conserver « ce sceptre poétique dont il est en possession depuis tant de « siècles. En effet, il n'est aucune de ses plus belles inventions « qui fasse pâlir celle-ci ; tant elle étincelle de génie ! »

(*Note du Traducteur.*)

CHANT VI. La description du palais de Neptune est neuve, attachante et d'un bel effet; les ornements et les sculptures des portiques sont décrits à la manière d'Ovide.

Le discours de Bacchus aux divinités de la mer est imité de celui de Junon excitant la colère d'Éole contre les Troyens; mais ici Camoens surpasse de beaucoup son modèle. Admirez avec quelle adresse Bacchus parvient à faire partager aux dieux marins son ressentiment contre les enfants de Lusus : son discours est, sous ce rapport, un modèle classique de l'art oratoire.

Qu'elle est naturelle et bien peinte, cette scène de mer qui prépare l'histoire chevaleresque que va raconter Velloso!

Tandis que les Dieux rassemblés au palais de Neptune conjuraient la perte des enfants de Lusus, la flotte, accompagnée des zéphyrs, fendait paisiblement l'onde azurée. Déja la nuit avait mesuré le quart de sa course; la garde fatiguée allait reposer à son tour, et, pour la seconde veille, appelait d'autres guerriers.

Encore accablés de sommeil, les yeux à peine ouverts, ils arrivaient d'un pas incertain, s'appuyant sur les bords élevés du navire. Vêtus à la hâte et mal abrités contre l'air aigu qui soufflait, ils étendaient, en frissonnant, leurs membres engourdis, et cherchaient à secouer les pavots dont Morphée chargeait leurs paupières [1].

---

1. Voir tout ce morceau dans l'original.

L'épisode des *douze chevaliers*, chef-d'œuvre de *romantisme*, est parfaitement placé dans un poëme dont le but est de célébrer les exploits des Portugais.

Le récit de Velloso est à peine terminé, qu'une tempête affreuse, excitée par Neptune, vient bouleverser les flots. On reconnaît, dans la description de cette tempête, le poëte navigateur, comme on a reconnu le poëte guerrier, dans le tableau des batailles. La manière dont Vénus apaise les vents est celle d'Ovide dans les passages les plus brillants de ses métamorphoses.

Gama et ses guerriers aperçoivent enfin les rivages de l'Inde, terme heureux de leur voyage, et le poëte s'écrie avec enthousiasme : *Amants de la Gloire, voilà les terribles épreuves qu'elle vous donne à subir* [1]! etc. Il faut lire et relire cet admirable épilogue. Comme l'auteur s'y montre grand! C'est son courage, c'est son ame, c'est Camoens tout entier.

CHANT VII. L'apostrophe adressée, au commencement du septième chant, aux puissances de l'Europe,

---

[1].   Por meio destes horridos perigos,
Destes trabalhos graves, e temores,
Alcançam os que saõ de fama amigos
As honras immortaes, e graos maiores : etc.
(Canto VI, Est. XCV.)

fait ressortir avec beaucoup d'éclat le mérite de la
nation portugaise qui, dans le temps même où des
guerres sans gloire déchiraient le monde chrétien,
allait porter en Asie les bienfaits du christianisme
et la gloire de nos armes. Le monde était alors
comme partagé en deux vastes empires, l'empire
d'Occident et l'empire d'Orient : l'un chrétien, mais
divisé ; l'autre mahométan, mais fortement uni et
toujours occupé de la ruine du premier. Le passage
du Cap de Bonne-Espérance, comme nous l'avons
déja fait observer, et comme l'histoire le démontre,
sauva l'Europe et ses libertés du joug des Musulmans. La digression de Camoens n'est donc ni oi-
seuse ni déplacée. Le lecteur se reporte involontairement des rives du Malabar, où triomphent les
Portugais, aux royaumes de l'ancien monde, affaiblis par la discorde des princes, déchirés par des
guerres de religion et menacés par les Turcs. Il entre
de lui - même dans la pensée du poète, et s'écrie
avec lui :

Enfants de Lusus, vous n'occupez qu'un point sur le globe ;
faible portion du troupeau rassemblé par le divin pasteur, c'est
vous qui vous chargez de ramener au bercail les nations égarées ;
et rien ne peut vous arrêter, ni la crainte du péril, ni les
conseils d'une ambition profane, ni l'exemple de la rébellion
contre cette mère commune, dont l'origine est dans les cieux.

Vous suppléez au nombre par le courage, à la puissance
par l'héroïsme ; vous bravez mille morts pour étendre l'empire

de la foi. Ainsi le ciel a voulu que, dans l'intérêt d'une si belle cause, le plus petit des peuples se montrât le plus grand : tant le ciel réserve de gloire à la vertu soumise et courageuse [1] !

La suite répond au début. Après avoir reproché aux nations allemandes leur revolte contre l'Église : au roi d'Angleterre, Henri VIII, son orgueil et ses cruautés ; à François Ier, la conquête du Milanais ; à l'Italie, l'oubli de ses antiques vertus, à tous les chrétiens d'Occident, leurs fatales divisions et leur indifférence pour la cause des Grecs opprimés par les Ottomans, il rentre ainsi dans son sujet :

Mais tandis qu'un délire sanglant vous égare, la faible Lusitanie dévoue ses pieux guerriers à la cause du ciel. Déjà ils oc-

---

1.   A vós, o geração de Luso, digo,
      Que tão pequeña parte sois no mundo ;
      Nao digo inda no mundo, mas no amigo
      Curral de quem governa o ceo rotundo :
      Vós, a quem não somente algum perigo
      Estorva conquistar o povo immundo ;
      Mas nem cobiça, ou pouca obediencia
      Da madre, que nos ceos está em essencia :

      Vós, portuguezes poucos quanto fortes,
      Que o fraco poder vosso não pesais ;
      Vós, que á custa de vossas varias mortes
      A lei da vida eterna dilatais :
      Assi do ceo deitadas são as sortes,
      Que vós por muito poucos que sejais,
      Muito façais na sancta christandade :
      Que tanto, ó Christo, exaltas a humildade !
                          (Canto VII, Est. II e III.)

cupent les ports de la rive africaine. L'Asie les reconnait pour
ses maîtres. Le nouveau monde les voit qui sillonnent ses plaines.
Que la terre s'agrandisse encore; ils sauront en atteindre les
bornes : j'en atteste Gama et ses intrépides compagnons 1. ◦

Arrivé devant Calicut, Gama trouve un interprète dans la personne d'un Maure de Tunis, qui
a connu autrefois les Portugais, et qui lui peint,
à grands traits, la péninsule de l'Inde, ses mœurs,
ses lois, sa religion; tableau intéressant, où la
poésie prête ses plus vives couleurs à la vérité historique.

La description du palais du Samorin est une belle
imitation de Virgile. On remarque, dans l'entrevue
de ce prince avec Gama, une fidèle représentation
des coutumes orientales; et, dans le discours du
héros, un talent diplomatique qui montre que Camoens pouvait, comme Prior, passer du sanctuaire
des muses au conseil des rois.

CHANT. VIII. Le catual visite la flotte portugaise.
A l'aspect des bannières où sont représentées les

---

1.   Mas em tanto que cegos, e sedentos
      Andais de vosso sangue, ó gente insana,
      Não faltarão christãos atrevimentos
      Nesta pequena casa Lusitana.
      De Africa tem maritimos assentos;
      He na Asia mais que todas soberana;
      Na quarta parte nova os campos ara :
      E se mais mundo houvera, lá chegàra.
                              (Canto VII, Est. XIV.)

actions d'éclat des grands hommes du Portugal, il
demande l'explication des figures : ce qui fournit
naturellement à Paul de Gama l'occasion de louer
les héros de sa patrie devant le ministre de Malabar,
comme l'a fait Vasco de Gama devant le roi de
Mélinde. Tous les tableaux de cette brillante galerie
sont dessinés de cette manière large qui distingue
les grands peintres ; mais les plus remarquables sont
ceux qui représentent le généreux dévouement d'É-
gas-Moniz, et l'action de Nuno-Alvarès, qui, du
sein de sa retraite religieuse, vole à la défense du
Portugal, envahi par les Castillans.

Les impressions favorables que le catual a remportées du vaisseau de Gama sont bientôt effacées
par les calomnies des Maures. Les ministres du
Samorin sont successivement corrompus par les ennemis des Portugais, et Camoens fait, à ce sujet,
des réflexions qui devraient être gravées en lettres
d'or dans le cabinet des souverains.

O vous, que la Providence a chargés du soin de gouverner
les peuples, armez-vous de prudence et de sévérité dans le choix
des hommes que vous appelez à vos conseils : c'est par eux que
la vérité doit parvenir jusqu'à vous. Que des mœurs pures,
qu'une vie sans tâche, vous répondent de leur fidélité.

Mais gardez-vous d'un autre écueil. L'humble vertu des
anachorètes ne doit pas être la vertu de vos ministres. De grandes
vues, un grand caractère, doivent s'unir en eux à la probité
scrupuleuse ; et si le génie lui-même, éclairé par l'expérience,

s'est égaré quelquefois dans la conduite des affaires, les confierez-vous à ce mortel pieux qui, tranquille à l'ombre du sanctuaire, ne médita jamais que sur les intérêts du ciel [1] ?

La comparaison du miroir n'est point inférieure à celle de Virgile dont elle est imitée :

> Quand il copie, on dirait qu'il invente.

Le reste du chant est consacré au récit des intrigues des Maures, aux trames qu'ils ourdissent contre Gama; le danger personnel du héros, l'assemblée des aruspices, les artifices de Bacchus, entretiennent l'intérêt, qui ne pouvait que s'affaiblir au milieu de toutes ces discussions de commerce entre les Portugais et leurs rivaux. Il fallait néces-

---

1.　　Oh quanto deve o rei que bem governa,
De olhar que os conselheiros, ou privados,
De consciencia, e de virtude interna,
E de sincero amor sejam dotados!
Porque como estê posto na superna
Cadeira, pode mal dos apartados
Negocios ter noticia mais inteira,
Do que lhe der a lingua conselheira.

Nem tam pouco direi que tome tanto
Em grosso a consciencia limpa e certa,
Que se enleve n'hum pobre e humilde manto
Onde ambição a caso ande incoberta,
E quando hum bom em tudo e justo, e santo,
Em negocios do mundo pouco acerta,
Que mal com ellas poderá ter conta
A quieta innocencia, em só Deos pronta.

(Canto VIII, Est. LIV e LV.)

sairement que l'auteur appelât les machines épiques au secours de l'histoire. *Non enim res gestæ*, dit Pétrone, *versibus comprehendendæ sunt (quod longè meliùs historici faciunt), sed per ambages deorumque ministeria, et fabulosum sententiarum tormentum præcipitandus est liber spiritus: ut potiùs furentis animi vaticinatio appareat, quàm religiosæ orationis sub testibus fides.* « Un poëme « épique n'est pas un recueil historique : le génie « du poète s'élance hardiment dans l'Olympe, en- « veloppe de fictions le nœud de l'action princi- « pale, met en mouvement la nature et les dieux, « de manière à ce que son ouvrage ait plutôt l'air « d'une inspiration que d'un récit fondé sur les té- « moignages de l'histoire. »

Le tableau des intrigues des cours, la prudence avec laquelle le héros principal du poëme surmonte des difficultés sans cesse renaissantes, sa harangue au Samorin, sont dignes de fixer l'attention de tous les hommes d'état. Ce huitième chant nous repré- sente à nu le caractère et le manège d'un ministre avare et corrompu, l'ambition, la soif de l'or et la bassesse des courtisans : c'est un véritable manuel d'instruction politique.

CHANT. IX. Le nœud de l'action se dénoue; Gama vient d'échapper aux complots des Maures; il échap- pera de même à l'escadre qui arrive du golfe Ara-

bique : il est sur ses vaisseaux, prêt à reprendre
la route du Portugal. Cette marche du poëme est
bien préférable à celle que M. Mickle a cru devoir
y substituer. Dans sa traduction, la flotte portugaise
bombarde Calicut pendant la détention de Gama,
et les Maures épouvantés délivrent leur prisonnier.
Personne plus que Camoens n'était assurément en
état de peindre des batailles : il l'a prouvé; et s'il
n'a pas eu récours à ce moyen, c'est qu'il a regardé
comme usées toutes ces descriptions de combats
que l'on rencontre si fréquemment dans les autres
poëmes; et que, d'ailleurs, un dénouement paisible,
et pourtant dramatique, était plus conforme à l'histoire. On s'étonne que M. Mickle, qui avait loué
Camoens d'avoir imité, sous ce rapport, dans le
septième chant des Lusiades, le septième livre de
l'Énéide, oublie si promptement ce qu'il a dit, et
vienne gâter la noble simplicité de l'original par le
bombardement de la ville du Samorin.

Les guerriers s'éloignent des rives de l'Inde.

Quel bonheur pour eux de revoir leur patrie, leurs parents,
le doux séjour de leur enfance! de redire un voyage si fécond
en merveilles, les nouveaux cieux, les nouveaux peuples qu'ils
ont observés! de recevoir le prix de tant de périlleuses fatigues!
Leur cœur, trop ému, ne peut contenir les torrents de joie
dont il est inondé [1].

---

1.   O prazer de chegar à patria chara,
      A seus penates charos, e parentes,

Une île inconnue se présente tout-à-coup à leurs yeux : elle leur est amenée par Vénus, qui a résolu de leur accorder la récompense de leurs travaux, comme, au bout de la carrière, on décerne le prix aux vainqueurs; ce qui prouverait (si cette question valait la peine d'être discutée) que Camoens a placé son Élysée des héros, non dans les mers de l'Inde, mais presque au terme du voyage de Gama [1]. Cette fiction hardie est exposée et conduite avec une grande supériorité de talent, dans

> Para contar a peregrina, e rara
> Navigação, os varios ceos e gentes;
> Vir a lograr o premio que ganhara
> Por tão longos trabalhos, e accidentes,
> Cada hum, tem por gosto tão perfeito,
> Que o coração para elle he vaso estreito.
>
> (Canto IX, Est. XVII.)

1. Quelques commentateurs ont prétendu que l'île d'Anchedive, où relâchèrent les Portugais en retournant à Lisbonne, avait fourni au poète l'idée de son île fabuleuse et allégorique. L'île d'Anchédive est située sur la côte de l'Inde, à douze lieues de Goa. D'autres ont pensé que Camoens avait en vue l'île de Zanzibar, située sur la côte d'Afrique, entre Monbaze et Quiloa. Leur opinion se fonde sur le passage suivant d'Osorius :

« Pervenit in insulam nomine Zamzibarim, fertilem et opimam,
« fontibus crebris, et densis nemoribus amœnam, multisque gre-
« gibus abundantem, a continente circiter passuum viginti quatuor
« millibus disjunctam: in qua præter alias arbores, altissimæ mali
« medicæ in sylvis sponte nascuntur, è quarum floribus cum

aucun endroit de son ouvrage, Camoens n'a montré plus d'imagination et de chaleur. La description du paysage, les circonstances qui accompagnent la rencontre des enfants de Lusus avec les Néréides, les fêtes allégoriques dont l'île de Vénus devient le théâtre, forment une suite de peintures charmantes, que le Tasse a imitées d'une manière très-heureuse, mais qu'il n'a point surpassées. Pas un tableau, pas un trait qui offense l'oreille ou les yeux. Les censeurs de Camoens ne l'ont certainement point comparé avec les poètes qui ont traité de pareils sujets : car ils reconnaîtraient qu'aucun de ces poètes n'a mis plus de grâce dans les idées, plus de pudeur dans les mots. Ils avoueraient surtout qu'aucun d'eux n'a su tirer d'une fiction de ce genre de plus importantes leçons.

Ainsi s'écoulait dans l'ivresse d'un bonheur inconnu aux mortels, une journée enchanteresse qui payait nos guerriers de

---

« ventus leniter spirat, in loca etiam longinqua suavissimi odores « afflari dicuntur. » (De rebus Emmanuelis, lib. II.)

« Gama relâcha dans une île appelée Zanzibar, pays fertile « et délicieux, arrosé de fontaines jaillissantes, embelli de frais « bocages, et couvert de troupeaux : elle n'est éloignée du con- « tinent que de vingt-quatre milles. Ses forêts sont remplies de « citronniers. Ils y croissent, ils y fleurissent sans culture, et, « quand il s'élève un léger vent, leur odeur se répand au loin : « on dirait qu'il souffle des parfums. »

(*Note du Traducteur.*)

2

leurs longs et pénibles travaux : ainsi le monde reconnaissant a placé au bout de la carrière le prix du courage et des exploits ; la Renommée proclame les vainqueurs et leur mémoire est éternelle.

Les triomphes, les palmes, les lauriers, tous les honneurs que l'univers leur décerne, ont leur emblème dans les fêtes charmantes prodiguées aux enfants de Lusus par les nymphes de l'Océan : sous les traits des Néréides, la Gloire a souri aux triomphateurs des flots ; sous les traits de Téthys, elle a couronné Gama.

L'antiquité aimait à placer dans les cieux les mortels dont la déesse aux cent voix avait consacré les noms. Ils n'arrivaient à l'immortalité que par d'éclatants exploits, par d'immenses travaux, par cette carrière de la vertu, si rude d'abord et si pénible, mais à la fin si riante et si douce.

Les héros, en quittant la vie, franchissaient le seuil de l'Olympe : le ciel s'ouvrait aux bienfaiteurs de la terre. Jupiter, Mercure, Phébus et Mars, Énée et Romulus, les deux Thébains, Cérès, Pallas, Diane et Junon, n'étaient que les enfants des hommes.

Mais la voix de la Renommée en a fait des dieux, des demi-dieux, des dieux de la patrie, des génies protecteurs et des héros. O vous donc, qui aspirez à la gloire, voulez-vous être aussi grands qu'ils l'ont été sur la terre ? Réveillez-vous au bruit de leurs actions. Ils n'attendaient point dans un lâche repos les honneurs de l'apothéose.

Réprimez l'ambition, la cupidité qui vous dévore ; étouffez ces honteuses passions. L'amour de l'or fait les esclaves, et

l'ambition, les tyrans. L'or et les honneurs donnent-ils une valeur réelle à celui qui les possède? Eh! qu'importe de les obtenir? Il suffit de les mériter.

Soyez, dans la paix, les protecteurs du faible contre la tyrannie du fort; et, s'il vous faut une autre gloire, endossez le
harnais belliqueux et devenez la terreur des infidèles. Vous
étendrez, vous affermirez l'empire: sa grandeur fera la vôtre;
la fortune vous ouvrira ses trésors, et les honneurs vous chercheront en foule.

Ce roi, que vous chérissez, devra la splendeur de son règne
à la sagesse de vos conseils, à la force de ces épées qui vous
rendront immortels comme vos pères. Rien n'est impossible au
courage; une volonté forte surmonte tous les obstacles. Osez
marcher sur les traces des héros : la patrie vous contemple; et
l'île enchantée vous attend [1].

---

1.   Assi a formosa, e a forte companhia,
        O dia quasi todo estão passando
        N'huma alma, doce, incognita allegria,
        Os trabalhos taõ longos compensando.
        Porque dos feitos grandes da ousadia
        Forte e famosa, o mundo está guardando
        O premio lá no fim bem merecido,
        Com fama grande, e nome alto e subido.

        Que as nymphas do Oceano taõ formosas,
        Tethys e a ilha angelica pintada,
        Outra cousa não he que as deleitosas
        Honras que a vida fazem sublimada:
        Aquellas preeminencias gloriosas,
        Os triumphos, a fronte coroada

25

CHANT. X. L'allégorie du neuvième chant se prolonge dans le dixième. Les guerriers ont reçu la récompense de leur glorieuse entreprise, mais il leur reste à connaître les triomphes futurs de

---

De palma e louro, a gloria e maravilha,
Estes saõ os deleitos desta ilha.

Que as immortalidades que fingia
A antiguidade que os illustres ama,
Lá no estellante olympo, a quem subia
Sobre as azas inclytas da fama ;
Por obras valerosas que fazia,
Pelo trabalho immenso que se chama
Caminho da virtude, alto e fragoso,
Mas no fim doce, alegre e deleitoso :

Naõ eram senaõ premios que reparte
Por feitos immortaes e soberanos
O mundo co' os baroẽs que esforço e arte
Divinos os fizeram, sendo humanos :
Que Jupiter, Mercurio, Phebo e Marte,
Eneas e Quirino, e os dous Thebanos,
Ceres, Pallas e Juno, com Diana,
Todos foram de fraca carne humana.

Mas a fama, trombeta de obras tais,
Lhe deo no mundo nomes taõ estranhos
De deoses, semideoses immortais,
Indigetes, heroicos e de magnos.
Por isso, ó vos que as famas estimais,
Se quizerdes no mundo ser tamanhos,
Despertai já do somno do ocio ignavo
Que o animo de livre faz escravo.

leurs compatriotes, et ce bel empire d'Orient qui sera le fruit de leur découverte.

Camoens semble avoir recueilli pour ce dernier chant toutes les forces de son génie, toutes les ressources de sa féconde imagination. Après un retour attendrissant sur lui-même et sur ses malheurs, il

E ponde na cobìça hum freio duro,
E na ambição tambem, que indignamente
Tomais mil vezes, e no torpe e escuro
Vicio de tyrannia infame e urgente;
Porque essas honras vaõs, esse ouro puro,
Verdadeiro valor naõ daõ á gente:
Melhor he merece-los sem os ter,
Que possui-los sem os merecer.

Ou dai na paz as leis iguaes, constantes,
Que aos grandes naõ dem o dos pequenos;
Ou vos vesti nas armas rutilantes,
Contra a lei dos imigos sarracenos:
Fareis os reinos grandes e possantes,
E todos tereis mais, e nenhum menos,
Possuireis riquezas merecidas,
Com as honras que illustram tanto as vidas.

E fareis claro o rei que tanto amais,
Agora co' os conselhos bem cuidados,
Agora co' as espadas que immortais
Vos faraõ, como os vossos já passados:
Impossibilidades naõ façais,
Que quem quiz sempre pode: e numerados
Sereis entre os heroes esclarecidos,
E nesta ilha de Venus recebidos.

(Canto IX.)

invoque Calliope, reprend sa lyre, et célèbre les successeurs de Gama.

Quel beau caractère que celui d'Édouard Pachéco! Quelle noblesse et quelle énergie dans les reproches adressés par le poète au monarque ingrat qui laisse mourir ce héros dans un hôpital! Le récit de la mort de dom Laurent d'Almeida est de la plus haute poésie. Et le tableau des exploits d'Albuquerque, de ce conquérant-fondateur dont les Indiens conservent encore la mémoire, avec quelle vigueur il est tracé! Et les autres vice-rois! avec quelle impartialité, avec quel talent chacun d'eux est caractérisé! Camoens imite Homère et Virgile; mais avec tant de génie, dit M. Mickle, qu'il se montre leur égal.

De l'éloge des héros, l'auteur, par une transition brillante, arrive à la description du théâtre de leurs conquêtes, et liant, en quelque sorte, le ciel et la terre, fait entrer dans son poëme tout ce que la science astronomique a de plus éclatant, tout ce que la géographie comparée offre de plus curieux à la méditation des lecteurs instruits. Téthys elle-même explique aux enfants de Lusus les divers mouvements des sphères célestes, et dévoile à leurs regards tout le monde oriental. Elle peint des couleurs les plus vraies, les plus poétiques, chaque région, chaque pays : *Telles sont, heureux navigateurs,* leur dit-elle enfin, *les nouvelles contrées que vous donnez au monde : c'est vous qui, par des prodiges de valeur, avez ouvert les portes de l'Orient,* etc. Il est impossible, dit encore M. Mickle, de terminer une épopée d'une manière plus sublime.

On a reproché à Camoens un excès d'érudition, et des erreurs en physique. Mais Virgile aussi a mis beaucoup de science dans l'Énéide; et quant au système du monde exposé par Téthys, nous convenons que Copernic et Newton ont eu sur ce point plus de connaissances que Téthys et Camoens.

On lui reproche encore, comme déplacées, les moralités qui terminent presque tous ses chants, et qu'il intercale même quelquefois dans ses récits. Il est justifié par cette judicieuse sentence de Marmontel : *Le chœur fait partie des mœurs de la tragédie ancienne; les réflexions et les sentiments du poète font partie des mœurs de l'épopée.* Et qui voudrait, après avoir lu ces éloquentes moralités, les retrancher des Lusiades? Qui de nous, par exemple, consentirait à sacrifier l'épilogue du chant que nous venons de parcourir, ces conseils au roi Sébastien, exprimés en si beaux vers, et qui font tant d'honneur au caractère de Camoens?

Un poëme inspiré par l'amour de la patrie, écrit d'un style toujours élégant, toujours pur, un poëme où l'on trouve à-la-fois la sublimité des pensées, la noblesse des sentiments, la richesse des tableaux et le charme des expressions, doit classer son auteur parmi les poètes épiques les plus distingués. Si l'on considère le but moral des Lusiades, Camoens l'emporte sur tous les modernes. Le Tasse nous séduit et nous enchante; Milton nous pénètre d'un sentiment grave et religieux; mais Camoens nous électrise. On prend avec lui une haute idée de la nature humaine, on adore la vertu, la patrie et la gloire, on s'élève à la hauteur de ses héros. Bouchardon se croyait grandi après la lecture d'Homère. *Quand une lecture vous élève l'esprit*, dit La Bruyère, *et qu'elle vous inspire des sentiments nobles et généreux, ne cherchez pas une autre règle pour juger de l'ouvrage : il est bon, et fait de main d'ouvrier.*

Terminons cet éloge des Lusiades, qui pourrait être suspect dans la bouche d'un Portugais, par le témoignage du plus grand poète qu'ait produit l'Italie. Il disait que Camoens était le seul rival qu'il craignît; et cet aveu, si honorable pour Camoens et pour le Tasse lui-même, est confirmé par le sonnet suivant. Le Tasse s'adresse à Gama :

> Hardi navigateur, tes voiles fortunées
> Du monde oriental ont vu les bords fameux ;
> De fleurs et de lauriers tes poupes couronnées
> Du berceau du soleil ont réfléchi les feux.
>
> Le sage Ulysse errant sur les mers étonnées,
> Jason bravant les flots et les vents orageux,

Ont montré moins d'audace aux vagues mutinées,
Et moins d'honneur aussi les attendait tous deux.

Oui, Gama; mais rends grâce à l'immortel génie
Qui confia ta gloire au dieu de l'harmonie;
Sa muse a dans son vol dépassé tes vaisseaux.

Il chante, et tes exploits qu'il embellit encore
Ont retenti soudain des portes de l'Aurore
Jusqu'aux lieux où Phébus disparaît sous les eaux [1].

Je me suis beaucoup étendu sur le poëme des
Lusiades, parce que c'est à cette grande composition que Camoens doit principalement sa renommée : ce n'est que dans ces derniers temps que quel-

---

[1].   Vasco, le cui felici ardite antenne
Incontro al sol che ne riporta il giorno
Spiegar le vele, e fer colà ritorno
Ove egli par che di cadere accenne;

Non più di te per aspro mar sostenne
Quel, che fece al Ciclope oltraggio e scorno,
Nè chi turbò l'arpie nel suo soggiorno:
Nè diè più bel subbietto a colte penne.

Ed or quella del colto e buon Luigi
Tant' oltre stende glorioso volo,
Che i tuoi spalmati legni andar men lunge :

Ond' a quelli a cui s'alza il nostro polo
Ed a chi ferma incontra i suoi vestigi
Per lui del corso tuo la fama aggiunge.

ques critiques étrangers ont fait mention de ses
poésies diverses dans l'histoire de la littérature portugaise; et je ne doute pas cependant que si notre
langue était aussi répandue que la langue italienne,
la réputation de Camoens, considéré comme poète
élégiaque, ne fût aussi bien établie que celle de
Pétrarque. Il s'est appliqué à tous les genres de
poésie connus de son temps, avec succès dans tous,
et, dans quelques-uns, de manière à fixer le style
qui leur est propre: ainsi l'on peut dire que, pour
avoir une idée de la poésie portugaise au XVIe
siècle, il suffit de connaître les œuvres de Camoens.
Sa supériorité sur tous les poètes de cette epoque
me paraît incontestable, même dans la poésie lyrique: ce qui est d'autant plus remarquable, que les
compositions de ce genre qu'il nous a laissées furent
les essais de sa jeunesse, ou l'expression spontanée
des sentiments que faisaient naître en son âme les
vicissitudes de sa vie.

Nous savons, par Diogo de Couto, que Camoens
en avait commencé la collection sous le titre de
Parnasse; que ce recueil lui fut volé à Mozambique,
et que depuis il a été impossible de le retrouver. Ce
n'est donc pas notre auteur qui a rassemblé ou
corrigé les poésies diverses connues sous le nom de
Rimas, et qui ont été publiées, pour la première
fois, seize ans après sa mort, par Fernand Rodri-
guès Lobo Surrupita. Cet éditeur avoue les avoir

tirées de différents manuscrits où elles étaient pour
la plupart disséminées sans ordre, déchirées, mal
copiées et souvent incorrectes. Aussi demande-t-il
de l'indulgence pour les fautes qu'on pourrait y rencontrer, en s'excusant sur ce qu'il n'oserait, lui
Surrupita, changer la moindre chose aux manuscrits
qui lui avaient été confiés.

Manoel de Faria, plus hardi que Surrupita, a
corrigé le premier travail d'après les meilleures co-
pies qu'il a pu, dit-il, se procurer. Il l'a même aug-
menté d'un assez grand nombre de pièces parvenues
à sa connaissance, ainsi que des églogues que, selon lui, Diogo Bernardès avait prises à Camoens.
Mais qui peut savoir tout ce qui s'est perdu des
œuvres de notre auteur? Qui osera affirmer que
toutes les pièces du recueil sont bien de lui, ou
qu'il les eût destinées à l'impression? N'est-il pas
très-probable que les deux éditeurs y ont inséré des
vers qu'ils auront trouvés parmi ceux de Camoens,
ou qu'une tradition vague lui attribuait? Peut-être
aussi se sont-ils fait illusion sur le talent qu'ils pouvaient avoir de connaître et de distinguer les styles
des différents écrivains. Ce tact délicat, dont je ne
nie point l'existence, et qui est sûr jusqu'à un certain point lorsqu'il s'agit d'un écrivain très-marquant,
est néanmoins sujet à errer, pour les ouvrages surtout où s'emploient différents tons. Je me persuade
que plusieurs des pièces publiées sous le nom de

Camoens, ne lui appartiennent point, vu leur infériorité par rapport aux autres; ou que s'il en est
véritablement l'auteur, elles sont au nombre de celles
que l'importunité de ses compatriotes arrachait à
sa complaisance et à la facilité de son' talent.

La dernière collection de ses œuvres contient
trois cent un *sonnets*, seize *romances* (canções),
douze *odes*, quatre *sextines*, vingt-une *élégies*, quinze
églogues, y compris celles dont s'était emparé Bernardès; des *stances*, des *redondilles*, et autres
poésies légères; enfin trois *comédies*, *Séleucus*, *les
Amphitryons* et *Philodème*. Malheureusement les
différentes pièces comprises dans les divisions dont
je viens d'indiquer les titres, y sont jetées comme
au hasard et sans aucun rapport au temps où elles
ont été composées. C'est une chose étrange que
Manoel de Faria, qui faisait profession d'une admiration passionnée pour Camoens, n'ait pas mis dans
son édition plus de méthode que Surrupita [1], et

---

1. Il n'y aurait que deux choses à faire : 1° réduire cette
volumineuse collection aux pièces véritablement dignes de la
réputation de Camoens; 2° les classer, autant que possible,
suivant l'ordre chronologique de leur composition. La collection, ainsi réduite et enrichie de tout ce qu'elle aurait perdu,
pourrait alors figurer dans toutes les bibliothèques, à côté
d'Horace, de Tibulle, d'Ovide et de Pétrarque. Il est à regretter

qu'il se soit borné à quelques notes, trop souvent insuffisantes, sur le texte. Cette négligence est d'autant plus fâcheuse, qu'il y a dans certaines poésies de Camoens des allusions aux choses de son temps, dont les premiers éditeurs pouvaient aisément nous donner la clef, et dont il est impossible aujourd'hui de fournir une explication satisfaisante.

Malgré l'obscurité de quelques passages, on peut hardiment le comparer au premier des lyriques italiens[1]. Comme Pétrarque il a transporté dans sa langue les grâces de la poésie antique. C'est le même charme de style, la même pureté de langage, la même délicatesse de pensées; mais Camoens a plus de verve et de franchise que Pétrarque. Tous deux ont brûlé d'une passion aussi pure que malheureuse : tous deux ont survécu à l'objet de leurs

---

que M. de Souza ne se soit pas chargé lui-même d'un travail que la pureté de son goût et sa longue étude de Camoens lui auraient rendu facile. (*Note du Traducteur.*)

1. « Camoens, dit M. de La Harpe, a laissé des poésies diverses « qui ne sont pas dignes de sa réputation, et qui ne méritent « pas d'être traduites. » Sur quoi M. de La Harpe fonde-t-il un pareil jugement ? Il n'avait pu lire les poésies diverses de Camoens, ni en portugais, puisqu'il ne l'entendait pas, ni en français, puisqu'il n'en existe point de traduction. On ne sait pas assez combien le ton pédantesque et léger de certains jugements littéraires nous fait tort dans l'esprit des étrangers.

(*Note du Traducteur.*)

amours; mais les circonstances de la vie de chacun d'eux ont rendu bien différentes des situations qui, au premier coup-d'œil, se ressemblent si fort. Pétrarque vécut heureux, riche, estimé et recherché des grands. Il habitait la cour, ou sa délicieuse maison des champs, cultivant paisiblement les lettres dans le pays le plus beau et le plus civilisé du monde. Camoens, au contraire, fut pauvre, persécuté, banni, et passa presque toute sa vie loin de son pays, dans des climats inhospitaliers, pouvant à peine donner à l'étude quelques moments dérobés au tumulte des armes et troublés par l'injustice et l'ingratitude de ses compatriotes. Remarquons encore que Petrarque eut le temps de se corriger, de perfectionner et de publier lui-même ses poésies, avantage dont Camoens fut privé. Et malgré des fortunes si diverses, Camoens, loin d'être inférieur au premier poète de l'Italie dans ce genre, lui est supérieur en quelques parties.

Les premières poésies qui se présentent dans le recueil sont les *sonnets* et les *romances*. Personne n'ignore que le sonnet fut inventé en Sicile, par Pierre des Vignes, comme la romance fut imaginée par les provençaux; que les Italiens adoptèrent bientôt ces deux genres de composition, et que les modernes, en général, les substituèrent à l'ode des anciens. Ce fut surtout le sentiment de l'harmonie qui dirigea les Provençaux dans la construction des strophes et dans l'enchaînement des rimes. L'attention forcée et soutenue qu'exige du poète l'harmonie des sons, et la peine qu'il éprouve à renfermer ses inspirations dans des limites aussi étroites, sont probablement la cause des *concetti* tant reprochés aux Italiens, et de ces obscures subtilités dans lesquelles se transforma la pensée. Les idées mystiques et les mœurs du temps ne contribuèrent pas peu à augmenter ces défauts; la contagion du mauvais goût devint presque générale, et ceux qui surent s'en garantir, n'en sont que plus dignes d'éloge.

L'imagination de Camoens a été très-fertile en *sonnets;* et si, dans cette ample collection faite après sa mort, avec peu de discernement, il s'en trouve quelques-uns de faibles (lesquels, peut-être, ne lui appartiennent point, ou lui ont été arrachés par des amis importuns), il en est un très-grand nombre de bons et beaucoup d'excellents. Les uns respirent la grâce, la délicatesse et l'amour; les autres, une profonde mélancolie. Aucun poète n'a mieux connu le caractère de ce petit poëme; aucun surtout n'a eu plus que lui le don d'imprimer à ses vers la sensibilité de son âme et de la communiquer à ses lecteurs.

Dans ses *romances* il a suivi la manière de Pétrarque et de Bembo. Aussi harmonieux, aussi pur que Pétrarque, il l'emporte sur lui par la force des pensées et par la description des scènes de la nature. Dans ce genre, tous les efforts de l'imagination n'ont jamais remplacé complètement le simple rapport des yeux. Or, Camoens a vu tout ce qu'il décrit[1].

Parmi les romances, il en est trois qui, à mon avis, sont très-supérieures aux *Trois Sœurs* de Pétrarque.

La 10e,

Près d'un mont sans verdure, escarpé, sourcilleux, etc.[2],

composée par Camoens en face du cap Guardafu, est un modèle d'harmonie et de sensibilité. Qu'il est touchant, lorsque sur une mer orageuse, loin de sa patrie et prêt à combattre pour elle, il exhale en si beaux vers son amour et ses regrets!

La 11[e]

Viens, mon fidèle secrétaire, etc.[3]

---

1. M. de Souza se répète quelquefois. Il en fait lui-même la remarque, *torno à repetir*. Préoccupé des mêmes idées, il les reproduit souvent dans les mêmes termes. Ces répétitions ne font point mauvais effet, et nous les avons fidèlement traduites, moins quelques-unes qui, trop rapprochées dans l'original, nous ont paru devoir être fondues l'une dans l'autre. Nous ne l'avons fait, au surplus, que du consentement de M. de Souza.

(*Note du Traducteur.*)

2.   Junto de hum secco, duro e esteril monte, etc.

3.   Viude cá meu tão certo secretario, etc.

également composée en Orient, rappelle les tristes
évènements de sa vie errante et agitée.

> Quand l'infortune, au nom sacré des lois,
> Me visita pour la première fois,
> De mes amis la cohorte infidèle
> M'abandonna : quant revint la cruelle
> Livrer ma vie à de nouveaux combats,
> Plus ne trouvai de rive hospitalière,
> Le jour craignit d'éclairer ma paupière,
> Le monde entier sembla fuir sous mes pas [1].

Et comment ne pas s'indigner et gémir en voyant
l'horrible détresse où le réduisirent *les injustices
de ces hommes qui, par un abus monstrueux,
aussi ancien que le monde, disposent à leur gré
de la destinée de leurs semblables* [2] ?

La 6ᵉ fut faite aux îles Moluques. Elle est remplie de descriptions charmantes qu'interrompent le
tableau de ses souffrances et le souvenir de ses
amours :

> Ah! si du moins, dans ce lointain climat,
> Un peu de gloire illustrait mon courage,
> Et que le bruit d'une action d'éclat,

---

1. A gente amiga já contraria via
   No perigo primeiro ; e no segundo
   Terra em que pôr os pés me fallecia,
   Ar para respirar se me negava.

2. Injustiças de aquelles que o confuso
   Regimento, do mundo antiguo abuso,
   Faz sobre os outros homens poderosos.

Retentissant jusqu'aux rives du Tage,
A Natercie annonçât tant d'honneur !
Heureux alors et fier de son estime,
De mon exil bénissant la rigueur,
Je m'écrierais : Destin ! prends ta victime [1].

Après les romances viennent les *odes :* elles roulent presque toutes sur des sujets d'amour ou de mythologie. On n'y trouvera ni l'impétuosité de Pindare, ni la force de quelques odes d'Horace ; mais la grâce facile qui distingue particulièrement les compositions lyriques du poète latin se rencontre aussi dans celle du poète portugais. Pour être court, je ne citerai que la première :

Retiens tes pleurs, Muse d'amour,
Revêts ta plus belle parure, etc. [2].

Rien de plus gracieux, de plus romantique, que l'image qui la termine :

Toi qui fuis devant le Matin,
O Nuit, qu'attendrissait ma peine,

---

1.   Se amor determinasse
Que a troco desta vida,
De mi qualquer memoria,
Ficasse como historia,
Que de huns formosos olhos fosse lida,
A vida e alegria
Por taõ doce memoria trocaria.

2.   Detem hum pouco, Musa, o largo pranto
Que amor te abre do peito;
E vestida de rico e ledo manto, etc.

Permets à ma pieuse main
De suspendre à ton char d'ébène
La rose avec son frais bouton,
Et l'amarante humide encore
Des pleurs que le jaloux Tithon
Fit verser à la jeune Aurore [1].

Aux odes succèdent les quatre *sextines*, invention métrique des Provençaux, dont la grande difficulté consiste dans la disposition des rimes. Camoens a montré que son talent savait se prêter à tous les genres, et se jouer de toutes les difficultés. Ses quatre sextines ont une harmonie musicale qui agit à-la-fois sur l'esprit et sur les sens. Toute personne sensible aux charmes de la poésie, a dû remarquer que le mécanisme du vers a une corrélation secrète avec nos sensations, avec tout ce qui parle à l'imagination et au cœur.

Les vers sont en effet la musique de l'âme.

Les peines d'amour, les chagrins qu'éprouvait l'infortuné Camoens, semblaient devoir tourner

---

[1]. Secreta noite amiga, a que obedeço,
Estas rosas (por quanto
Meus queixumes me ouviste) te offereço
E este fresco amaranto,
Humido inda do pranto
E lagrimas da esposa
Do cioso Titam, branca e formosa.

toutes ses pensées vers la poésie élegiaque, et lui inspirer la désir d'imiter Properce, Tibulle et Ovide. Ses *élégies*, cependant, à l'exception de quelques-unes où l'on retrouve la peinture de ses maux et le souvenir mélancolique de ses amours, ne s'élèvent guère au-dessus du style de l'épître.

Après les élégies viennent les *stances* ou *octaves* : ce sont des *épîtres* proprement dites. Elles font connaître les principes et le caractère moral de ce grand homme, et, sous ce rapport, elles ne sont pas la partie la moins intéressante de ses œuvres. Je présume que la première de toutes fut écrite en Afrique et adressée à son ami dom Antonio de Noronha. Camoens y signale les nombreuses imperfections de l'ordre social. Il entrait à peine dans la vie, et déja il s'afflige des vices de la cour, de la perversité des hommes, et demande au ciel une retraite où il puisse cultiver en paix les lettres, l'amour et l'amitié. C'était le rêve de sa jeunesse : quel reveil lui préparait l'avenir !

La seconde épître est adressée à dom Constantin de Bragance, alors vice-roi de l'Inde. C'est une imitation de l'épître d'Horace à Auguste, *Cùm tot sustineas*, etc. Elle est aussi parfaite de style que celle d'Horace ; mais le poète portúgais se place moins bas vis-à-vis de son illustre protecteur ; et cependant il était pauvre et malheureux ! Mais le

malheùr ne l'avait point abattu, et s'il loue Constantin de Bragance, c'est la vérité qui l'inspire,

Et non l'espoir d'un vil salaire [1].

Il amène adroitement, dans cette épître, l'éloge
du grand connétable Nuno-Alvarès Pereira, indique
rapidement les abus du gouvernement de ce Francisco Barreto, dont il avait tant à se plaindre, et finit
par de sages réflexions sur l'ingratitude des rois et
des peuples envers ceux qui les ont le mieux servis.

Les *églogues* sont au nombre de quinze. Il n'y
en avait que huit dans l'édition de Surrupita; mais
Manoel de Faria en a depuis ajouté sept qui se
trouvaient imprimées dans les œuvres de Diogo
Bernardès. Les premières méritent une attention
particulière, soit à raison du style, soit pour les
sentiments vifs et passionnés qu'elles expriment.
Camoens, dans ses églogues, se fait berger, et rappelle, sous cette espèce d'allégorie pastorale, les
divers incidents de sa vie. Quelquefois il imite Virgile, et plus souvent Sannazar. S'il n'a pas toujours
le naturel et la simplicité de Francisco de Sà e
Miranda, il montre plus de force et d'élévation.

La première a pour objet la mort de dom Antonio
de Noronha. Elle exprime la douleur, l'amour de

---

1.   E não de premio algum vil esperança.

la patrie et le sentiment de l'indépendance nationale: ce qui n'est point déplacé dans cette pièce, puisque dom Antonio était mort les armes à la main, et qu'à cette même époque, le Portugal venait de perdre l'héritier de la couronne, le prince dom Jean, qui ne laissait après lui qu'un fils encore en bas âge. Le style, les pensées et les sentiments sont d'une grande beauté, et l'on doit remarquer avec quelle facilité l'auteur passe de ces idées élevées au ton plus doux des chants élégiaques de *Frondelio* et d'*Aonia*.

La dernière est dédiée aux mânes de Catherine d'Ataïde. Le mystère dont Camoens enveloppa constamment ses amours, fait que nous ignorons les espérances qu'il fondait sur elle, et dont la perte lui arrache cette douloureuse exclamation :

> Ah! laisse-moi, vie importune,
> Inutile et cruel fardeau :
> Le terme de mon infortune
> N'est plus désormais qu'au tombeau [1].

Camoens ne fut étranger à aucune des parties de la littérature de son siècle. Les *redondilles* qu'il écrivit après son naufrage sont une belle paraphrase du psaume CXXXVI, *Super flumina Babylonis* : il

---

[1]. E vós, o vida minha, pois curar-me
Já naõ podeis, dexai-me juntamente,
Porque lembranças taes possam deixar-me!

est impossible de faire mieux dans ce genre. Il nous reste encore de lui des *couplets*, des *ritournelles*, des *épigrammes* et autres petits vers qui, par le naturel des pensées et la grâce des tours, et surtout par le peu d'importance qu'y mettait l'auteur, doivent désarmer la critique.

J'ai parlé, dans la vie de Camoens, des vers qu'il intitula : *Disparates da India*, et que ses ennemis ont flétri du nom de *satire*. La lecture de cette pièce justifiera ce que j'en ai dit.

Les éditeurs de ses œuvres nous ont conservé trois pièces de théâtre, que Camoens écrivit probablement dans sa jeunesse. Elles annoncent que son talent savait se plier à tous le genres ; mais elles prouvent, en même temps, qu'il n'avait pas pour la comédie une vocation bien marquée. Il copie la manière de *Gil Vicente*, qui jouissait, à cette époque, d'une grande réputation, et dont les compositions bizarres faisaient les delices de la cour et de la ville. *Antonio Ferreira* n'avait pas encore donné sa tragédie d'*Inez de Castro*, qui, après la *Sophonisbe*, est la première pièce moderne composée à l'imitation des anciens. *Gil Vicente* était le poète comique à la mode. Camoens, très-jeune alors, fut entraîné par son exemple ; mais le disciple perfectionna la manière du maître. Sa première comédie intitulée : *El rei Seleuco*, est du comique le moins noble ; mais le dialogue en est naturel et piquant ;

et les redondilles qu'il y mêle ne sont pas sans élégance. La comédie des *Amphitryons* est meilleure, puisqu'elle est une imitation de Plaute; mais Camoens a gâté son modèle par le goût et le style du temps. Cet essai, cependant, aurait pu avoir des suites heureuses et faire époque dans l'histoire du théâtre portugais, si les poètes comiques de ce temps là, abandonnant les formes irrégulières auxquelles la nation était accoutumée, eussent persévéré dans la route que Camoens venait de leur ouvrir. La troisième pièce, *Philodème*, est un assemblage de scènes bouffonnes et sérieuses, en prose et en vers, le tout accommodé à l'aventure romanesque qui constitue la fable du drame. Il y a du naturel et de la grâce dans le dialogue, et du comique dans les situations. Ces faibles ébauches de comédies sont loin de pouvoir être comparées aux autres productions de Camoens; mais elles complètent, si je puis parler ainsi, l'histoire de son talent.

Pour mieux apprécier l'étendue et la force de ses facultés intellectuelles, il faut se reporter à l'état de la littérature en Portugal, avant l'apparition de ce grand homme. Bernardin Ribeiro, Sà e Miranda, et Jean de Barros avaient commencé à former la langue portugaise, à lui imprimer un caractère, une physionomie distincte : Miranda surtout, inspiré par la lecture des poètes italiens, avait su lui donner du nombre et de l'harmonie; mais il suffit

de rapprocher des ouvrages de Camoens les productions des auteurs que je viens de citer, pour voir
combien il a laissé loin derrière lui tous ceux qui
l'ont précédé ou suivi dans la carrière. Si l'on considère ensuite tout ce qu'il lui a fallu de connaissances, de travail et de génie pour créer sa langue
et l'enrichir de tous les termes, de tous les tours
qu'exige une épopée; pour adapter à des événements aussi récents la grande machine du merveilleux des anciens, pour égaler les plus grands modèles
de l'antiquité dans le genre le plus élevé de toutes
les compositions poétiques; si l'on considère enfin,
que le poëme des Lusiades n'est pas son seul titre
de gloire, et que Camoens est au premier rang
des lyriques, on sera forcé de dire avec moi :

> He was a man, take him for all in all
> I shall not look upon his like again.
> (SHAKSPEARE.)

FIN DU TOME II ET DERNIER.

ERRATA.

Les épreuves des deux volumes que nous donnons au public ont été corrigées avec soin; et cependant quelques erreurs typographiques, telles que lettres doubles, renversées, omises ou changées, ont pu échapper à notre attention : le lecteur est prié de vouloir bien les rectifier lui-même.

Des fautes plus réelles ont besoin d'être indiquées.

PREMIER VOLUME.

P. 70, l. 7,   —   onde,   *lisez* urne.
P. 208, l. 6,   —   1815,   —   1185.
P. 253, l. 21,   —   de Regras,   —   d'Arégas.

Page 271, note 10. Nous disons que l'*Artabre* est cette chaîne de montagnes qui se termine au cap Finistère. C'est une erreur qu'un homme plus instruit que nous, M. Verdier de Lisbonne, auteur de la traduction littérale qui a servi de contrôle à la nôtre, a bien voulu nous faire remarquer. Nous avions été trompés par Faria e Souza, Franco Barreto, et Baudrand. Selon M. Verdier, l'*Artabre* n'est autre chose que la *Serra de Cintra*, le *Promontorium Lunæ*, aujourd'hui le cap *da Rocca*. Et voici ses autorités : elles nous paraissent irrécusables.

« Excurrit deinde in altum vasto cornu promontorium,
« quod alii *Artabrum* appellavère, alii *magnum*, multi *Ob-*

« *siponense*, ab oppido; terras, maria, cœlum determinans...
« ... Ad Pyrenæum inde xii quinquaginta millia : et ibi gen-
« tem *Artabrûm*, quæ nunquàm fuit, manifesto errore. Arro-
« tebras enim quos antè Celticum diximus promontorium,
« hoc in loco posuére, litteris permutatis. » (PLINE, liv. IV,
chap. XXXV.)

On trouve encore dans Pline, livre II, chapitre CXII, le
passage suivant : « Artemidorus adjicit ampliùs, a Gadibus
« circuitu *Sacri promontorii* (cap Saint-Vincent) ad promon-
« torium *Artabrum* quo longissimè frons procurrit Hispaniæ. »
Et en effet, l'Artabre ou cap *da Rocca* est la pointe la plus
saillante de toute la Péninsule vers l'occident.

Enfin, l'abbé Brotier, dans son édition in- 12 des OEuvres
de Pline, dit en note aux mots *alii Artabrum*,— *Nunc*, le cap
de la *Rocca*, *vel* de *Roxent*.

« Il est d'ailleurs évident, ajoute M. Verdier, que, dans le
« passage qui a donné lieu à la note dixième de la nouvelle
« traduction, Camoens a voulu désigner les quatre limites du
« Portugal : au nord, les deux provinces que le *Douro* sépare
« de la Beira; au sud, la contrée d'outre-Tage, *Terra trans-
« tagana*, c'est-à-dire, l'Alemtejo et l'Algarve; à l'est, la
« *Guadiana*; à l'ouest, la *Serra de Cintra.* »

SECOND VOLUME.

P. 230, l. 19, *au lieu de* grand inquisiteur du royaume,
lisez premier secrétaire d'État, *en portugais*, escrivão da
puridade.

P. 306, l. 26, *au lieu de* élégie, *lisez* églogue. Cette erreur avait peu d'importance en elle-même, mais elle pouvait embarrasser le lecteur qui aurait cherché dans les

élégies de Camoens une pièce qui se trouve classée sous un autre titre.

La critique aura bien d'autres fautes à nous reprocher. Nous recevrons, avec reconnaissance, les observations qu'elle voudra bien nous faire, et nous tâcherons d'en profiter, si l'ouvrage obtient l'honneur d'une seconde édition.